LA TÊTE, LE CŒUR & LA FAMILLE

3 nouvelles dans le monde du hockey des Harrisburg Railers

RJ SCOTT

V.L. LOCEY

Translated by
ALEXIA VAZ

Love Lane Books

Zone neutre (Harrisburg Railers #7) Copyright © 2018, 2023 RJ Scott, Copyright © 2018, 2023 V.L. Locey

Coup du chapeau (Harrisburg Railers #8) Copyright © 2019, 2023 RJ Scott, Copyright © 2019, 2023 V.L. Locey

Le grand jour – (Harrisburg Railers #9) Copyright © 2019, 2023 RJ Scott, Copyright © 2019, 2023 V.L. Locey

Couverture par Meredith Russell

Corrigé par Sue Laybourn (version originale)

Publié par Love Lane Books Limited

Traduit par Alexia Vaz

Révisé et corrigé par Lily Karey

ISBN: 9781785646522

Tous droits réservés

Dédicaces

À ma famille, qui m'accepte avec toutes mes manies et mes excentricités. Même la banane en plastique dans mon étui de revolver.

VL Locey

Comme toujours, à ma famille.

RJ Scott

Zone *Neutre*

—— HARRISBURG RAILERS 7 ——

RJ SCOTT &
V.L. LOCEY

Love Lane Books

UN

Ten

LE KARMA. C'EST UNE VRAIE PÉTASSE. DEMANDEZ À n'importe qui.

J'avais laissé mon homme et mon équipe derrière moi, à Harrisburg, afin de rejoindre cette foutue ville de Tucson, en Arizona, pour débuter un traitement qui soignerait ma blessure traumatique à la tête.

La ville même dans laquelle les Raptors jouaient.

Je pouvais ouvrir les volets de ma chambre, ici, au Centre Draper de Neurologie, Rééducation et Réadaptation, et voir les parois en miroir luisant de la patinoire Santa Catalina. C'était sacrément drôle. À quatre pâtés de maisons, les Raptors étaient sur la glace pour leur entraînement du matin et j'étais ici, à essayer de faire suffisamment d'efforts pour guérir mon cerveau et rejouer un match, un jour.

Merde, en ce moment même, je serais ravi de pouvoir parler ou lire normalement.

— Ho, ho, ho, grognai-je.

Je fermai les rideaux avant de retirer mes lunettes de

soleil et de les jeter sur le lit. Laisser derrière moi l'obscurité des volets et des lunettes de soleil craignait. Les migraines craignaient. Les discours inarticulés craignaient. Voir la pitié dans les yeux de mon petit ami, de ma famille et de mes coéquipiers craignait. Noël avec du sable et des cactus craignait. J'avais envie de pleurer. Je voulais retourner à la maison avec Mads, pour décorer notre sapin et secouer des paquets cadeaux. Je voulais faire du shopping et trouver des cadeaux à mon petit ami, ma mère, mon père, mes frères, Stan, Adler et tous les Railers. Je souhaitais que tout se déroule comme avant ce soir-là. Les larmes menacèrent de couler, mais je les retins. Pleurer ne faisait qu'empirer ma migraine.

Je sortis donc de ma chambre à pas feutrés et rejoignis la salle du petit déjeuner, ainsi que la première des nombreuses séances de rééducation que j'aurais aujourd'hui. Voilà un jour que j'étais ici et j'en étais venu à me rendre compte que mon cerveau était aussi connu des neurologues ici que mon visage l'était à Harrisburg. C'était l'endroit où les athlètes venaient quand ils luttaient contre une encéphalopathie traumatique chronique. La plupart des hommes présents ici étaient des joueurs plus âgés, ayant déjà pris leur retraite. Ils se battaient tous pour gagner le combat contre la maladie qui prenait le contrôle de leur cerveau. Parfois, tard le soir, quand j'étais allongé dans mon lit, j'avais peur pour moi et tous les autres mecs de mon équipe. Je me faisais du souci pour Mads. Dieu seul savait combien de traumatismes il avait eus en jouant. Ajoutez à cela son problème de cœur et... eh bien, je m'inquiétais à propos de plein de choses maintenant. Beaucoup plus qu'avant le soir où ma tête avait heurté la glace, sans casque.

Le centre accueillait cent cinquante personnes, et nous n'étions pas tous athlètes. Beaucoup de patients venaient ici après des accidents de voiture ou d'autres blessures catastrophiques. Ici, on guérissait des blessures cérébrales ainsi que des atteintes à la colonne vertébrale. Les employés paraissaient sympas, confiants dans leur capacité à me faire redevenir comme avant, ou du moins le plus proche possible de cet état-là. Les couloirs étaient étincelants et spacieux, la nourriture était excellente et les médecins provenaient du haut du panier. Et, oui, c'était cher, accessible uniquement à l'élite, à la crème de la crème. Ce qui était la raison pour laquelle Mads, têtu, m'avait poussé à venir ici quand ma première rééducation s'était achevée. Encore deux semaines au centre, puis j'aurais deux semaines à la maison pour les vacances, et je reviendrais ici encore quatre semaines. Peut-être qu'après, nous parlerions enfin de hockey.

— Salut, tu es Tennant Rowe, n'est-ce pas ?

Je m'arrêtai juste devant l'une des dizaines de vérandas. Comme si les habitants de l'Arizona ne prenaient pas suffisamment le soleil rien qu'en sortant de chez eux ! Ils avaient besoin de véranda pour prendre le soleil. Un grand homme noir, musclé, dans ma tranche d'âge, courut vers moi en tendant la main. Je lui souris, essayant de soutirer des informations sur lui dans ma banque de souvenirs embrumés.

— Je suis Declan Fidler, cornerback pour les Temple Owls.

— Ah, cool, salut mec.

Je lui serrai la main. Mon Dieu, il était mignon. Il avait des cheveux courts et un sourire étincelant, ainsi que de larges épaules et des tatouages sur les bras.

— Enfin, je suis désolé de te voir ici, ajoutai-je.

— Ouais, je le sais.

Il passa une main dans ses cheveux.

— En plus, c'était le premier match de la saison.

— Ça craint, déclarai-je avant de relâcher sa main. Je partais vers la cafétéria.

— Si tu veux de la compagnie, je pourrais manger avec toi.

— Carrément. Ce sera sympa de parler à quelqu'un qui n'a pas quarante ans.

— Je te comprends.

Il se joignit à moi sur le trajet jusqu'à la cafétéria, qui ne ressemblait en rien à la cantine d'un hôpital, comme je m'attendais à en voir une hier. Cet endroit était haut de gamme. Il y avait des tables rondes avec des nappes en tissu, une moquette épaisse bleu roi, des baies vitrées qui allaient du sol au plafond, des plantes en fleurs dans les coins et des serveurs.

— Je ne crois pas que je m'habituerai à cet endroit, murmurai-je en suivant Declan à une table près de la fenêtre.

— Je me dis la même chose, déclara-t-il alors que nous nous asseyions. Enfin, je suis né dans une famille riche, mon père est le président de la Cour Suprême de Pennsylvanie, mais je suis quand même choqué.

— C'est impressionnant. Est-ce qu'il… ?

Mon cerveau était parfaitement vide et je tâtonnai pour trouver le mot approprié.

— Poussé. Ouais. Est-ce qu'il t'a poussé à venir ici ?

Je grimaçai à cause de mon oubli.

Quelles conneries. Vraiment. Poussé. Était-ce si dur que ça de se souvenir d'un mot comme pousser ?

Une femme plus âgée que nous, dans un uniforme impeccable, remplit nos verres d'eau, avant de nous demander nos numéros de chambres. Tous les repas étaient préparés par des nutritionnistes avec un intérêt pour les besoins uniques des patients, dans mon cas, parce que j'étais un athlète.

— Et plutôt deux fois qu'une. Il était catégorique. Il voulait que je vienne ici après ma première rééducation. Il a dit que cet endroit me permettrait de contrer les dégâts comme aucun autre centre normal ne pourrait le faire. Tu es là pour la TRC ?

— Je euh…

Et mes mots m'échappèrent encore. Merde.

— Mec, je suis désolé, je suis…

Je tapotai ma tempe.

Il tendit la main par-dessus la table pour saisir la mienne.

— Ten, ne te tracasse pas. Tu aurais dû me voir quand je suis arrivé ici. J'arrivais à peine à aligner quatre mots. Parfois, j'ai encore des trous de mémoire, tout comme toi. Mais ce n'est pas grave. On est des durs à cuire. On va entraîner nos cerveaux.

— Ouais, on va entraîner nos cerveaux. C'est cool.

Il serra ma main avant de la relâcher.

— Alors, la TRC ?

Notre repas fut servi. Mon plateau était rempli d'œufs brouillés, de fruits frais, d'un bol d'avoine et de chocolat chaud. Mes médicaments s'y trouvaient également. La nourriture de Declan était similaire, tous comme les cachets dans une petite coupelle devant lui.

— La thérapie de réadaptation cognitive, déclara-t-il.

Il secoua ensuite sa serviette et la posa sur ses genoux.

J'en fis de même et gobai les médicaments. J'ignorais totalement ce qu'ils me faisaient avaler et je m'en moquais sincèrement. Tant qu'ils me permettaient de remonter sur la glace, il pouvait bien me donner des produits de la société Soylent infusés dans le lait. Bon sang, ce vieux film avec Charlton Heston était génial. Ce que je ne donnerais pas pour être blotti sur le canapé avec Mads, à le regarder à nouveau.

— Une thérapie pour gérer le discours, le métier et l'aspect physique. Tu n'as pas de gros problèmes physiques, si ?

— J'ai une certaine faiblesse sur le côté gauche, dans le bras, mais ça s'améliore. Je ne fais presque plus rien tomber, maintenant.

— C'est bien. Une fois que le gonflement diminue, les choses ont tendance à s'améliorer.

Il prit une bouchée de sa tranche de pain complet.

— Je n'arrive pas à croire que je suis assis ici, à manger avec toi. Le gagnant de la coupe, le défenseur LGBT. Merci d'avoir fait ça, d'avoir fait ton coming-out, d'être gay et d'en être fier. Je sais à quel point c'est difficile. Ma famille et mon équipe ont été géniales avec moi en apprenant que j'étais queer.

— Excellent. Je suis ravi qu'ils… merde, juste… Laisse-moi une seconde. Ouais, euh, ravi que tout se passe bien pour toi. Je suis désolé. Parfois, ils se passent plusieurs jours sans que je me trompe une seule fois, et à d'autres moments, j'atteins cet endroit dans mon cerveau où ça coince et… merde. Putain. D'accord. Je vais me taire une minute et laisser mes neurones… se mettre en marche, ou un truc dans le genre.

— Ce n'est pas grave. Je comprends.

Et il comprenait. Je pouvais le voir dans son regard. Il comprenait totalement parce qu'il le vivait également.

J'aimerais que toutes les personnes de ma vie puissent concevoir ce que je vivais. Nous mangeâmes dans un silence aimable, et non pas sous cette lourde couverture d'inquiétude, chargée de pitié, que ma famille drapait sur mes épaules chaque fois que j'avais du mal à trouver mes mots.

Des heures de thérapie suivirent ce petit déjeuner agréable. Je vis des médecins, des infirmières, des thérapeutes qui lurent mon dossier, firent des tests et m'examinèrent. Je soulevai des poids, courus sur le tapis et lançai des balles médicinales. Je jetai de petits bouts de bois dans des trous minuscules et je suivis ensuite la thérapie par animaux, ce qui était carrément cool. Qui n'aimait pas les câlins d'un chien ? La séance d'orthophonie arriva en dernier et je me foirai complètement. Je fis un flop total à cause de mon incapacité à me souvenir d'une simple phrase et cela me rendit tellement fou que je retournai la table, faisant voler des papiers et des stylos. Puis, parce que j'ignorais d'où était venue cette explosion de colère, je me sentis encore plus mal.

— Tennant, ce n'est rien, dit la femme qui était un genre d'orthophoniste fantaisiste.

Nous rangeâmes le bazar que j'avais provoqué.

— Les poussées de colère sont habituelles. C'est frustrant de ne pas réussir à s'exprimer. Nous le voyons fréquemment chez les victimes d'accident cérébral.

— Ce n'était pas cool. Vraiment pas cool. Je ne… ce n'était pas… merde.

Je tombai par terre, mes mains pleines de papiers sur

lesquels on pourrait croire qu'un enfant de quatre ans avaient dessiné. Je plongeai mon visage dans les feuilles et pleurai.

Julie. Oui ! C'était son nom. Julie s'assit à côté de moi, me frotta le dos et me dit tout un tas de paroles réconfortantes.

— J'en ai assez, pour aujourd'hui, lui annonçai-je.

Elle me laissa partir. Je traversai le couloir, me sentant à la fois découragé et dégoûté de moi-même. Une fois que je fus de retour dans ma chambre, j'appelai à la maison, ayant besoin d'entendre la voix de Jared. Dès qu'il décrocha, je commençai à bafouiller. Beaucoup de mes mots n'étaient pas sensés. Ils étaient d'autant plus confus, comme j'avais dû m'arrêter et réfléchir, avant de recommencer. Mais pendant tout ça, Jared écouta et ne m'interrompit pas une seule fois. Lorsque j'eus fini, je retombai sur le lit, épuisé, luttant contre une migraine. J'étais plus que las de moi-même et de mon cerveau stupide.

— On dirait que ton premier jour a été difficile, déclara Jared.

Je roulai sur le côté, relevant mes genoux, mon regard porté sur cette patinoire étincelante où les Raptors étaient actuellement en train de jouer au hockey.

— Tu es sûr que tu ne veux pas que je vienne ? Je peux prendre une chambre d'hôtel.

— Non, il faut que tu travailles. L'équipe a besoin de toi.

— Toi aussi, tu as besoin de moi, Tennant.

— Non, je gère. Tu ne peux pas faire ça pour moi, Mads. Ni Ryker, Brady, Jamie ou ma mère. C'est juste…

Je soufflai, les lèvres pincées.

— C'est tellement plus difficile que je l'avais imaginé. Enfin, je savais que ce serait compliqué, mais bordel, je n'arrivais pas à me souvenir de simples mots. Comment je pourrais rejouer un jour si je ne peux…

Je m'interrompis et me calmai.

— Je déteste que ce soit arrivé. Je déteste tellement Aarni de m'avoir fait ça, Jared. Je n'aurais jamais cru pouvoir haïr quelqu'un.

— Je sais, chéri. J'aimerais que tu y repenses et que tu me laisses venir.

Il paraissait aussi écœuré que je l'étais. Et sincèrement, à ce moment, j'étais à deux doigts de lui dire de monter dans un avion pour venir me voir. J'avais tellement besoin de ses bras autour de moi.

— Dis-moi que tu m'aimes.

— Je t'aime.

Il prit une inspiration tremblante.

— Tu veux que je vienne ? Tu n'as qu'à le dire.

Je m'assis lentement pour éviter une brusque montée de sang dans mon cerveau et la douleur qui lui était associée.

— Non, je vais bien.

Je me levai et m'approchai de la fenêtre. Le soleil se couchait, désormais, et les miroirs sur la structure de la patinoire Santa Catalina étincelaient de rouge écarlate et de rose.

— Je suis coriace. Ma mère me l'a dit, la première fois que je suis allé en colonie de vacances, pour me focaliser sur le hockey.

— Ah ouais ? Tu avais quel âge ? Cinq mois ?

Sa réplique me fit glousser.

— Non, mec, j'avais environ six ans. Et cette colonie

était à Buffalo. Je voulais tellement y aller. Enfin, je peux être têtu quand je veux quelque chose.

— J'en suis bien conscient, répliqua-t-il.

Était-il assis ou faisait-il les cent pas ? Il marchait probablement parce qu'il était incroyablement nerveux à cause de moi.

— Tu as été persévérant, pour nous.

— Oh que oui, je l'ai été. Je savais qu'on serait bien ensemble.

Je touchai la vitre alors qu'un souvenir se dessinait sur mes lèvres quand je m'en souvins.

— Je suis allé dans cette colonie de vacances, et dès que mes parents m'y ont déposé, j'ai voulu rentrer à la maison. Mais maman ne m'a pas laissé faire. Elle a dit que je devais être coriace, et qu'une fois que je n'aurais plus le mal du pays, je serais ravi d'être resté.

— Et ça a été le cas ?

— Ouais, j'ai adoré. J'ai marqué mon premier but contre Tommy Wayfarer. Il s'est énervé et a pleuré.

Les lumières de Tucson commencèrent à s'allumer. Quelqu'un passa à côté de ma porte en fredonnant *Petit papa Noël*.

— Tout ira bien pour moi. Je dois simplement mettre mon premier but, ici.

— Tu le feras.

— Oui, je le ferai. Alors, parle-moi de l'entraînement de ce matin. Les lignes n'avaient pas l'air mal ?

Nous parlâmes des Railers, de Ryker et de Declan, mon nouveau pote de rééducation. Nous discutâmes de vieux films et de nouvelles chansons. Nous parlâmes pendant des heures. L'obscurité était tombée sur la ville quand je commençai à m'endormir. Je me réveillai une seconde plus tard, le portable toujours collé à mon oreille, et mon petit ami gloussant.

— Waouh, tu as ronflé tellement fort que ça t'a réveillé, plaisanta Mads.

Il grogna ensuite, avant de se lever, d'après ce que j'imaginais grâce au bruit.

— Merde, ouais, je me suis endormi.

Un bâillement m'échappa. Je me tournai sur le côté du lit, regardant le ciel désert au-dessus de Tucson.

— Il faut que je dorme aussi, déclara-t-il en bâillant.

— Ouais, tu as deux heures de plus que moi, à cause du décalage. Je t'appellerai demain à la même heure. Je t'aime, Mads.

— Moi aussi, je t'aime, Ten. Et ta mère avait raison : tu es coriace. Tu vas commencer à voir des améliorations. Je te connais. Tu n'arrêteras pas jusqu'à réussir.

— Merci, Coach.

— Gros malin.

— Nos baisers de bonne nuit me manquent.

Mes paupières étaient si lourdes que j'arrivais à peine à les maintenir ouvertes.

— Tu en auras plein quand tu rentreras à la maison.

— Hmm, ça m'a l'air bien.

— Oui, ça l'est. Repose-toi. Guéris. On se reparle demain.

— Bonne nuit, marmonnai-je.

Je raccrochai avant de tomber dans un sommeil épuisé, mais agité. Le lit était trop dur, trop étroit et il manquait carrément le grand corps large de Jared Madsen.

DEUX

Jared

———————

Nous fûmes écrasés lors du match de ce soir. J'avais merdé, perdu mon calme et désormais, tout ce que je pouvais faire, c'était fermer la porte au nez de Stan, même si son visage était marqué par le chagrin.

Le grand gardien ne força pas le passage pour poursuivre ce qui avait été dix minutes d'humiliation, et pendant un moment d'espoir, je crus qu'il partirait. J'appuyai mon front contre la porte, et j'aurais aimé pouvoir retirer tout ce que je venais juste de dire. Arvy et Westy ne méritaient pas que je les accule dans le vestiaire et que je critique amèrement la troisième période catastrophique. D'accord, ils s'étaient plantés, ils avaient failli se gêner, mais ce n'était que du hockey, et c'était ma faute si c'était arrivé. Je n'étais pas concentré sur le match.

Nos baisers de bonne nuit me manquent.

Je n'avais même pas dormi quand nous avions raccroché, hier soir, pas pendant un long moment. Ten me manquait terriblement, et j'aimerais être avec lui, en ce moment. Il arrangerait les choses, me dirait que je pouvais tout arranger et que je devais me reconcentrer.

Un tambourinement résonna sur la porte, mais ce n'était pas comme si Stan voulait entrer. Bon sang, il était probablement en train de se cogner la tête contre le bois, tout comme je le faisais.

— Pardon, dit-il assez fort pour que je puisse l'entendre. Pour le match perdu, pardon pour…

Sa voix était basse et emplie de malheur, mais il ne dit rien de plus et je comblai les vides. Pardon pour Ten, pardon pour le stress que je faisais peser sur l'équipe, pardon pour le désespoir qui avait fait craquer notre gardien titulaire et qui l'avait poussé à tabasser un joueur de Boston. Pardon pour Arvy et Westy qui avaient trébuché l'un sur l'autre en essayant de tout arranger pour leur coach.

S'il te plaît, va-t'en.

— Je reste assis là, déclara Stan.

J'entendis son grand corps glisser le long de la porte. Je pouvais l'imaginer, ses longues jambes écartées devant lui. Il était comme le gardien que les autres devraient affronter s'ils voulaient me parler. Des membres du management, le coach, la presse, l'équipe, la famille de Ten.

Parce que Stan m'avait vu craquer ce soir. Il m'avait vu perdre le contrôle et il savait, comme tout le monde, que je n'étais pas loin du point de rupture.

Le management avait voulu savoir si j'étais émotionnellement disponible pour mon travail. Le coach Benning avait voulu savoir si j'avais envie de rester sur la touche jusqu'à ce que Ten rentre à la maison, tout en m'assurant que ce n'était pas du tout une mauvaise chose. Jamie avait téléphoné juste après Ten et je n'avais pas décroché. Il souhaitait savoir comment allait son frère au moment même où mes propres émotions étaient les plus à vif. Brady m'avait ensuite acculé, avant le match de ce soir contre Boston, que nous avions lamentablement perdu, et il m'avait parlé au moins trente minutes.

Tu devrais être avec lui en Arizona. Non. Tu ne devrais pas être avec lui en Arizona. Pourquoi est-ce qu'il est en Arizona ? Je suis son grand frère. Je devrais être avec lui en Arizona. Tu es sûr que tu devrais continuer de travailler ?

J'avais réussi à le calmer, à le convaincre encore une fois que Ten était au bon endroit et que, non, il n'avait pas besoin de son grand frère là-bas pour le moment. Quant à son commentaire selon lequel je ne devrais peut-être pas travailler ? Je l'avais rassuré, gentiment et d'une manière ô si contrôlée. J'avais affirmé que c'était mon *travail* et que je ne rendrais pas service à Ten si je l'étouffais. Quand j'avais ajouté que la famille n'avait pas le droit d'accéder au centre de soins à long terme, il avait finalement cédé et m'avait serré si fort contre lui que je jurais que j'avais des ecchymoses au niveau des côtes.

Quand j'avais consulté mon téléphone après le match et que j'avais vu un autre appel manqué de Jamie, ainsi que deux de la part des parents de Ten, ce fut la goutte d'eau qui fit déborder le vase.

J'en avais assez d'être la personne vers qui tout le monde se tournait quand ils en avaient assez de Ten. Je ne pouvais plus être cet homme, tout en faisant mon boulot et m'inquiétant pour mon petit ami.

— Il faut qu'on parle au coach Madsen.

Je reconnus la voix d'Arvy, déterminée et forte. N'importe qui adopterait cette voix face à un gardien russe en colère. Puisqu'il avait dit *on*, je supposai que Westy était avec lui.

— Allez plus loin, tous les deux, leur grogna Stan.

Je pouvais imaginer la file de personnes qui attendaient de parler à Jared Madsen, le coach délirant des défenseurs et véritable connard. J'imaginais Brady et Jamie, avec leurs parents, attendant d'obtenir toutes les réponses. Juste derrière eux devait se trouver le management, qui ne savait absolument pas quoi me dire. Il y aurait ensuite le coach Benning, qui pincerait ses lèvres fines. Et tout au fond, après toutes mes responsabilités et ceux qui voulaient un bout de moi, se trouverait Ten. Il attendrait patiemment que je gère tout le monde, puis il me prendrait la main et me dirait que tout irait bien.

Mais tout n'allait pas bien, et me cacher dans mon bureau n'allait rien arranger.

J'ouvris brusquement la porte, Stan tombant en arrière, avec la bouche en O, trahissant sa surprise. Je le montrai du doigt.

— Toi d'abord, lui déclarai-je.

Je fis signe à Arvy et Westy d'attendre ici. Stan tâtonna pour se relever et je me rendis compte qu'Erik était à ses côtés, visiblement à la fois sérieux et nerveux.

— Toi aussi, dis-je à ce dernier.

J'attendis qu'ils entrent tous les deux, puis fermai la porte.

— J'ai essayé de l'empêcher de garder ta porte.

— Personne ne passera devant moi.

Ils parlèrent en même temps. Stan ne s'arrêta que lorsqu'Erik lui prit la main et entrelaça leurs doigts.

Je ravalai mes peurs et commençai à gérer tout ce que je devais cocher sur ma liste.

— Merci, Stan, de m'avoir écouté pousser un coup de gueule, de m'avoir surveillé quand je pétais un câble et de ne pas me l'avoir reproché.

Le grand Russe acquiesça.

— Pour Ten, dit-il.

C'était très bien résumé. Tout le monde voulait me protéger à cause de leur amour pour Ten alors qu'ils devraient peut-être critiquer mon manque d'aptitudes sociales, mon incapacité à coacher efficacement et le peu de contrôle que j'avais sur ma colère. Je me tournai vers Erik.

— Erik, s'il te plaît, ramène Stan chez vous. Il faut que je parle à Arvy et Westy et je peux m'en sortir à partir de là.

Stan ne voulait pas bouger, mais son petit ami lui tira finalement la main, et quand ils partirent, j'appelai leurs deux coéquipiers. Ils étaient tous les deux plus grands et plus larges que moi, mais ils paraissaient si petits, à se tenir là avec des expressions penaudes. C'était ma faute. J'avais causé cela.

— Ça doit cesser immédiatement, commençai-je.

Les deux défenseurs acquiescèrent misérablement.

— Pas vous. Ce n'est pas entièrement votre faute. J'ai fait une grosse erreur, et ce qu'il s'est passé ce soir n'aurait jamais dû se produire. Arvy, garde la tête haute et tiens-t'en au plan. Westy, reste près du filet. Ne gâche pas ce sur quoi on a travaillé avant que Ten soit blessé. Vous êtes mes deux meilleurs défenseurs, et ce soir, vous étiez comme deux élèves de maternelle sur la glace qui se battaient pour le palet.

— Coach…

— Je ne vous soutiens pas comme je le devrais.

Arvy s'éclaircit la gorge, mais ce fut Westy qui prit enfin la parole pour eux deux.

— On sait que c'est difficile pour toi, en ce moment, déclara-t-il simplement. Ce n'est rien…

— Non, loin de là, l'interrompis-je. Je vous dois des excuses à tous les deux. Bon, je vous vois à l'entraînement demain matin. Venez tôt. On travaillera sur les accélérations, et vous pouvez arrêter d'être si gentils avec moi. Vous avez le droit de me détester.

Ainsi, je mettais tout sur le tapis. Tout le monde voulait m'aider, être sympa avec moi, alors que j'avais besoin que les joueurs me bottent le cul et me mettent au boulot.

Westy acquiesça et recula jusqu'à la porte. Arvy se retourna et s'enfuit probablement avant que je puisse ajouter davantage d'entraînement à leur planning. Je laissai la porte ouverte et, effectivement, le coach Benning arriva juste après leur départ.

— Jared ? demanda-t-il depuis la porte.

Je levai la tête vers lui.

— Crie-moi dessus, file-moi une contredanse, donne-moi une charge de travail de trente heures par jour, fais-en des tonnes parce que mon boulot est merdique. Je veux que tout revienne à la normale avant que les Railers atteignent la fin du tableau, mais ne me pousse pas à quitter l'équipe.

Je paraissais désespéré, même quand je m'entendais parler, et il grimaça. Il avait été tout aussi coupable en laissant tout cela se passer sans réagir, mais cela se reflétait sur lui. Quel genre de coach était-il s'il n'arrivait pas à contrôler ses défenseurs et son entraîneur ? Il devait être tout aussi las que moi à force d'entendre les gens excuser les Railers à cause de ce qui était arrivé à Ten.

Il redressa les épaules et me fixa.

— Sors-toi les doigts du cul, Madsen. Fais ton boulot.

Il tourna ensuite les talons et s'en alla. Pour la première fois depuis un long moment, depuis la nuit où Ten était tombé sur la glace, j'avais l'impression que peut-être, j'avais un semblant de contrôle. Il me restait encore une chose à faire. Je fermai la porte du bureau, appelai les parents de Ten en visio, ajoutai Brady, qui se trouvait dans un hôtel du coin, et tentai également de joindre Jamie. Une fois seulement que l'appel fut connecté avec eux trois, Jamie transpirant encore à cause d'un match, je commençai à parler.

— Les gars, j'ai une chose à dire. Je ne peux pas continuer. Je ne peux pas être la personne à qui vous parlez pendant des heures. Je n'en sais pas plus que vous, et si j'ai des nouvelles de Ten dont je pense que vous devriez être au courant, je vous appellerai, ou vous enverrai un SMS, mais il faut que je me concentre sur mon travail. Je dois me concentrer sur Ten, et je ne peux pas tout faire en même temps.

La famille de mon homme m'aimait, depuis la querelle initiale que j'avais eue avec Brady, en tout cas. Ils paraissaient tous choqués par mes paroles franches. Je faillis céder à ce moment, mais l'épuisement qui me suivait partout n'était pas suffisant pour que je le fasse. Pas encore.

— On est désolé, déclara Jamie quand personne d'autre ne parla. C'est juste qu'on est…

— Effrayés, conclut sa mère en pleurant. Et on t'aime. Tu souffres tellement, Jared.

Je devais les forcer à voir ce que je ressentais.

— Il faut que je sois fort. Je dois avancer pour que

quand Ten rentrera à la maison, il voie qu'on a continué pour lui. Est-ce que j'ai tort de vouloir ça ?

La vulnérabilité s'insinua malgré moi dans ma voix.

Je vis Brady grimacer.

— Non, mon pote. On le veut tous, et c'est mal de notre part de t'avoir accablé de toutes nos peurs. On comprend et on va arranger ça.

La peur me saisit soudain. Je ne voulais pas qu'ils m'excluent de leur inquiétude ou qu'ils me traitent comme si je ne faisais pas partie de leur famille. J'avais besoin d'eux autant qu'ils avaient besoin de moi. Seulement, je voulais que ce soit plus équilibré.

— Mais ne me laissez pas tout seul.

Nom de Dieu, j'avais vraiment l'air en manque d'affection.

— On ne ferait jamais ça, affirma la mère de Ten.

— Jamais, confirma son père.

Brady poursuivit :

— Tu fais partie de la famille, Mads, et tu es quelqu'un de bien. Je suis ravi que tu nous l'aies dit et je suis désolé pour ce soir.

Jamie soupira bruyamment.

— J'aurais dû savoir que c'était toi, Brady. Qu'est-ce que tu as fait ?

— Va te faire foutre, Jamie. J'ai juste parlé de Ten à Mads.

— Dis-moi que tu n'as pas fait ton discours « *pauvre de moi* » à Jared.

— Ça ne te regarde pas, *petit* frère, cracha Brady.

— Tu es un salaud, rétorqua Jamie.

Il n'avait visiblement rien de mieux.

— Bon sang, les garçons, intervint la mère de Ten.

Jamie et Brady se turent.

— Jared, tu as raison. On devrait tous être là les uns pour les autres, pas nous contenter de tout lâcher sur toi. Ten reviendra nous voir à Noël et il sera devenu un homme différent. Il sera de retour sur ses patins au printemps et il jouera les play-offs en été. Je vous le garantis.

Tout le monde murmura pour donner son approbation, même si aucun de nous n'était entièrement convaincu que c'était vrai. Quand l'appel se termina, je me sentis plus léger, et lorsque je quittai la patinoire, j'eus le sentiment que, peut-être, je pouvais être la personne forte dont Ten aurait besoin si je n'étais pas obligé d'aider tout le monde en même temps.

LES TROIS JOURS entre le match merdique contre Boston et le suivant, contre Los Angeles, furent plus que normaux. Je travaillai intensément avec les défenseurs, et ils se donnèrent à cent dix pour cent. Je me concentrai sur le boulot, essayant d'ignorer le chagrin qui logeait de façon permanente dans mon ventre. Lorsque notre avion toucha terre sous le soleil de la Californie, je sentis la victoire dans mes os.

— Coach Madsen ?

Notre manager général, Dawson Brown, m'interrompit alors que je récupérais la carte de ma chambre auprès de Layton Foxx. Ce dernier remplaçait notre directeur social, qui était actuellement coincé chez lui à cause d'une intoxication alimentaire. J'étais le dernier membre du staff à récupérer ma clé avant qu'il s'occupe de la répartition des joueurs.

Dawson attendit que je récupère la carte, mais il ne dit rien d'autre que mon nom. Néanmoins, quand il s'éloigna, il me fit signe de le suivre et la peur m'envahit. Je mis mon sac sur mon épaule et le suivis dans le long couloir jusqu'à une petite pièce. Il ferma la porte derrière moi et nous nous retrouvâmes seuls. Rien que moi et l'homme qui payait mon salaire.

— Monsieur ? demandai-je aussi poliment que possible.

Mon cœur battait pourtant plus vite que je ne l'aurais jamais cru possible.

— C'est un match important, commença-t-il.

Sans déconner, évidemment que c'était important. Nous avions perdu la moitié de nos matchs depuis l'accident de Ten. Nous n'échouions pas à la dernière minute du temps additionnel, mais misérablement. La cohésion de l'équipe était déséquilibrée. Toutefois, ces derniers jours, l'étincelle était de retour. Je le voyais.

— Oui, Monsieur.

— Pour le jeune James, on négocie trois ans de plus. Qu'en pensez-vous ?

Je dus remettre le nom de James dans le contexte. James Sato-West. Westy. On l'avait choisi dans l'équipe secondaire pour remplacer Max Van Hellren, un mec bien, concentré et rapide et pas du tout perturbé par le fait que je n'étais plus autant engagé qu'avant. Le manager général ne m'avait jamais posé de questions sur les négociations de contrat, auparavant. Ce n'était pas mon domaine d'expertise, mais je sentais qu'il se passait quelque chose.

— Il est fort, à la fois en attaque qu'en défense, il travaille dur. Il est combatif et concentré.

Je prononçai tous les mots que je crus qu'il voulait

entendre, mais quelque chose dans son expression m'indiqua que ce n'est pas ce dont il avait besoin. C'était Westy qui avait souffert parce que j'avais échoué, et peut-être qu'ils hésitaient parce qu'il ne brillait pas autant qu'il le pouvait.

— J'ai merdé avec lui, admis-je.

Je grimaçai ensuite à cause du juron que j'avais employé. Le manager général écarquilla les yeux.

— Ne le perdez pas à cause de ce que j'ai fait ou de ce que je n'ai justement pas fait.

Dawson acquiesça.

— Merci, Jared.

L'étrange réunion était terminée et il ouvrit la porte, trouvant presque toute l'équipe des Railers dans le petit couloir devant nous. Pensaient-ils que j'allais me faire renvoyer ? Ils me fixèrent du regard, puis le manager, avant de me scruter une dernière fois. Leur mouvement chorégraphié était si comique que j'eus envie de rire. J'aimais cette équipe et le rire monta en moi. Pas un rire hystérique, mais une véritable affection et un sourire assorti. Je le cachai bien.

— Vous vous rendez compte que vous gâchez votre temps de repos ? déclarai-je plutôt. Il y a un match, cet après-midi. Le bus pour nous rendre à la patinoire arrive dans une heure précisément. Dégagez de là.

Il y eut un moment de silence, puis tout le monde bougea, même Stan, qui avait jeté un regard noir au manager et qui continuait à lancer des coups d'œil d'avertissement par-dessus son épaule. Que Dieu nous préserve des Russes qui « connaissaient des gens ».

— C'est bon de voir leur respect, déclara le patron avant de s'éloigner pour partir.

Puis, comme s'il avait oublié quelque chose, il s'arrêta et se tourna vers moi.

— Le plein du jet a été fait, il est prêt à voler jusqu'en Arizona après le match. Vous devez être de retour demain matin. Layton a tous les détails.

Je ne pouvais bouger, j'étais figé sur place. Le jet des Railers allait m'emmener voir Ten ? Je voulais dire merci, mais quand je compris ce qu'il venait juste de me dire, il était déjà parti.

Nous gagnâmes le match contre Los Angeles. J'aimerais dire que ce fut facile, mais ça ne le fut pas. Le hockey était intense, mais les Railers étaient féroces et nous connûmes donc notre première victoire en extérieur depuis un long moment. J'eus à peine le temps de me doucher et de m'habiller avant que la voiture arrive pour me mener jusqu'au jet. Après avoir volé jusqu'à l'aéroport de Tucson, je me retrouvai au Centre Draper en peu de temps. J'avais terriblement envie de toucher Ten. J'avais besoin de le voir autant que j'avais besoin de respirer.

Il m'avait envoyé un SMS pour nous féliciter de notre victoire, ajoutant un emoji sourire, mais voilà toute l'interaction que nous avions eue. Il ne se serait pas attendu à plus avec toutes les conneries de post-match dont l'équipe devait s'occuper. Il ignorait que j'étais en Arizona. Bon sang, il ne savait pas que j'étais juste devant le portail.

Mon téléphone portable vibra et je regardai l'écran. Ten. Je décrochai immédiatement.

— Salut, dit-il d'une voix fatiguée. Bon euhhh…

— Match, terminai-je pour lui.

Je savais que je ne devrais pas le faire. Les employés du centre m'avaient dit qu'il fallait que je le laisse réfléchir tout seul, pour faire prospérer ses connexions neuronales, mais j'étais tellement enthousiaste à l'idée de le voir que je ne pus m'en empêcher.

— Ouais, match, déclara-t-il avant de soupirer. Tu es dans ta chambre d'hôtel, là ?

— Pas exactement, répondis-je.

Je commençai à avancer vers la réception.

— Qu'est-ce que tu fais ?

— Le dîner était… bon. J'ai discuté. Je suis fatigué maintenant. Je suis dans ma chambre.

Je tendis la main et appuyai sur l'interphone de la sécurité.

— Il y a quelque chose pour toi à la réception, lui expliquai-je.

— Tu m'as envoyé… un… quelque chose… un cadeau ?

Je détestais la façon dont il tâtonnait avec ses mots. Je souhaitais qu'il puisse parler normalement. *Dans peu de temps, il le ferait. Si quelqu'un peut se battre, c'est bien mon Ten.*

— Ouais, va à la réception et tu verras.

La sécurité me laissa entrer, et je restai près de la réception en patientant.

TROIS

Ten

JE ME FROTTAI LES YEUX AVEC LE BOUT DE MES DOIGTS, JUSTE au cas où ce ne serait qu'un mirage provoqué par les médicaments. Mads leva les yeux. Nos regards se croisèrent et un sourire aimant se dessina sur ses lèvres. Bon sang, ce n'était pas un rêve.

— Tennant, déclara-t-il.

Il hocha une fois la tête en direction de la réceptionniste avant d'avancer vers moi. Je n'obtins qu'un baiser chaste, ce qui ne me dérangeait pas. La vieille dame derrière le bureau n'avait pas besoin de voir deux personnes échanger leur salive dans l'entrée.

— Merde, c'est bon d'être contre toi, chuchotai-je en me plaçant entre ses bras. Tu m'as… beaucoup manqué.

Il appuya ses lèvres contre mes cheveux.

— Toi aussi, tu m'as manqué. Viens. Trouvons un endroit où parler.

L'enthousiasme me submergea.

— Je sais… attends, je sais… où il y a un bon endroit.

— Alors, guide-moi.

Il me relâcha.

Je glissai ma main dans la sienne. Je tentai de lui parler de mes progrès alors que nous avancions. Toutefois, les mots continuaient à s'emmêler. J'en étais frustré et c'était donc plus difficile pour moi de me concentrer. J'en devins encore plus fou. Lorsque nous arrivâmes dans le solarium, j'étais énervé et parfaitement muet. Mes pensées fonçaient l'une dans l'autre comme des autos-tamponneuses.

— Hé, regarde-moi.

Il saisit mon menton dans sa main.

— Nous avons du temps. Pas de précipitation. Ralentis.

Il posa sa bouche sur la mienne et ses lèvres furent douces et chaudes.

Mon regard vacilla vers le bas et je laissai sa force ainsi que son calme s'insinuer en moi. Je voulais que le baiser s'approfondisse, mais je savais que c'était impossible. Je souhaitais mener Jared dans ma chambre et le laisser effacer toutes les horreurs de mon esprit, mais ça ne pouvait pas non plus arriver.

— D'accord, ouais, je suis, euh… calme, maintenant, chuchotai-je en fixant ses yeux bleus.

Il acquiesça, tel le modèle de l'homme qui était totalement apaisé. Si seulement je pouvais avoir ne serait-ce qu'un dixième de son sang-froid. Depuis l'accident, j'étais limite fou, prompt à agresser les autres sans aucune raison.

— Regardons la ville.

Il passa son bras autour de moi et me guida vers une baie vitrée.

— Parle-moi de Tucson. Tu as déjà beaucoup visité ?

— Non, je n'ai pas vu grand-chose.

Je posai ma tête troublée sur son épaule. Son odeur et

la solidité familière de son corps à côté de moi apaisèrent ma tension.

— Nous… Declan, moi et euh… son nom est Heath quelque chose, on faisait des activités pendant votre match. Le thérapeute nous a emmenés dans un parc, il a fait le tour avec nous, comme si on était des élèves de maternelle. Ensuite, on est revenus et on a fait de l'art avec des macaronis. Je déconne… ou pas. Vraiment, on fait des travaux manuels.

Je ricanai et il en fit de même.

— J'adore les collages de macaronis. Ryker m'en a fait des centaines. Je les ai peut-être encore, rangés quelque part.

— Dix mille dollars par jour et on colle… des nouilles sur du carton.

— Je suis sûr qu'ils font plus que des travaux manuels pour toi. C'est la patinoire des Raptors ?

Je suivis du regard la direction qu'il pointait du doigt.

— Ouais, la maison de glace des Raptors.

— Tu as l'air furieux.

— Eh bien ouais, il est là-bas, assis sur des gradins à regarder le match. C… Connard.

— Hé, pas de colère. Détends-toi, roucoula-t-il en m'attirant à ses côtés.

Je respirai légèrement afin de me relaxer. Julie, ma thérapeute, avait mentionné que l'adrénaline et moi paraissions en conflit, tous les deux. Plus j'étais furieux ou enthousiaste, moins j'étais concentré sur mon discours. Et je le comprenais, maintenant qu'elle me l'avait fait remarquer.

— Les gens disent que je devrais porter plainte. Brady, Jamie, ma famille… ils le disent. Je le devrais ?

Je levai les yeux vers lui. Là, avec les lumières au-dessus de sa tête, il paraissait sacrément tendu et fatigué. Les rides autour de ses yeux et de sa bouche étaient plus profondes.

— Tu vas bien ?

Il m'embrassa sur le nez.

— La dernière chose dont tu as besoin, c'est de t'inquiéter à propos de moi. Je vais bien. C'est juste le décalage horaire. Quant à la question de la plainte, je ne peux pas prendre cette décision. Ce que j'aimerais, c'est que tu te concentres sur le fait d'aller mieux. Les aspects légaux peuvent attendre, si tu décides de procéder de cette façon. Concentre-toi et sois courageux.

— Le courage… c'est une qualité indéfinissable qui permet à un homme de faire ressortir cette petite chose en plus quand, visiblement… il n'y a rien d'autre à donner.

— Ils t'enseignent des citations de Herb Brooks, ici ? demanda-t-il.

La ville déserte s'étendait devant nous et ses lumières étaient comme des piqûres d'épingle.

— Non, Brady avait ce poster sur le mur. Quand tu as parlé de courage, ça me l'a rappelé.

— Hmm, c'est une bonne citation d'un homme merveilleux. En plus, tu es calme, maintenant.

Je pris une seconde et réfléchis avant d'acquiescer.

— Le calme m'aide. Rien ne m'apaise plus que d'être dans tes bras.

Il inspira et expira, son torse s'élevant.

— Pareil pour moi.

J'inclinai la tête vers le haut, pour l'embrasser, et Mads baissa la sienne. Il ne pouvait jamais résister quand je faisais une moue montrant que j'étais en manque d'affection et que je voulais être embrassé. Ses cils retombèrent sur ses joues et ses lèvres s'approchèrent des miennes. De petits baisers, des actes tendres qui nous auraient menés à quelque chose de brûlant si nous étions à la maison. Malheureusement, ce n'était pas le cas. Nous nous trouvions en Arizona, dans un endroit où l'on réparait les cerveaux, et il partirait bientôt.

— Ten, tu veux toujours faire une partie de dames ou… Oh bon sang ! Pardon, mec.

Jared et moi sursautâmes. Reculant et me retournant, je vis Declan dans l'embrasure de la porte, la boîte de dames sous le bras.

— Non, tout va bien.

Je me libérai, souriant, et pris la grande main de Jared dans la mienne.

— Mads, voici Declan Fidler, cornerback pour l'équipe de football des Temple Owls. Dec, voici mon petit ami, Jared Madsen.

Les deux grands hommes se serrèrent la main. Jared paraissait un peu perplexe, mais je mettais ça sur le compte de la vie pénible en général. Enfin, j'étais perplexe tout le temps, moi aussi.

— Ravi de te rencontrer, coach Madsen. J'ignorais que tu avais de la compagnie, Ten. On traîne un peu ensemble pendant notre temps libre, expliqua Declan.

Il fit cliqueter la boîte des dames en la passant d'une main à l'autre.

— Cet endroit est bondé de vieux sportifs.

— N'est-ce pas ? Au moins, avec toi, je peux mentionner… Arctic Monkeys sans qu'on pense que j'évoque Mickey Dolenz en Sibérie.

Declan gloussa et nous exécutâmes notre petite poignée de main secrète que nous avions inventée.

— Je vais vous laisser tous les deux. Ravi de t'avoir rencontré, coach Madsen. Ten, passe quand tu le peux, et on installera le plateau. On a de nouvelles chansons de SZA à écouter.

— Cool, je vais…

Les engrenages se grippèrent légèrement dans ma tête.

— Partant. Je suis partant.

Une autre poignée de main digne de rappeurs, puis Dec s'en alla.

— Il est cool. Il joue à Pokemon Go avec moi. On rit bien. On a les mêmes goûts musicaux. Par contre, il est nul aux échecs.

— Ça a l'air d'être quelqu'un de bien, répondit Mads.

Son expression était difficile à analyser.

— Asseyons-nous. Il faut que je mette mes vieilles fesses flasques quelque part.

Je lui tapotai le derrière alors que nous avancions vers un canapé couleur taupe.

— Elles ne sont pas encore flasques.

— J'ai l'impression qu'elles traînent par terre, répondit-il.

Il soupira profondément quand il se laissa tomber sur le sofa.

Je m'assis à ses côtés. L'air climatisé soufflait dans ma nuque. J'allais bientôt devoir bouger, sinon je risquais une migraine à cause de mes sinus bouchés. Je faisais de mon mieux pour éviter tout déclencheur de maux de tête. Je n'allais donc pas au soleil sans lunettes, je ne lisais pas de petites lettres, j'avais un régime équilibré, je buvais beaucoup d'eau, et je le faisais savoir à mon kiné quand je sentais une douleur lancer dans mon crâne. Les choses s'étaient assez bien passé ces derniers jours et j'étais certain que j'allais effectivement continuer à m'améliorer tant que je suivais ce style de vie.

— Tu viens de piquer du nez ?

Je me tournai brusquement vers Mads.

— Oh, non, je… réfléchissais juste. Je suis tellement fatigué. Genre… mentalement, tu vois. Épuisé. Aujourd'hui, ils m'ont mis sur ce siège qui bouge dans tous les sens. C'est carrément un entraînement d'astronaute, non ? Ils… ils mesurent les ondes cérébrales et la dilatation des pupilles, et Dieu seul sait quoi d'autre.

— Bien, je suis ravi qu'ils fassent tout ce qu'ils peuvent pour toi. C'est un staff de classe mondiale.

Il glissa ses doigts dans mes cheveux, l'air pensif.

— Pour moi, tu es la personne la plus importante dans ce monde, après Ryker. C'est juste que… eh bien, si tu n'allais pas bien je…

Ses doigts glissèrent de mes cheveux pour se poser sur le bandage dans mon cou.

— Hé, chéri, tu n'es pas vraiment un… visiteur joyeux, là.

— Mon Dieu, oui, je suis désolé. Je suis aussi épuisé mentalement que toi.

Il caressa mon visage, son regard cherchant le mien.

— Je voulais juste que tu saches à quel point je t'aime, Tennant. Tu es la raison pour laquelle je me réveille avec le sourire, la raison pour laquelle je vais au lit comblé, la raison pour laquelle je suis devenu l'homme que je suis maintenant.

— Je t'aime incroyablement, chuchotai-je.

Je posai mes lèvres sur les siennes, rien qu'une fois,

avant de me blottir contre lui pour regarder la ville scintillante et endormie, derrière le fichu cactus éclairé dans un pot de la taille d'un mini-frigo.

— Il y a de la neige à Harrisburg ?

— Un peu, répondit-il.

Ses mots étaient comme des souffles chauds au sommet de mon crâne.

— Bien.

Évidemment, j'étais un mec du sud et je me gelais tout l'hiver, mais ma vie était désormais dans le nord, où il y avait des sapins dans le coin des maisons, et non des cactus. Il y avait quelque chose de fondamentalement mauvais à voir des figurines de père Noël agrippé à un cactus.

— J'ai hâte que tu rentres à la maison dans deux semaines.

— Hmm, ouais, moi aussi. Je n'ai pas de cadeaux pour…

— Arrête. Concentre-toi sur ton bonheur, ton bien-être et ta guérison. Tu seras à la maison. C'est tout ce qui compte. Fais-moi confiance, ta famille se fiche de ne pas avoir un calendrier personnalisé de ta part, cette année.

Il savait toujours quoi dire pour me faire sentir comblé et aimé.

DEUX JOURS PLUS TARD, Dec et moi étions en route pour le match des Raptors. J'avais ma casquette noire au motif de Rondoudou baissé sur le front pour que les mecs en maillots de Raptors ne me reconnaissent pas. J'étais un inconnu dans la foule, j'étais loin de l'équipe, mais une part de moi avait besoin de les revoir, de sentir la douleur que j'avais toujours en moi. Même si Aarni était toujours suspendu.

— Ten, tu es sûr que c'est une bonne idée ? s'enquit Dec.

Nous franchîmes les portes d'entrée pour attendre notre tour avant d'être fouillés par la sécurité.

— Il y aura du bruit et beaucoup de lumières, mon gars.

— Ouais, c'est cool. J'ai des lunettes de soleil et des bouchons pour mes oreilles. Il faut juste… je sois ici.

— D'accord, mais au premier signe de détresse on s'en va.

Je levai les pouces avant d'avancer dans la file. Nous passâmes la sécurité avant de nous diriger vers les gradins du bas. Les sièges à ce niveau étaient bon marché. Dans le genre vraiment pas cher. Peut-être même que je pouvais dire que chaque siège ne coûtait qu'une bouchée de pain. Dire que les Raptors étaient une équipe désorganisée serait un euphémisme. Ils luttaient pour garder leur quatrième place dans la division. Les critiques de la presse n'étaient pas bonnes, on parlait de réajustements majeurs pendant l'été. Je priais pour que la première chose qui s'en aille soit Aarni Lankinin. Il n'était pas assez humain pour être considéré comme une personne, donc je le catégorisais comme une *chose*, un seau de boue immonde qui avait humilié et blessé Bryan Delaney d'une façon que je ne pourrais jamais comparer à un cerveau abîmé et à quelques mois de rééducation.

Nous marquâmes une pause au sommet des marches en ciment qui menaient vers les places en bas. Je saisis la rampe en métal froid et inspirai l'odeur de la patinoire dans mes poumons.

— Oh, mon Dieu, tu sens ça ? demandai-je à Dec.

— Ouais, ça sent la nourriture.

— Non, mec, pas les oignons et les poivrons. La glace. Les molécules craquantes d'eau gelée qui flottent dans l'air et sont aspirées dans tes poumons. L'odeur piquante de la sueur, des hommes et de la foule.

— Euh, tu veux que je te laisse seul avec ton hockey pendant un moment ?

Sa réplique me fit rire.

— Non, c'est bon. Je ne bande qu'à moitié.

— Idiot. Hé, va trouver nos sièges. Je vais nous chercher quelque chose à manger.

Je tournai la tête pour le regarder.

— Prends quelque chose de gras. Et de la bière.

— Non, pas de bière. On a des médicaments.

— Vie de merde, gémis-je. D'accord, du soda, alors.

Nous cognâmes nos poings et je descendis les escaliers, y allant doucement, au cas où mon cerveau se déconnecte et que je tombe la tête la première. Je l'avais fait lors du premier jour de ma thérapie de réadaptation cognitive et j'avais eu envie de mourir d'embarras. Mes yeux s'étaient simplement brouillés alors que j'étais monté sur le stepper, et *crac* ! J'avais chuté la tête la première. Les médecins m'avaient assuré qu'une telle chose était normale et qu'au fil du temps, ça n'arriverait plus. Au fil du temps. Au fil du temps. Peut-être que je devrais me le faire tatouer dans la nuque, plutôt que le lion de la famille Rowe.

Nous avions choisi nos places juste derrière le verre, au niveau du but de l'équipe invitée. Les Raptors jouaient contre Vegas ce soir, et j'adorais le gardien de Vegas. Je pris quelques photos de lui en train de s'échauffer et les envoyai à Stan, qui fantasma sérieusement sur lui dans le groupe de messagerie de l'équipe. En dix minutes, tous les membres de l'équipe étaient sur le chat, me parlant tous en même temps. Je leur promis à tous que j'avais le droit d'être ici, que je n'étais pas en prison. J'étais libre de venir et de partir comme je le voulais. Je pris ensuite quelques photos de Declan, et Adler jouit clairement dans son pantalon en voyant le célèbre joueur de football américain universitaire.

Dec et moi dévorâmes des sandwichs italiens, des beignets d'oignon et bûmes des verres mousseux de soda. La musique et les lumières furent un peu difficiles pour moi, mais pas assez pour que j'aie envie de partir. Je mis mes lunettes de soleil sur mon nez et protégeai mes oreilles avec de minuscules bouchons roses. Je me rassis et me plongeai dans le match. Dec ne connaissait pas très bien ce sport, mais il applaudissait chaque fois que Vegas marquait, ce qui arrivait souvent. Je lui avais effectivement parlé des Raptors et de ce salaud d'Aarni.

Ryker m'écrivit sur un fil de discussion différent. Lui et son nouveau mec, Jacob (qui était adorable) m'envoyèrent un message avant Jared. Le sien incluait une photo de sapin de Noël qu'il avait acheté. Il était grand, large et sacrément vert. D'après Mads, il rebiquait comme un porc-épic. Quand je le vis, à côté de cet arbre nu, j'en eus mal au ventre. J'aurais dû être avec lui pour l'installer.

Je ne le décore pas jusqu'à ce que tu rentres à la maison, m'envoya Mads. *On le fera ensemble*.

Je fus assez ému, donc je pris un rapide selfie, personnalisé avec des cœurs, ainsi que des cochons roses volants et la phrase : *c'est la tête que je fais quand je suis amoureux de toi*. J'obtins en retour une longue pause avant qu'il finisse par me répondre.

Où es-tu ?

Au match des Raptors avec D, répondis-je.

De longs silences interminables s'étiraient entre l'envoi de mon message et l'arrivée du sien.

Pourquoi tu es là-bas ?

Hockey. M'ennuie. Soda. Hockey.

Une autre longue pause.

N'anéantis pas tes efforts, Tennant.

Je ne le ferai pas. J'avais simplement besoin d'être là, de voir la glace, de sentir la puanteur de tout ça. Tu vois.

Oui, je vois. Mais… fais attention.

Je lui répondis rapidement. *On se voit dans deux jours. Je t'<3. T.*

Je t'aime aussi. Je vais chercher les décorations. J.

Le gardien de Vegas sauva un but monstrueux et la foule se déchaîna. Je grimaçai à cause du bruit, même avec les bouchons dans mes oreilles. J'éteignis mon téléphone, me sentant étrange et patraque. Je laissai le match m'entraîner dans cet état d'esprit habituel. Quand j'étais hors de mon corps et que je ne faisais qu'un avec la glace et le palet.

QUATRE

Jared

J'AVAIS CETTE IDÉE DE LA FAÇON DONT NOËL SE DÉROULERAIT
depuis que Ten et moi étions tombés amoureux. Les
Railers étaient en déplacement à Vancouver le vingt-deux
décembre, puis nous n'avions rien jusqu'au vingt-sept,
quand une équipe de Floride viendrait jouer contre nous.
Cinq jours entiers. Ten et moi. Il y aurait bien évidemment
entre temps des moments passés en famille, mais ce serait
surtout une période pour nous deux. Tout était planifié.

Vous voyez, quelque chose de très important était
censé se dérouler lors du jour de Noël. J'avais tout ce
projet dans ma tête, délicatement orchestré et chronométré
à la seconde près. Nous serions là, entourés de cadeaux,
avec du café et des cookies en forme de père Noël, de la
musique de Noël sur l'iPod et je ferais comme si j'avais
oublié le cadeau. Rien de très conséquent, dirais-je à Ten.
Rien qui lui manquerait si je n'allais pas le chercher. Il me
taquinerait, exigerait son cadeau, et je le ferais attendre
jusqu'à l'embrasser davantage. Enfin, je prendrais le

présent dans le tiroir où il était caché, et je le sortirais en mettant un genou à terre.

Et je demanderais à Ten de m'épouser.

C'était ainsi que c'était *censé* se dérouler. J'avais même prévu que la musique devienne plus forte quand il répondrait oui.

Mais je ne savais plus si cela se déroulerait vraiment ainsi. Non pas parce que je ne souhaitais plus lui demander, étant donné que je le voulais plus que tout. Seulement, j'avais envie que ce soit spécial. Je souhaitais de la musique, des lumières, de la bonne humeur et surtout, il ne devait pas souffrir d'une migraine ou être perturbé par un million d'autres choses contre lesquelles il luttait en ce moment. Je voulais que sa réponse soit sincère et bonne. Il devait se souvenir de cet instant pour le reste de sa vie.

Alors, oui, la demande ne se passerait probablement pas de cette façon. Néanmoins, si je n'avais pas les anneaux, rien ne se produirait.

Ce qui était la raison pour laquelle je me tenais devant la bijouterie de Rose, sur le verglas et sous la neige. Je fixais la porte comme s'il y avait du poison sur la poignée et que la toucher allait me tuer. Je me recroquevillai un peu plus dans mon immense manteau rembourré, tirai sur mon bonnet et jurai à cause de l'air gelé qui mordillait chaque portion de ma peau dévoilée. Je m'étais autorisé deux heures pour cette visite. Entre le parking, la déambulation dans le centre commercial, peut-être un café, je m'accrochai à cette délicieuse sensation d'anticipation que j'allais sans aucun doute ressentir. Toutefois, j'avais passé la moitié de ce temps à rester planté à divers endroits, à l'extérieur, me demandant pourquoi diable tout avait dégénéré pour Ten. Pour moi. Pour nous. Je passai des sentiments égoïstes à l'espoir, sans oublier le désespoir, comme si Mère Nature connaissait mes pensées et qu'elle me lançait des bourrasques glaciales afin de me pousser à entrer.

Finalement, quand je passai de l'égoïsme à l'acceptation, j'ouvris la porte et entrai.

Et je ne bougeai pas.

La chaleur brûla les parties exposées de ma peau qui avait gelé. Mon nez coulait et ma tête palpitait. Les lumières criardes sur les arbres minuscules assaillirent mon regard. Je faillis me retourner et m'enfuir.

Ou, du moins, je l'aurais fait si je n'avais pas été figé sur le sol, comme s'il y avait du plomb dans mes chaussures.

— Je peux vous aider ? me demanda une petite femme.

Son badge indiquait que son nom était Alyssa. Son joli nom était assorti à son nez joyeux, son sourire plaqué sur son visage, ainsi que ses cheveux longs et blonds qui formaient un nuage angélique autour de ses épaules. Elle portait le houx réglementaire dans ses boucles et sur chacune de ses oreilles, une LED clignotait dans un rythme discordant qui me fit grimacer.

J'aimerais que Ten soit là. Je m'écoutai ensuite penser. *Ten ne serait pas là, de toute façon. Je choisis les foutus anneaux. Je n'ai pas besoin de Ten dans chaque situation difficile.*

— Monsieur ? s'enquit-elle à nouveau.

Un petit froncement de ses sourcils parfaitement épilés grava son inquiétude sur son visage.

— Vous voulez vous asseoir ? Puis-je prendre votre manteau ? Il est mouillé. Attendez.

Elle disparut alors, mais je ne bougeai toujours pas. Elle revint en un instant avec une tasse.

— Du café, noir. Mais nous avons de la crème. Vous en voulez ? Et du sucre ?

Tout ce que j'arrivais à me dire, à ce moment, c'était que le café était chaud et que j'étais gelé.

— Vous devriez enlever votre manteau, déclara-t-elle.

Je ne répondis pas et m'accrochai à cette caféine salvatrice comme si je la tenais en otage, puis je baissai la fermeture Éclair de ma veste, ce qui me prit une éternité avec des doigts glacés.

J'avais vu Ten lutter avec des fermetures et des boutons. Apparemment, ses excellentes capacités motrices étaient… abîmées, à défaut d'un autre mot. Ou du moins, tous les nerfs et les synapses étaient abîmés. J'avais écouté les experts l'expliquer, mais je n'avais jamais compris. Pas jusqu'au moment où mes doigts avaient tâtonné pour s'agripper à l'attache de mon manteau.

— De la crème, s'il vous plaît, répondis-je.

Je dirais n'importe quoi pour l'éloigner de moi afin qu'elle ne me voie pas agir comme un fichu idiot.

Elle disparut à nouveau et quand elle fut de retour, j'avais retiré mon manteau, mes gants, mon bonnet, ainsi que mon écharpe à moitié solidifiée par la glace. Je n'avais plus que mon jean et mon pull des Railers.

Elle me tendit le café avant de jeter un second coup d'œil au logo à l'avant de mon pull, puis elle leva les yeux vers mon visage.

— Oh mon… bafouilla-t-elle. Coach Madsen.

Elle tendit la main.

— Je suis une immense fan des Railers. La plus grande.

Je la serrai autant que possible, ma peau me picotant et

se paralysant à divers endroits. J'attendis qu'elle fasse le lien avec ce qu'il s'était passé et qu'elle me témoigne la même compassion que je recevais de tous les côtés.

Mon Dieu, écoutez-moi. Les gens tiennent simplement à toi, d'accord ? Tu es un foutu idiot, Madsen.

C'était simplement douloureux d'être au cœur de l'action quand tout ce que je voulais, c'était faire du bon boulot sur la glace. Je me préparai pour les discours habituels, mais elle ne prit pas du tout cette direction, du moins pas au point de bafouiller et de ne pas savoir où regarder.

— J'ai tellement hâte de revoir Ten sur la glace, commença-t-elle.

Elle tira ensuite une chaise depuis un coin.

— Asseyez-vous. J'adore la façon dont vous avez associé Arvy et Luka sur la ligne. Enfin, je sais que vous n'avez pas le dernier mot, mais on a tellement de bons attaquants et tout ne concerne pas toujours l'attaque, vous voyez. Enfin, mettre des buts impressionnants est une chose, mais quand vous avez des fuites devant votre propre but, comme contre Boston, alors peu importe ce que Stan fait. Il ne sera jamais capable de tous les arrêter.

Elle tira une autre chaise et s'assit en face de moi, comme si elle avait tout le temps du monde pour parler à un coach de défenseurs à moitié gelé.

— Mais Andrew, mon mari, est un fan de Boston, donc il était content que son équipe nous ait autant mis la pâtée.

Elle rit.

— Bien sûr, avec tout l'argent impliqué là-dedans, j'imagine que le défenseur va souffrir. J'aime que vous vous affairiez pour que des joueurs des Rush soient inclus dans l'équipe. Vous avez vu Taz jouer récemment ? Il est génial.

— Pardon, pour le match de Boston, offris-je.

Ce problème avec les défenseurs était effectivement ma faute. J'avais conscience de m'en être occupé, mais entendre cela de la part d'une fan, c'était assez cool. Les duos avaient bien fonctionné, et après mon aveu d'échec, j'avais l'impression que mes défenseurs s'étaient démenés pour faire de leur mieux.

— Ce n'est qu'un match. Et nous sommes toujours les champions de la Coupe Stanley.

Elle tendit la main pour que je cogne son poing. Il y avait quelque chose chez elle. Quelque chose de contagieux, d'amical. Elle parlait du match et non de Ten et moi. Juste du hockey. Elle avait grandi en tant que fan de Vancouver, avait vécu là-bas, enfant, mais dès que la franchise des Railers avait été créée, elle avait été fan à cent pour cent de l'équipe locale. Je découvris qu'elle était une grande admiratrice de Stan, mais notre gardien attirait les inconditionnels partout où il allait, et elle m'annonça qu'elle avait pleuré des tonnes de larmes quand nous avions soulevé la coupe cet été.

On était deux, Alyssa.

J'ignorai combien de temps nous restâmes assis là, à discuter de hockey, mais nous bûmes au moins deux cafés. Quand je me sentis une nouvelle fois humain, elle me demanda comment elle pouvait m'aider.

— Je suis venu récupérer des anneaux que j'ai commandés en ligne. Ils sont sous le nom de Jared Smith.

Elle me lança un sourire si large que je me disais qu'il devait être douloureux.

— Oh, on se demandait qui cela pouvait être. Je

n'aurais jamais parié sur vous. J'ai cru que ça pouvait être Jared Leto, mais pourquoi commanderait-il quelque chose chez nous, à Harrisburg ? Attendez une minute. Je vais aller dans le coffre-fort et les récupérer. Je peux prendre votre tasse ?

Je lui donnai ma tasse de café vide et elle me laissa sous le chauffage soufflant. Je grillais, ici, et en regardant par la baie vitrée, je vis le vent souffler et la neige tomber. Quelque part, à des kilomètres de là, en Arizona, Ten était probablement en pleine séance de kiné, ou bien il dessinait ou s'entraînait à marcher à reculons.

Je l'aime tellement que c'en est douloureux.

— Voilà pour vous, déclara-t-elle.

Elle me fit signe de la rejoindre au comptoir.

Je me levai et, miraculeusement, tous mes membres s'étaient réchauffés. Marcher ne me fit absolument pas mal. Elle déroula un carré en velours noir et posa prudemment les deux bagues dessus. Elles étaient exactement comme je l'avais imaginé. Elles avaient été faites sur mesure avec l'aide de Gatlin Pearce. Au premier coup d'œil, on avait l'impression qu'il s'agissait de simples anneaux de platine. Solides et sûrs, ils dureraient pour toujours. Cependant, lorsque je les inclinai à la lumière, les *J* et *T* subtilement gravés, ainsi que les palets de hockey et les cœurs miniatures pouvaient facilement se voir. À l'intérieur se trouvait un message, exactement le même sur chacun des anneaux. *Tennant & Jared pour toujours.*

Les larmes bloquèrent ma gorge et je les ravalai. Elles n'avaient pas leur place à cet instant, celui où je voyais la preuve de ce que je voulais faire.

— Ten les aimera tellement, murmura-t-elle.

Elle rougit quand je levai les yeux vers elle.

J'avais délibérément choisi ce bijoutier parce que mes amis du hockey disaient qu'il était incroyable et que chaque commande était gérée avec discrétion. Mais après tout, elle pouvait bien le tweeter immédiatement et Ten le découvrirait. Tout serait alors gâché.

— Nous traitons chaque commande avec la plus grande discrétion, annonça-t-elle en posant une main sur la mienne pour la serrer légèrement. Aucune information ne sort d'ici.

— Merci.

Je récupérai l'anneau de Ten. Il était légèrement plus petit que le mien. Il avait de longues mains délicates pour un joueur de hockey. Il était fort, mais mince, et il était capable de jouer un concerto tout autant qu'il pouvait jeter un sacré palet dans le filet. Ces bagues restaient masculines, solides et belles.

— Je les adore, dis-je.

— Vous voulez que je les mette dans leur écrin ?

Je l'observai alors qu'elle les essuyait habilement avec un coton de polissage, avant de les ranger prudemment dans une boîte avec un double espace. Était-ce stupide de ne même pas avoir envie que les anneaux soient séparés ?

Je payai la commande et rangeai l'écrin dans la poche fermée de mon pull, mon manteau étant encore trop mouillé. Néanmoins, je ne pus éviter de l'enfiler. Il valait mieux un manteau humide que rien du tout, par ce temps. La porte s'ouvrit au moment où j'allais partir et un couple entra, les yeux écarquillés par l'enthousiasme. Alyssa me lança un dernier sourire avant de me laisser avec deux phrases.

— Assurez-vous de battre Vancouver, d'accord ?

— Oui, déclarai-je.

Je défiais quiconque de nous arracher cette victoire.

— Passez un *très* bon Noël, monsieur Smith.

La porte se ferma derrière moi, et je rejoignis la neige et la glace, mais j'avais cette chaleur en moi, une étincelle de bonheur prudent. Je me précipitai vers ma voiture pour rentrer chez moi. Ce ne fut que lorsque j'eus caché les anneaux au milieu de mes chaussettes, au fond du tiroir du bas, que je fis ce dont j'avais vraiment envie.

Ten répondit à la première sonnerie, comme s'il avait attendu mon appel.

— Je t'aime, déclarai-je avant même de le saluer.

— Moi aussi, je t'aime, dit Ten.

Sa prononciation fut parfaite. Il ne bafouilla pas, et cela prouva qu'il s'était sûrement entraîné à le dire.

— Pourquoi tu as… dit… ?

— Je t'aimerai toujours. Souviens-t'en, d'accord ?

Il fut silencieux au bout du fil et je me maudis. Évidemment qu'il se souvenait que je l'aimais. Pourquoi avais-je toujours besoin de tant d'affection ? Ce n'était pas moi qui me retrouvais coincé dans un centre, pour qu'on guérisse mon cerveau.

— Je t'aimerai toujours, parla-t-il clairement, lentement.

Il rit.

— Devine ce que je viens de faire.

Je m'affalai sur le canapé.

— Quoi ?

— Ce truc… avec les doigts… on devait faire des constructions… avec des briques en plastique… le mot…

J'avais tellement envie de lui dire qu'il parlait de dextérité, mais je n'en fis rien.

— Ah ! La dextérité, c'est ça, le mot.

— Ryker adorait faire des constructions avec des briques, déclarai-je en gloussant.

Je me souvenais de l'Étoile de la mort et d'un château particulièrement difficile avec des chevaliers et des chevaux.

— Qu'est-ce que tu as construit ?

— Une maison, répondit-il sans bredouiller. Seulement, elle était... moche.

— Moche à quel point ?

— Dec a dit que c'était moche. Les maisons ne sont pas... vertes.

Peu importait que Declan fasse partie de l'histoire. J'avais l'impression que Ten souriait et vraiment, c'était tout ce que je souhaitais.

— J'ai vu des maisons vertes, lui fis-je remarquer. Je crois que Declan raconte n'importe quoi. J'ai vu des maisons roses, bleues, et j'en ai même vu des violettes.

— C'est... normal... au Canada ?

Je devais le laisser marquer ces pauses, attendre que son cerveau rattrape tout ce qu'il se passait dans sa tête.

— Ah, ah, super marrant, le sudiste. Alors, la maison était bien ?

— Comme une maison. Ensuite, j'ai...

Il marqua une pause et j'entendis des conversations étouffées alors qu'il posait une main sur le téléphone.

— Macramé, annonça-t-il avec enthousiasme. Dec dit que c'est dans deux minutes.

Mon cœur se serra à nouveau et je ne pensais pas que c'était à cause de la jalousie, puisque Ten parlait d'un autre homme. Non, ce n'était pas de la jalousie, plutôt de l'envie parce que Dec pouvait être près de mon petit ami et pouvait même l'aider à guérir. *Je suis un tas emberlificoté de complications*. Je changeai de sujet afin de pouvoir couvrir les choses importantes dans les quelques minutes que nous avions avant que je sois obligé d'attendre ce soir pour lui reparler.

— Tu as déjà fait tes valises pour après-demain ?

— Euh… mes valises ? Pourquoi je ferais mes valises ?

Merde. Il ne se souvenait pas qu'il rentrait à la maison pour Noël ? Je regardai les décorations dans leur boîte et mon cœur se serra davantage. Comment pouvait-il oublier qu'il devait me revenir ?

Ce salaud s'esclaffa ensuite.

— Je plaisante. Mes valises sont *carrément* prêtes. J'ai… tellement hâte.

— Tu sais que tu es un salaud et que je te déteste vraiment ? râlai-je.

Ten ricana. Cela faisait longtemps que je n'avais pas entendu ce rire.

— Tu m'aimeras toujours.

Je m'agrippai au téléphone, voulant lui transmettre tout mon amour au travers du combiné. Je l'imaginais parcourir le câble pour traverser le pays avant de tourner au milieu pour se diriger vers l'Arizona.

— Oui, chéri. Toujours.

CINQ

Ten

LE VOL EN PREMIÈRE CLASSE FUT LUXUEUX. MON SIÈGE ÉTAIT côté hublot et j'avais beaucoup de place pour mes jambes. Une hôtesse de l'air m'apporta une boisson gazeuse au gingembre, lorsque mon estomac devint sensible après le décollage, puis de l'ibuprofène quand je commençai à avoir mal à la tête à cause de la pression dans la cabine, et un autre masque à mettre sur les yeux afin de bloquer la lumière au moment où l'élastique du premier craqua. Elle s'appelait Melinda et était géniale.

— Désolé de vous causer tant de soucis, déclarai-je quand elle remplissait mon verre de boisson au gingembre.

Je savais que j'étais en train de me plaindre pour rien. Voler avec une blessure persistante à la tête était totalement différent du fait de prendre l'avion quand votre cerveau ne guérissait pas d'une contusion. Normalement, tout se passait super bien quand j'étais dans les airs.

— Ce n'est rien, monsieur Rowe. Si vous avez besoin de quoi que ce soit, s'il vous plaît, dites-le-moi.

Melinda ouvrit le paquet contenant la couverture et la secoua pour la poser sur mes cuisses avec un petit sourire. Si j'avais été attiré par les femmes, j'aurais invité cette grande femme noire aux longues jambes en rencard. Bien sûr, elle avait au moins dix ans de plus que moi, mais j'aimais que mes amants soient un peu plus vieux.

Je m'enfonçai à nouveau dans le fauteuil confortable, mis mes écouteurs dans mes oreilles et laissai les mélodies noyer le bruit de l'appareil. La musique était basse, puisque les bruits forts me faisaient grimacer, mais même avec un volume si réduit, *Astoria*, le quatrième album de Marianas Trench s'insinua dans mon âme et m'apaisa. Je m'assoupis par intermittence pendant le vol, me réveillant alors que nous entamions la descente. Mon estomac se retourna quand nous touchâmes terre, ce qui était un effet secondaire de l'HSA, hémorragie sous-arachnoïdienne, d'après ce que m'avait dit le neurologue. Je retirai le masque sur mes yeux, remontai le cache-hublot avant de grimacer à cause du soleil brillant se reflétant sur la neige blanche qui recouvrait le tarmac. *C'est vrai, je devais mettre mes lunettes.*

Je sortis de l'avion avec d'autres passagers de première classe, mon sac Railers sur l'épaule. Je n'avais apporté qu'un bagage à main. La plupart de mes vêtements étaient toujours dans la commode, à la maison. La maison. L'espace que je partageais avec Mads. J'étais tellement désespéré à l'idée de le voir que je dus réprimer mon envie urgente de courir dans le terminal. Me retrouver coincé derrière une vieille dame avec une cane alors que nous avancions sur la passerelle de débarquement me permit de garder mon calme.

Je contournai cette femme une fois que nous fûmes à

l'intérieur et qu'elle eut trouvé ses bagages. Au milieu de tous ceux qui voyageaient pour les fêtes, Jared Madsen se distinguait. Il était presque plus grand que tout le monde, plus large que tout le monde, et bien plus beau que n'importe qui sur cette planète. Il leva une main et je me précipitai vers lui, me fichant totalement de tous les regards étranges qu'on me lançait. Mads ouvrit les bras pour moi. Je me cognai dans un mec quelconque avec une valise à roulettes, et je titubai avant de reprendre mes esprits, de m'excuser, puis de me jeter dans les bras de mon petit ami. Il me souleva de quelques centimètres, ses biceps serrés autour de ma taille. Il m'embrassa passionnément.

— Salut, haletai-je quand nous respirâmes enfin.

— Salut.

Ses yeux bleu clair luisaient comme des tourmalines.

— Mon Dieu, comme tu m'as manqué.

— Toi aussi, répondis-je.

Je passai mes doigts dans ses cheveux courts et dorés, appréciant la douceur soyeuse sur ma peau.

— Rentrons à la maison. Je veux… te sauter dessus.

Il me reposa et mes baskets touchèrent terre.

— À propos de ça…

Je me blottis contre son torse, cachant mon nez dans le col de son manteau d'hiver afin d'inspirer le parfum érotique de son eau de Cologne mêlé à son odeur propre.

— Dis-moi que la famille n'est pas encore arrivée, marmonnai-je contre son manteau.

— Ils ont atterri comme une bande de corbeaux sur un champ de maïs.

Il blottit son nez contre mes cheveux.

— Génial.

Je soupirai, le serrai contre moi, puis, parce que j'y étais obligé, je m'éloignai.

— Ils sont tous là ?

— Absolument tous, même le chien.

Il prit mon sac de mon épaule, le mit sur la sienne avant de me prendre la main. Certains nous regardèrent avec dégoût, mais beaucoup ne le remarquèrent même pas.

— Notre maison… doit être bondée.

Il me guida à l'extérieur. Le froid était si intense que mes poils de nez gelèrent et que ma tête me fit souffrir. Mads fronça les sourcils, inquiet.

— Tu as mal ?

— Mouais, c'est à cause du froid. Je vais bien.

— On va rejoindre la voiture pour te réchauffer.

C'était agréable d'être chouchouté. Le trajet jusqu'à notre appartement se déroula sans problème. Il n'y avait que Mads et moi, parlant de ma thérapie, des traitements qu'on me donnait et des Railers. Lorsque nous nous garâmes devant notre maison de ville, je geignis en voyant toutes les voitures de location dans notre allée.

— Bon sang, tu ne plaisantais pas.

Je soupirai. J'aurais aimé que ma famille aimante et folle nous accorde, à Mads et moi, au moins une heure pour être seuls.

— Ils partiront tous dans leur hôtel respectif, tout à l'heure, m'indiqua Mads en garant sa grande Range Rover. Enfin, à part ta mère et ton père. Ils restent dans la chambre d'amis.

— Évidemment.

Je sortis de la voiture et posai le pied sur le trottoir, puisque nous avions été relégués dans la rue. Je levai les yeux vers la porte d'entrée avec sa couronne verte au moment où elle s'ouvrait. Ma mère se plaça dans l'embrasure, les mains jointes et posées sur sa poitrine, un sourire tremblant sur le visage.

Je m'apprêtais à la saluer quand une boule de neige de la taille d'un boulet de canon m'arriva en plein visage. Je titubai contre l'aile de la voiture de Mads, crachant et toussant alors que quelqu'un, qui avait une voix très similaire à celle de Jamie, hurlait quelque chose d'indéchiffrable.

Essuyant la neige derrière mes lunettes de soleil avec mon doigt, j'entendis ma mère se déchaîner sur son autre fils. La boule de neige ne m'avait pas fait mal, mais entendre mon frère se faire enguirlander était toujours amusant.

— James Rowe ! Mais qu'est-ce qu'il te prend de jeter des boules de neige à Tennant ? Et s'il y avait un caillou dedans, comme la fois où il avait sept ans ?

— Ten, tu vas bien ? s'enquit Mads en se plaçant derrière moi.

Je gloussai, acquiesçai et lui tendis mes lunettes de soleil couvertes de neige.

— Ouais, tout va bien.

Jamie était dans la cour, à côté de Brody. Ils étaient tous les deux prêts à se rouler dans la neige avec leurs manteaux, leurs bonnets, leurs écharpes et leurs gants. Le soleil me faisait mal aux yeux, mais alors qu'ils s'ajustaient, je vis la pile de boules de neige près de l'allée. C'était un accueil typique des garçons Rowe pour mon retour à la maison. Ma mère criait toujours sur Jamie.

— Maman, hé, c'est bon ! Je vais bien. Il me la devait

carrément celle-là. Je lui ai lancé un ballon rempli d'eau la dernière fois qu'on était en Floride.

— Il ne te devait *rien* ! Tu te remets d'une énorme blessure au cerveau et il te jette une boule de neige en pleine tête. Allez tous les deux vous excuser auprès de votre petit frère.

Elle alla se placer devant eux, abandonnant ainsi le chaud de la maison alors que la rage maternelle la submergeait. Elle leva les yeux vers les deux hommes qui faisaient trente bons centimètres de plus qu'elle. Elle était si furieuse que ses poings étaient fermement collés contre ses flancs.

— Pourquoi *je* me fais crier dessus ? s'enquit Brady. Je ne lui ai rien lancé dans la tête.

— Parce que tu es l'aîné et que tu aurais dû convaincre ton frère de ne pas le faire.

Maman me montra du doigt. J'attendis patiemment, Mads à mes côtés.

— James ?

— Pardon, Ten, je ne visais pas ton visage. Je visais tes boules.

— *James* !

— Eh bien, c'est la vérité, marmonna-t-il.

— Mon Dieu, pas étonnant que tu n'arrives pas à viser le trou quand on joue avec des sacs de sable, rétorqua Brady.

Des cris d'enfants nous parvinrent depuis la maison. Il s'agissait sans doute des jumelles de Brady. Et de la fille de Jamie, également, j'étais prêt à le parier.

— Oh, va te faire foutre, répliqua Jamie. Au moins, je sais dire samedi correctement.

— Ne commence pas avec ces conneries. Je parle très bien.

— Oh, non, tu ne parles pas bien. C'est samedi, pas s'm'di.

Les jumelles coururent dehors avec leurs chaussons. Leur mère, Lisa numéro un, qui commençait à grossir et à s'arrondir à cause de la deuxième paire de jumeaux dans son ventre, se dandina dehors pour aller hurler sur les filles.

Celle de Jamie commença à pleurer quand le chien de Brady, Bourque, se hâta dans le jardin, derrière les enfants, avec un ours en peluche dans sa grande mâchoire. Ses cris résonnèrent dans toute la rue.

Je jetai un coup d'œil à Mads.

— Peut-être qu'*on* devrait aller se trouver une chambre d'hôtel et leur laisser la maison ?

— C'est tentant, répondit-il en souriant doucement. Mais le sapin nous attend à l'intérieur.

— Ah, eh bien, d'accord. J'imagine qu'on va devoir rester ici, alors.

Je repris mes lunettes de soleil à Mads et les remis.

— Pour… le sapin.

— Pour le sapin.

Il m'ébouriffa doucement.

NOUS NE DÉCORÂMES JAMAIS le sapin. Ma famille nous aspira dans une tempête. Tout le monde me parla toute la journée, me posa des questions sur ma rééducation, sur mon état, me demanda si j'avais pensé à chercher quelque chose plus près de la maison pour ma rééducation personnalisée, si j'avais regardé la nouvelle série de superhéros sur Netflix et ainsi de suite, jusqu'à ce que mon cerveau en bouillie soit sur le point de tirer sa révérence.

Heureusement, l'heure du dîner sonna et me sauva. Assis à côté de Mads, j'avalai quelques antalgiques tandis que Brady installait les filles dans leurs chaises hautes. Elles étaient fatiguées, grincheuses, pitoyables. Nous étions donc trois. La Lisa de Brady était visiblement dans le même bateau. Si maman n'avait pas préparé mon plat favori, des lasagnes, j'aurais pris congé et serais parti m'allonger dans notre chambre, de préférence avec Mads, sans lumière ni bruit. Mais ma mère était en mode *maman ours*. Elle resta à mes côtés toute la journée et m'apporta tout ce dont je pourrais avoir besoin dans un avenir proche.

Comme toujours, les conversations lors des réunions de famille Rowe se tournèrent vers le hockey, nos équipes et comment nous nous en sortions. Cela se transformerait inévitablement en concours de queues entre Brady et Jamie. Je poussai avec ma fourchette ma part de pâtes baignées de sauce sur mon assiette, ma migraine tambourinante diminuant mon appétit. Les deux Lisa essayèrent de passer à un autre sujet que le hockey après m'avoir jeté plusieurs coups d'œil furtifs, mais les deux aînés Rowe étaient engagés dans un véritable combat de coqs.

— … je dis juste que si ton attention avait été portée sur le joueur démarqué qui patinait près du but…

— … la différence entre un jeu défensif avec un ou deux hommes…

— … l'ailier gauche qui bloque, comme Montréal et Detroit l'ont fait…

— … le New Jersey s'est toujours embourbé avant la Coupe et n'a jamais…

— … toutes les équipes ne peuvent pas avoir des échanges fluides…

— … son opinion. Qu'est-ce que tu en penses, Ten ?

Mads tapota mon genou avec le sien. Je levai les yeux de mes lasagnes et fut choqué de découvrir que maman avait débarrassé la table pour déposer un immense gâteau au chocolat devant moi. Quand je jetai un coup d'œil autour de moi, tout le monde à la table, jusqu'à Bethany, la petite fille de Jamie, me fixait. Mon cerveau se reconnecta alors que les mots prononcés autour de moi lors de cette dernière demi-heure tentèrent tous d'entrer dans ma tête en même temps.

— Euh… J'imagine que je suis… le jeu défensif est un peu… Je ne… le joueur démarqué… euh, est-ce qu'on peut… Il faut que je… merde.

Je pris ma tête entre mes mains.

Le silence assourdissant qui tomba sur la table rendit ma respiration tremblante encore plus bruyante.

— Je crois qu'il est temps que Ten se détende. Un trop plein de stimulation peut le faire court-circuiter, déclara Mads.

Il se releva et saisit mon coude. Personne, pas même Bethany, qui était un petit singe jacassant tout le temps, ne prononça un mot.

— Viens, chéri.

Je me levai, fixai le gâteau du regard. C'était ma pâtisserie préférée. Je vis ensuite ma mère. Les larmes lui montaient aux yeux. Je me retournai et m'appuyai contre Mads. Il me guida vers la chambre, ferma doucement la porte et passa à côté de moi avec une aisance silencieuse et assurée. Je le laissai me débarrasser de mes vêtements. Quand je fus en sous-vêtement, il me mena jusqu'au lit, s'installa à côté de moi en ne portant que son boxer, puis éteignit la lumière et me serra contre lui.

— Mads, je…

— Chuut.

Ses doigts glissèrent dans mes cheveux. Il ne frotta ni ne caressa mon crâne. Il les laissa simplement posés là.

— C'est trop…

Je pris une brève inspiration.

— Lit. Trop tôt pour aller… au lit. Je déteste ça, Mads. C'est juste que je veux être… moi à nouveau.

Je pleurai sur son torse quelques minutes, incapable d'assembler les mots pour exprimer à quel point j'en avais assez de toute cette situation lamentable.

— Tout ira mieux, Ten. Donne-toi du temps. Ta blessure est encore récente. Essaie de te détendre, chéri. Tout ira mieux demain matin.

Je reniflai, mes pensées commençant à s'effilocher et à se brouiller. Les antalgiques s'infiltraient dans ma matière grise. Le sommeil me poussa à ignorer Mads quelques heures. Lorsque je me réveillai à cinq heures, ma langue était pâteuse et ma gorge sèche. Ces foutus antidouleurs me donnaient l'impression d'avoir du coton dans la bouche. Mads était sur le flanc, tourné vers la fenêtre, profondément endormi. Ne voulant pas le réveiller, je me glissai hors du lit et tâtonnai à la recherche de vêtements dans l'ombre, avant de descendre les escaliers à pas feutrés, vêtu d'un jogging et de l'un des vieux T-shirts des Buffalo Sabres de mon petit ami.

— Bonjour, m'appela ma mère depuis le salon.

Elle était assise sur le banc devant mon vieux piano, à

siroter du café, dans son pyjama et son peignoir, ses cheveux joliment brossés. Je m'approchai d'elle. Elle me sourit faiblement. Je me penchai pour l'embrasser sur la joue.

— Tu te sens mieux ?

— Oui, merci.

Je m'assis sur le banc à côté d'elle. Elle pivota pour être face au piano.

— Ma tête est juste… submergée, et la blessure me… elle me ralentit. Mes réponses, mon discours et… d'autres trucs.

— Nous n'aurions pas dû venir ici tous en même temps, murmura-t-elle, la tête baissée dans sa tasse.

— Non, non, j'aime que vous soyez là.

Je scrutai son profil et elle plissa le nez.

— C'est vrai. Je pourrais me passer de Jamie et Brady, mais… mais pour tous les autres, c'est cool.

Cela la fit sourire légèrement.

— Tes frères t'aiment, même s'ils ont des façons barbares de le montrer, parfois.

— Je sais.

Elle m'offrit son café. Je le pris avec un doux « merci » et sirotai prudemment. Le liquide chaud et sucré fut vraiment agréable lorsqu'il coula dans ma gorge. Nous restâmes assis là quelques minutes de plus, à partager un café devant l'horrible piano droit installé près d'un sapin de Noël nu.

— J'ai lu beaucoup de choses dernièrement sur la musique qui stimule le cerveau de manière très puissante. Les recherches montrent qu'elle fait des merveilles sur ceux qui souffrent de la maladie d'Alzheimer ou qui ont des problèmes cérébraux.

Je lui jetai un coup d'œil.

— Je ne me bats pas contre… une démence.

— Non, mais la thérapie que tu suis à Tucson est similaire à celle qu'on utilise pour les victimes d'AVC ou ceux qui luttent contre la maladie d'Alzheimer. Tu voudrais essayer quelque chose de simple ?

Elle leva lentement le cylindre. Je fixai les touches noires et blanches comme s'il s'agissait de scorpions.

— *Au clair de la lune*, peut-être ?

— Non, je ne peux… même pas parler. Les touches vont me perturber.

Je fermai le cylindre.

— Je n'ai pas élevé de dégonflés.

Elle ouvrit le cylindre. Je le fermai. Elle l'ouvrit et posa ses doigts sur les touches, se mettant en position pour une chanson que j'avais apprise quand j'avais environ trois ans.

— Tricheuse, grommelai-je.

Je me positionnai sur le clavier. Nous avions effectué ce duo un millier de fois quand j'apprenais à jouer. Il était gravé dans mes cellules cérébrales. Nous apprîmes, alors que je prenais du retard, au point que la chanson ne soit absolument plus harmonieuse, que mon cerveau n'arrivait pas à donner l'influx assez rapidement à mes doigts pour jouer cette comptine. Elle marqua plusieurs pauses pour que je la rattrape, mais les informations de mon cerveau à mes doigts étaient léthargiques.

— Merde, je ne… peux pas. *Je ne peux pas* !

Avec une frustration enragée, j'arrachai la partition du piano, avant de faire claquer le cylindre. Ma mère s'assit à côté de moi, les traits tirés, alors que les pages blanches remplies de minuscules notes noires que je ne saurais probablement plus jamais lire, voletèrent jusqu'au canapé.

— Je ne peux pas… Maman, je n'y arrive pas…

Je toussai, mes émotions se déchaînant et mes pensées se mêlant.

— Tu vas y arriver, m'assura-t-elle doucement.

Elle me prit dans ses bras.

— Tu vas y arriver, mon bébé. Tu vas le faire. Je connais mon fils. Tu vas y arriver.

J'étais ravi qu'elle ait autant foi en moi. Quelqu'un devait croire que tout irait bien en temps voulu. Dieu seul savait que j'avais des doutes.

SIX

Jared
———

Je passai la tête par la porte, regardant Ten serrer Jean dans ses bras, les restes de sa crise de nerfs éparpillés autour d'eux. Je voulais m'avancer et l'enlacer, lui dire que tout ça n'était qu'une question de temps, qu'il *irait* bien, et qu'il devait y *croire*. Cependant, il avait besoin de passer un peu de temps avec sa mère.

Il avait dormi comme un loir, s'agrippant à moi comme il le faisait avec sa maman, actuellement. Quand il s'était réveillé, je l'avais entendu tituber dans la pièce, mais il fredonnait. Rien que la mélodie de cette chanson que je ne pouvais identifier était une preuve de l'existence du Ten normal. Je n'avais pas voulu briser cette connexion précaire avec l'époque d'avant accident. Je m'en allai avant que l'un ou l'autre me remarque et je m'affairai dans la cuisine pour préparer davantage de café, attendant le moment où Ten ou sa mère aurait peut-être besoin de moi.

— Bonjour, murmura mon homme.

Il passa ses bras autour de ma taille et se colla à mon dos. Je me crispai légèrement avant de me détendre.

Me tordant pour lui faire face, je l'attirai ensuite contre moi alors que le café coulait.

— Qu'est-ce que tu veux pour le petit déjeuner? demandai-je.

J'appuyai mes lèvres sur son cou et l'embrassai à cet endroit chaud qui n'appartenait qu'à moi.

— Du gâteau au chocolat, déclara-t-il.

Son ton suggérait qu'il s'attendait à ce que je dise qu'il devrait prendre de l'avoine, des fruits, ou autre chose qui n'était pas ultra-sucré, mais mon côté aimant souhaitait que Ten soit heureux. Quelle importance s'il agissait comme un enfant une seule journée?

— Moi aussi, mentis-je.

Je me libérai de ses bras et coupai deux tranches généreuses de ce qu'il restait du gâteau bien entamé, avant de les placer sur la table de la cuisine avec le café. Il s'assit à sa place habituelle. Je m'installai sur la mienne, à un bon angle par rapport à lui, et nous mangeâmes notre friandise au chocolat en buvant du café, tout en nous tenant la main. Je ne pus m'empêcher de lui jeter un coup d'œil, voyant le sérieux de son expression alors qu'il plongeait sa fourchette dans le gâteau. Je constatai ensuite son plaisir simple quand il suçota le chocolat et gémit avec délice. Je ne pouvais m'en empêcher. Mon petit ami luttait contre une blessure à la tête, mais les bruits qu'il faisait à cause du chocolat étaient pornographiques et cela faisait longtemps que nous n'avions pas partagé un moment ensemble. Je me perdis dans ces gémissements.

— Tu ne manges pas ta part? s'enquit Ten.

Je baissai les yeux vers mon assiette, me rendant compte que j'avais à peine touché à mon gâteau.

— Je peux l'avoir? demanda-t-il.

Il la fit glisser vers lui, rougissant, comme s'il arrivait à lire dans mes pensées.

Quelques miettes étaient collées au coin de sa bouche et je savais qu'il pouvait les retirer, mais je l'embrassai pour glisser ma langue sur ses lèvres, et il fut ravi de me rendre la pareille.

— Ça fait trop longtemps, murmurai-je. Ça me manque de ne pas t'embrasser tous les jours, ça me manque de ne pas te toucher.

Il me sourit et le voilà, mon Ten, avec ses yeux verts pétillants et ses sourcils haussés.

— Je dois prendre une douche, chuchota-t-il.

— D'accord.

Je n'étais pas déçu. Il avait besoin d'une douche et il était inutile que je prenne des libertés avec lui. Néanmoins, il plaça ensuite une main sur ma cuisse, la serrant légèrement.

— J'aurais besoin d'aide, déclara-t-il.

Il poussa son assiette et s'appuya sur la table pour se lever.

— Tu peux m'*aider* ?

Je me levai et bousculai ma chaise en moins d'une seconde, le guidant hors de la cuisine, puis dans notre chambre. Nous passâmes à côté de sa mère.

— Ton père et moi allons faire un saut à l'hôtel pour aller faire un peu de shopping avec les enfants. Ça ne vous dérange pas de rester seuls aujourd'hui ?

Je lus entre les lignes. Elle offrait un peu d'espace et de paix à son fils, et c'était exactement ce qui lui était nécessaire en ce moment. C'était elle, la personne responsable, alors que tout ce que je faisais, c'était attendre des choses de la part de Ten quand il était malade. La culpabilité m'envahit et ce fut Ten qui répondit à sa mère.

— Passez une bonne journée, déclara-t-il.

Il étreignit sa mère et son père, attendant près de la porte jusqu'à les voir partir.

— On devrait enlever ta voiture de la rue, déclara-t-il d'un air parfaitement responsable.

Je récupérai les clés dans le vide-poche, mais il m'arrêta en fermant la porte.

— La douche d'abord, d'accord ?

Je pouvais le faire. Je pouvais être l'adulte, ici, et l'aider. Je pouvais veiller sur lui au cas où il tombait en avant, avait des vertiges ou avait besoin que je lui passe le savon. Les épaules en arrière, je partis directement vers notre chambre, puis dans notre douche. Nous avions transformé la pièce pour y installer une douche à l'italienne. L'espace pouvait accueillir deux hommes, une étagère pour qu'il y mette ses produits, un petit espace pour ranger les miens. Il n'avait pas besoin de savoir que j'avais utilisé son gel douche pendant qu'il n'était pas là, rien que pour avoir son odeur sur moi. Parce que c'était nunuche et stupide. N'est-ce pas ?

— Je reprends ça avec moi, annonça-t-il en prenant ma bouteille de gel douche Dior Homme.

C'était ma seule folie.

— Comme ça je pourrais te sentir sur moi.

Mon cœur se serra et j'attirai Ten contre moi.

— J'utilise tes produits quand tu n'es pas là, admis-je.

Il renifla mon cou et sourit, mais son expression devint ensuite plus triste.

— Je déteste qu'on ne soit pas ensemble, déclara-t-il d'une voix ferme.

C'était comme s'il y avait réfléchi si longtemps qu'il arrivait facilement à le dire.

— Moi aussi.

J'avais l'impression de ne plus pouvoir contenir mes émotions et dire autre chose m'aurait obligé à perdre le contrôle.

— Douche, dit-il après un moment.

Il retira son pyjama, celui qu'il portait uniquement quand nous avions de la compagnie, avec de petites crosses de hockey imprimées sur le tissu. C'était un cadeau de Jamie qui n'avait jamais cru que Ten le porterait vraiment un jour. Je m'appuyai contre le lavabo et le regardai, prêt à l'aider au moment où il faillirait, mais il s'en sortit très bien et je pus observer Ten, nu et sexy, qui entra dans la douche avant de s'étirer pour faire couler l'eau.

— Viens, entre, dit-il, dos à moi.

Sous cet angle, je pouvais voir l'extrémité de la cicatrice sur son cou qui, un jour, serait cachée par un tatouage. C'était horrible de me souvenir du sang et de la profonde entaille, mais il y avait désormais une ligne rose où il avait été recousu. Cependant, je ne pouvais pas y penser, sinon j'allais perdre le contrôle.

— Tu veux que je vienne avec toi… ?

Il se tourna pour me faire face et me lança un sourire encourageant.

— J'ai besoin de ton aide.

Je me déshabillai en un temps record, jetant mes vêtements sur le panier à linge, et fis un pas sous l'eau.

— Qu'est-ce que je peux faire ?

Avait-il besoin que je l'aide à garder son équilibre ou simplement que je le soutienne ?

— Ça, dit-il en prenant ma main.

Il entrelaça nos doigts et me guida vers son membre, qui se durcissait dans notre poigne.

— J'ai besoin de ça.

Le faisait-il pour moi ? Avait-il vu le désir dans mon regard ce matin ? Mon Dieu, allais-je lui faire du mal ? Pourquoi voulait-il cela ?

— Tu ne peux pas…

— Je… peux. J'en ai… envie.

Je regardai le petit froncement entre ses yeux alors qu'il luttait pour trouver les bons mots. Brusquement, je sus que j'avais raison : il avait clairement répété ce qu'il voulait dire, mais désormais, il perdait ses mots puisque nous ne suivions plus le script.

— D'accord, dis-je. On s'embrasse juste, d'accord ?

Il fronça davantage les sourcils avant de m'embrasser. Je passai un bras autour d'un Ten mouillé et incroyablement sexy. Je bandai dans l'instant et nos mains restèrent entrelacées alors que nous bougions sur sa longueur. J'utilisai du savon pour nous aider, nous appuyant contre le mur pour soutenir son poids, et nous nous embrassâmes un long moment, l'eau chaude coulant sur son dos. Il gémit pendant le baiser et je saisis ses fesses, le tournant légèrement pour que nous puissions regarder nos doigts bouger en harmonie sur lui.

— Jared… chuchota-t-il.

Il grogna, m'embrassa et s'éloigna de moi pour nous regarder.

Je le soutins complètement quand il s'approcha encore et encore de la jouissance. Ses gémissements se transformèrent en petits geignements et son froncement de sourcils disparut complètement de son visage. Quand il jouit, il resta silencieux, et je le suivis peu de temps après, rien qu'avec le doux contact de ses doigts. Une fois douché, je l'enroulai dans l'une de nos serviettes incroyablement moelleuses avant de le guider vers le lit. Ses cheveux étaient toujours mouillés, donc je les frottai pour enlever l'excédent d'eau. Normalement, il foncerait pour se regarder dans un miroir, mais pour l'instant, il voulait juste s'allonger et il m'attira avec lui. Avec nos serviettes, les yeux fermés, nous nous enlaçâmes et nous collâmes contre l'autre. Je pouvais sentir son sourire contre ma peau.

— Je t'aime, dis-je.

J'avais besoin qu'il le sache, qu'il soit sûr de moi, autant que je l'étais de lui.

— Je t'aime encore plus, répliqua-t-il.

Tout était parfait dans le meilleur des mondes.

LE MESSAGE qui me réveilla venait de la mère de Ten. Elle nous disait qu'ils iraient dîner dehors. Je lui renvoyai un emoji de baiser ainsi qu'un remerciement.

— Qui… a… c'était qui ? demanda-t-il, endormi.

Je roulai pour lui faire face et l'embrasser sur le nez.

— Ta mère dit que ton père et elle restent avec ta famille, donc on ne devrait pas attendre pour décorer le sapin.

Il sourit et bâilla. Il s'étira ensuite et je vis la grimace quand il tordit le cou. Dans sa position, je découvrais ce qu'il restait de l'entaille provoquée par la lame du patin. Mais je ne voyais pas la cicatrice. Je pensais au lion, le tatouage que Gatlin avait suggéré.

Force. Pouvoir. C'était ce qu'un lion signifiait pour moi, et c'était exactement Ten.

— On peut décorer le…

Il ferma les yeux.

— Sapin, conclut-il.

Néanmoins, il ne fronça pas les sourcils à cause de l'effort et c'était une bonne chose.

Je roulai hors du lit. Il était quatorze heures et nous avions toute la journée à passer ensemble, puisque demain, je serais de retour avec les Railers. J'étais heureux qu'ils m'aient offert deux jours entiers pour être avec Ten. Nous n'avions peut-être pas de match jusqu'à Noël, mais il fallait que j'entraîne mes défenseurs pour que nous poursuivions sur notre lancée. Ten le savait, il comprenait.

Je m'habillai, fis couler du café, préparai des sandwichs au rosbif ainsi que de la salade et sortis le sachet des chips préférées de Ten. Nous mangeâmes et sourîmes. Ten était détendu. Lorsque nous eûmes fini de manger, il partit dans le salon pendant que je débarrassai les assiettes. Quand je le rejoignis avec des boissons et du pop-corn, les douces mélodies de Noël résonnaient dans la pièce. Ten était accroupi à côté d'un carton qu'il avait trouvé quelque part. Ce ne fut que lorsque je me rapprochai que je vis le logo du centre dans lequel il suivait sa rééducation.

Ten détacha un côté.

— Ils rendent ça… difficile… volontairement, déclara-t-il.

Les pauses entre les mots n'étaient pas aussi brusques qu'avant qu'il dorme.

Je m'accroupis à côté de lui.

— J'imagine que ça aide à améliorer les capacités motrices, répondis-je rien que pour la forme.

Il acquiesça et ouvrit l'autre côté avant de faire glisser le couvercle et de fouiller dans un tas de papier déchiqueté, soulevant finalement un *objet* brillant.

Je n'étais pas sûr de savoir ce que je regardais, puis je me rendis compte que c'était une décoration faite à la main, avec des épingles en bois, de la peinture d'un rouge étincelant ainsi que du marron, des taches de blanc. Je remarquai enfin qu'il s'agissait de Rudolph, avec le nez écarlate et tout, faites d'épingles et de colle. Les larmes picotèrent mes yeux. Ce n'était pas le travail d'un enfant. C'était net, visiblement appliqué.

— C'est moi qui l'ai fait, annonça fièrement Ten.

Le chagrin et la fierté montèrent brusquement en moi et luttèrent. Mon souffle fut coupé à cause de l'immense objet que je tenais. C'était Ten. L'attaquant le plus habile de la NHL, une star montante, un homme qui pourrait maintenir une équipe à un haut niveau sans problème, et il me tendait une décoration qui était l'apogée de sa réussite depuis l'accident.

Cela signifiait tant pour moi. C'était tout.

Je me mis à pleurer.

— C'est beau. Tu es beau. Je t'aime.

Je parlais beaucoup. Tout l'amour que j'avais en moi se déversa dans un mélange précipité et confus de mots.

— Je t'aime.

Je n'avais jamais craqué ainsi devant Ten, pas pour de vrai, pas quand chaque crainte et chaque peur m'encourageait et poussait les larmes à couler de mes yeux.

Il me sourit. Ses lèvres s'affaissèrent légèrement, mais même s'il avait des larmes dans les yeux, il allait bien.

Il ira bien.

Je voulus lui demander de m'épouser, ici et maintenant, mais alors même que j'ouvrais la bouche, quelque chose m'interrompit. Il devait savoir ce qu'il faisait. Il devait être capable de penser aux conséquences d'un oui, il devait savoir que ce serait pour toujours avant de s'engager.

— Je t'aime, dit-il.

Il reprit la décoration, se levant prudemment avant de s'approcher du sapin et de lui jeter un coup d'œil critique.

— Voilà, dit-il.

Il écarta les deux bouts de ruban afin de le faire glisser sur l'immense sapin norvégien.

Nous nous enlaçâmes et regardâmes la décoration sur l'arbre nu.

— Parfait, déclara-t-il.

Il récupéra ensuite le plus grand carton de lumières et de décorations que j'avais achetées pour nous. L'année prochaine, nous pourrions aller faire du shopping ensemble pour en acheter des spéciales, comme celles que nous avions mises la première fois.

— Quand on aura soixante ans et qu'on accrochera cette décoration, ça voudra dire quelque chose, formulai-je mes pensées.

Ten accrocha un petit ange doré à une autre branche alors que je démêlais les guirlandes lumineuses qui, je le jurais, n'avaient pas été emmêlées la première fois que je les avais enlevées de la bobine sur laquelle elles étaient vendues.

Il s'éclaircit la gorge et me regarda droit dans les yeux, marquant une petite pause alors qu'il répondait en acquiesçant.

— Être avec toi signifie tout pour moi.

J'étais si fier de lui que j'aurais pu exploser. Et évidemment, les larmes étaient de retour.

Quand tout fut terminé, nous nous tînmes la main, allumâmes les guirlandes qui, heureusement, fonctionnèrent dès le premier essai, et je n'avais jamais vu un arbre aussi parfait.

Ten me tira jusqu'au canapé et nous nous assîmes l'un près de l'autre alors que Nat King Cole fredonnait à propos de marrons grillant dans un foyer ouvert.

— J'ai envie de patiner, déclara-t-il.

— Bientôt.

J'avais confiance. Je savais qu'il remettrait des patins, bientôt. Il guérissait bien, les examens étaient encourageants. Il ne faudrait plus longtemps.

Il brisa ensuite mon cœur en un million de morceaux, lorsqu'il braqua ses iris d'un émeraude liquide dans ma direction.

— Maintenant, Jared.

— Tu ne peux pas, Ten…

— J'en ai envie.

— Est-ce qu'ils ont dit…

— S'il te plaît.

Comment pouvais-je résister ?

SEPT

Ten

Mads et moi nous faufilâmes dans la patinoire d'entraînement de Rutherford. Puisque l'équipe était en vacances pour quelques jours et que la plupart des joueurs amateurs étaient en repos jusqu'à la nouvelle année, nous nous disions que nous aurions l'endroit pour nous tout seul. Et c'était le cas. Après un rapide coup de fil au manager, qui fut plus que ravi de venir ouvrir la porte pour nous, puis de donner la clé à Mads, nous entrâmes.

— Ah, bon sang, chuchotai-je.

La patinoire était aussi silencieuse que les vêpres dans un couvent. Je fermai les yeux et pris une inspiration. Ouais, voilà. Le picotement de l'eau glacée et de la sueur. Cela paraissait immonde, je le savais, mais cette odeur n'était qu'un composant de l'envolée que me procurait le hockey.

— Tu sens ça, Mads ?

Il acquiesça, mit la clé dans sa poche, et passa son sac rempli de notre équipement sur son autre main.

— Ça sent le hockey.

Il comprenait. Je perçus l'éclat de désir sportif dans ses yeux bleus. Passionné de glace un jour, passionné de glace toujours.

— Je suis tellement content, confiai-je.

La glace était lisse comme du verre, m'encourageant à lacer mes patins et à glisser sur sa surface. C'était comme un chant de sirène.

— J'ai peur aussi… vraiment peur. Et si… ?

— Tu veux qu'on annule ?

Mads se plaça devant moi, me masquant la vue de la patinoire.

— Personne n'aurait une mauvaise estime de toi, si tu décidais de renoncer, Ten.

— Non. Je ne vais pas laisser la peur gouverner ma vie.

Je m'étais déjà répété cette phrase à de nombreuses reprises. Chaque fois que mon estomac se retournait à l'idée de tomber, je récitais ce mantra dans ma tête.

— D'accord, alors. Allons nous équiper et faisons le tour de la glace.

Il se décala pour me laisser le guider jusqu'aux vestiaires. Une fois arrivés, nous enfilâmes nos patins, attrapâmes nos crosses et les palets avant de rejoindre la glace.

— Voilà. Tu enfiles ça et on ne va pas plus loin que le banc.

Il me tendit un casque d'un bleu fumé.

— Merci.

— Et cette petite sortie n'arrivera jamais aux oreilles de Jean.

Il ouvrit le petit portail.

— Si ta mère savait que j'avais cédé à ta requête de patiner, elle me dépècerait vif.

— Ce sera notre secret.

Je lui volai un baiser, prenant une profonde inspiration avant d'avancer sur la glace.

— Ça va ? demanda Mads alors que je me tenais juste là.

Je sentis le glissement d'une lame aiguisée sur l'eau givrée pour la première fois depuis ce qui me semblait des années. Je n'avais jamais passé autant de temps sans patiner. Jamais. D'aussi loin que je m'en souvenais, je m'étais retrouvé à la patinoire tous les jours.

Je jetai un coup d'œil par-dessus mon épaule. Mon homme affichait clairement son inquiétude. Je souris.

— Ouais, je vais bien.

— Tu en es sûr ?

Mon Dieu, il était tendu.

— Mec, tu veux que j'utilise… un seau, comme celui que Stan donne à Noah quand ils sont sur la glace ?

Il se pinça légèrement les lèvres. Il acquiesça ensuite.

— D'accord, oui, pardon. Je suis un peu trop protecteur.

— Ce n'est rien. Je t'aime. Viens patiner avec moi.

Je poussai sur un pied, puis l'autre, et voilà. Le pouvoir de la mémoire musculaire, l'élan des tendons et des chairs, le grincement du patin sur la glace, et la sensation de la crosse dans ma main. Tout ceci se succédait à merveille, sans hésitation et bafouillages comme mon cerveau en connaissait. Mon corps savait quoi faire. Il avait été entraîné pour ce sport, depuis que j'avais deux ans.

Mads resta à côté de moi, jetant un coup d'œil dans ma direction toutes les quatre secondes et demie, me disant constamment de contrôler ma vitesse et de profiter. Alors j'obéis, même quand mon corps souhaitait accélérer. Nous fîmes le tour de l'arène, décrivant de lents cercles au début, puis nous fîmes quelques exercices avec le palet. Rien de très incroyable, mais c'était suffisant pour que l'obscurité qui envahissait mon cœur commence à se lever. J'avais eu si peur de ne pas être capable de refaire comme avant, mais je le pouvais.

— Tu veux de cônes ? me cria Mads.

Je venais tout juste d'envoyer le palet dans le but vide pour la dixième fois.

— Des cônes ? répétai-je.

Je patinai jusqu'au filet pour récupérer le palet avec ma crosse.

— Oui, des cônes pour slalomer. Ce sont les trucs pointus en plastique orange qui…

— D'accord, gros malin, répondis-je.

Mads gloussa d'une voix chaleureuse et honnête. C'était le premier signe d'aisance que je voyais depuis que j'avais suggéré cette petite sortie.

— Non, on peut se passer des cônes.

Je glissai jusqu'à lui, restant à côté des panneaux de protection derrière lesquels se trouvaient les bancs de l'équipe locale.

— Je crois que tout ira bien, dis-je en retirant mon casque.

Il tendit la main pour m'ébouriffer.

— Enfin… Je le crois vraiment, au plus profond de moi, maintenant. J'avais l'impression que j'étais coincé… dans la zone neutre depuis ce soir-là, tu vois ?

Il acquiesça.

— Mais maintenant… que je suis sur la glace, je vois que mes réflexes sont encore assez aiguisés, et mon corps se souvient de ce qu'il doit faire… donc l'avenir est beau à nouveau. Plein d'espoir. Merci de faire ça. Je sais que tu ne voulais pas… J'ai vu la peur dans tes yeux.

— La seule chose que je veux, c'est te rendre heureux, Ten. Je suis ravi de t'entendre si optimiste. Ta famille le sera aussi. Quand on leur dira. Dans trente ans.

Il frotta, d'un air gêné, sa nuque épaisse. Il était si mignon. Je lui volai un baiser, ou peut-être cinq, puis nous repartîmes vers les vestiaires pour enfiler nos chaussures.

— J'ai un peu faim, déclarai-je quand nous eûmes verrouillé la patinoire.

— Eh bien, j'ai fait une réservation pour nous à la pizzeria que tu aimes tant.

Mads rangea la clé dans sa poche.

— On ira dès qu'on aura déposé cette clé chez Ken.

— C'est la pizzeria avec la pâte à la croûte fourrée ?

— Celle-là même.

— D'accord, je t'aime plus que… tout.

Il me lança un regard assez étrange, comme s'il était sur le point de dire quelque chose de prophétique comme : « Je suis le serviteur du feu secret » ou « Vous ne passerez pas » ou une autre citation épique tout aussi Gandalfesque.

— Moi aussi, je t'aime, répondit-il en me prenant le sac des mains.

Nous avançâmes jusqu'à la Rover. Une fois l'équipement rangé dans le coffre, je m'attachai et regardai Mads s'installer derrière le volant. Il me jeta un coup d'œil après avoir bouclé sa ceinture, puisqu'il dut sentir que je l'observais.

— Quoi ?

— Tu agis bizarrement.

— Ne sois pas bête.

— Tu manigances quelque chose, non ?

Il me fixa, bouche bée.

— Tu prépares un sale coup pour le déjeuner ?

— Oh. Oh, oui, c'est vrai. Bon sang, tu lis si bien dans mes pensées.

Il me lança un sourire un peu trop large.

— Ouais, je le savais. Est-ce que tu as invité Wayn Gretzky… à manger avec nous ?

— Pas vraiment… répondit-il en s'insérant dans la circulation.

Il étouffa volontairement la conversation, peu importait à quel point j'essayais de le flatter pour savoir ce qu'il me cachait.

La Pizzeria de Papa Joe se trouvait à un moins d'un pâté de maisons de chez Ken. J'entrai, l'air frais et l'hiver brillant essayant de me causer quelques soucis, mais échouant. Dès que je mis un pied dans le restaurant bondé, je vis quelle était la surprise. Stan se leva, criant quelque chose en russe qui fit tourner la tête de toutes les personnes présentes. Il se précipita ensuite vers moi.

— Le meilleur de mes bons amis, s'épancha-t-il.

Il m'étreignit aussi fort qu'un ours et l'air quitta mes poumons.

— Bienvenue à la maison.

Il m'embrassa sur les deux joues avant de me fixer droit dans les yeux.

— Le cerveau fait plus plof plof, hein ?

— Ouais, il ne fait plus plof, plof, mais il est un peu… maussade, parfois.

— Bah, mon bon ami n'est pas maussade. Peut-être juste stupide à cause de gros nœud dans cerveau. Viens ! Assieds-toi avec moi. On doit discuter beaucoup. Jared, viens t'asseoir ici. Viens ! Assis ! Parle avec moi.

Chaque habitué nous regarda nous asseoir. Mon visage était rouge tant j'étais embarrassé.

— C'est un cadeau d'Erik et Noah. Ils ont le nez qui coule et sont malades, donc je leur ai dit que eux pas venir, parce que le cerveau guéri et il faudrait pas que le froid monte à la tête.

Je pris le livre et souris à mon meilleur ami. Ses yeux gris pétillaient.

— Ouvre ! Je parie que tu es pas sûr de ce que c'est.

— Euh, c'est un livre.

Je tapotai le cadeau nettement emballé.

— Ah, alors, bien deviné, mais quel livre ?

Il agita la main pour appeler le serveur. J'ouvris la bouche pour deviner, mais il me devança :

— Je vais dire ! C'est un livre sur des loutres qui se font en mal en jouant à des jeux de loutres. Il y en a un très triste qui se pitoie sur son sort, avec Maman Loutre. Ensuite, il arrête d'être triste et il se pitoie plus pour devenir une loutre heureuse ! Fin.

— Tu devrais te faire embaucher comme critique littéraire quand tu en auras fini avec le hockey, Stan, le taquina Mads.

Le grand Russe rayonna.

Je jetai un regard amusé à Mads.

— Génial. Merci, mon frère, dis-je à Stan.

— Ah, pas besoin de merci. Je lis tout le temps à Noah.

Le serveur s'agita à côté de Stan pour prendre nos commandes.

— Ils prennent des pizzas. Croûte au fromage et gros bout de viande. Mon ami Ten adore les gros bouts de viande.

Mads s'étouffa avec la gorgée d'eau qu'il venait juste

de boire. Oh, bon sang, les regards que les autres nous lançaient aux tables voisines… Enfin, oui, c'était vrai, j'aimais les gros bouts de viande, mais sérieusement ?

— D'accord, alors, euh… Dis-moi ce qu'il y a de neuf pour toi, mon pote ?

Je nous éloignai habilement des discussions de gros bouts de viande, puis je commandai un chocolat chaud. Mads prit un grand soda allégé.

— Ce qu'il y a de neuf, c'est des trucs trop bien. J'étudie pour devenir citoyen américain.

— Mec, c'est génial !

Je lui tendis la main. Il l'attrapa avec la sienne, qui faisait la taille d'une assiette, et il la serra.

— C'est super dur ?

— Ouais, beaucoup d'informations. Mais ça vaut la peine de savoir beaucoup d'informations pour devenir américain. Je veux faire beaucoup de choses que juste les citoyens américains peuvent faire. Je veux voter pour qu'on ait de bonnes personnes responsables. Ceux qui ne détestent pas les LGBT, les femmes ou les personnes de couleur. Je veux épouser mon amour un jour et trouver un gâteau dans une pâtisserie. On peut seulement le faire en votant et tout, donc je veux voter et faire de mon nouveau pays une maison joyeuse pour tout le monde.

— Tu assures totalement… tu le sais ça ?

Stan acquiesça et je gloussai.

— Je connais beaucoup choses maintenant. Comme George Washington, Abraham Lincoln et Martin Luther King Junior qui rendent l'Amérique libre et courageuse. En plus, j'essaie d'apprendre les capitales des États, mais ça, trop dur. Il y a cinquante !

— Ouais, j'en ai conscience.

Je m'enfonçai sur mon fauteuil afin de faire de la place pour la pizza, qui était immense et garnie de gros bouts de viande. Exactement comme je l'aimais.

— Sérieusement, mec, la meilleure façon d'apprendre les capitales des États, c'est d'écouter la chanson *Cinquante nuances de capitales* de Wakko, sur YouTube.

— La chanson de Whacko pour les capitales ?

Stan jeta un coup d'œil confus à Mads.

— Ne me regarde pas, ça doit être un truc de freluquet. Ryker doit probablement connaître, déclara Mads.

Il leva une part de pizza pour la poser sur l'assiette en plastique rouge devant lui.

— Ry et Jacob doivent carrément connaître, répondis-je en me servant également.

— Alors, si Ten dit, c'est super bien, je devrais trouver chanson de Whacko, annonça Stan avec suffisamment d'énergie pour que les promeneurs devant le restaurant puissent l'entendre.

C'était bon d'être de retour à la maison. Tout ça m'avait véritablement manqué. Mads, la ville, mon meilleur ami, la pizza, rire, et tout simplement oublier le bazar de ce dernier mois. Si j'y mettais suffisamment du mien, que je travaillais vraiment dur quand je revenais à Tucson, je pourrais revenir ici rapidement, très rapidement, si je mettais un bon coup de collier. Bon sang, peut-être que je pourrais remonter sur la glace en quelques mois…

Le déjeuner passa à toute vitesse et bientôt, Stan dut rentrer chez lui pour voir comment allaient ses hommes aux nez bouchés. Nous nous étreignîmes bien fort et je lui promis que je rentrerais vite pour l'aider à réviser son test de citoyenneté.

Mads était affalé sur son siège, à siroter du café et à me

regarder par-dessus le bord de sa tasse. Je récupérai un morceau de croûte que j'avais mis de côté et en pris une bouchée. Je n'avais pas faim, loin de là, mais laisser une croûte garnie derrière moi me donnait l'impression de commettre un crime.

— Tu as remarqué que tes phrases étaient totalement fluides pendant le déjeuner ? demanda-t-il au-dessus de sa tasse de café fumant.

— Non, j'imagine que non.

Maintenant qu'il me le faisait remarquer, je ne m'étais effectivement pas agacé en me trompant de mots ou en me perdant dans l'impasse d'idées tentant de se libérer.

— C'est bon pour moi d'être à la maison.

— T'avoir à la maison est bon pour moi aussi.

Il reposa sa tasse.

— Nous avons le reste de la journée. Tu es partant pour un peu de shopping ?

— Ouais, carrément.

Je fourrai le reste de la croûte dans ma bouche et bondis. Stan avait déjà réglé l'addition, malgré nos protestations conjointes avec Mads. Je sortis donc mon portefeuille et jetai un gros pourboire sur la table.

— Waouh, ralentis. Tu es sûr que tu peux y arriver ?

Mads me jeta un coup d'œil inquiet.

— On a déjà fait beaucoup de choses aujourd'hui. On pourrait rentrer, faire une sieste et sortir après.

— Tu prévois de me laisser toucher ton gros bout de viande si on rentre à la maison et qu'on va au lit ? demandai-je.

Je passai mon bras dans la manche de ma veste d'hiver portant le logo des Railers.

Il écarquilla les yeux.

— Non, bien sûr que non, tu es en train de guérir. Mon Dieu, Tennant, bredouilla-t-il.

Cela me divertissait grandement. Il pouvait parler comme une vraie prude, parfois. Quel comportement paternel !

— Eh bien, alors, on va faire du shopping.

Je fermai la veste épaisse en laine. Il resta assis là, à me regarder.

— Allez, je vais bien. Je vais mieux que… bien. Je vais super bien.

— Tu n'as pas de migraine, tu n'as mal nulle part ?

— Je me porte comme un charme.

Je croisai les bras sur mon torse.

Il sirota sa boisson et me scruta cinq minutes jusqu'à ce qu'il se convainque que ce n'était rien.

— D'accord, une heure au centre commercial, puis on rentre à la maison pour se coucher. Et se reposer, clarifia-t-il rapidement en se levant et en s'étirant.

Son pull remonta légèrement pour montrer cette bande immorale de peau sur son ventre musclé. Dommage qu'il insiste autant pour se reposer. J'étais partant pour plus qu'une sieste. Pour moi, une longue et lente fellation serait le paradis.

— Je le pense vraiment. Pas de sexe jusqu'à ce que tu y sois autorisé par le médecin.

— Mads, c'est vague comme délai. Ça pourrait prendre… des mois !

— Oui, ça pourrait.

Il me lança un petit sourire narquois et entendu, me tapota le bras, puis partit vers la porte. Je lui emboîtai le pas et nous sortîmes ensemble dans le froid. Je plissai les yeux avant de prendre mes lunettes de soleil dans ma poche. Mads attendit que je les mette.

— Tu veux aller dans quel centre commercial ? Colonial Park ou Strawberry Square ?

Mon Dieu, il paraissait soudain si satisfait.

— Je veux discuter de cette… décision arbitraire que tu as prise… à propos du fait de ne pas coucher ensemble jusqu'à ce que je sois parfaitement remis.

Je plantai mes baskets dans le trottoir et débarrassai le plancher. Non, ça, ça signifiait partir. Je voulais dire que je me fixai comme du plancher sur le sol.

— Ici ?

Il agita ses mains gantées en direction des promeneurs qui trottinaient autour de nous.

— Tu veux discuter de ma décision de m'assurer que tu prends soin de toi, et de ne pas exagérer en nous hâtant pour reprendre le sexe avec pénétration, juste ici ?

— D'accord, alors, pour commencer, je n'ai pas du tout parlé de… sexe avec pénétration. Je pensais à une fellation. Oh, pardon, madame, marmonnai-je à une vieille dame en tricot violet qui me lança un regard noir.

Elle souffla, tout comme Mads. Je quittai ma position de plancher et courus après lui.

— On ne va pas parler de ça devant tout le monde, me dit-il quand je le rattrapai.

Des chansons de Noël s'échappaient d'une boulangerie.

— En fait, on ne va pas du tout en parler.

Il s'arrêta soudain, avant de se tourner vers moi.

— Même si j'en ai envie et, crois-moi, Ten, j'en ai *vraiment* envie, je ne vais pas mettre ta guérison en danger rien que pour prendre mon pied. Tu signifies plus pour moi qu'un moyen de satisfaire mon désir. Tu es mon monde tout entier, et il faut que tu y ailles doucement. Si tu ne peux pas trouver le courage de réfréner tes désirs, alors je vais être le salaud de l'histoire et le faire pour toi parce que je t'aime et que je veux que tu sois en bonne santé.

D'accord. Eh bien, waouh. Comment un homme pouvait-il argumenter de cette façon ?

— Peut-être qu'on peut se doucher ensemble et... tu sais... se doucher ensemble ?

Son expression sévère défaillit juste un peu.

— Mon Dieu, tu es tenace.

— Ce sera une bonne chose pour moi... quand je retournerai en Arizona, non ?

— Peut-être une douche. *Peut-être*. Pour le moment, on va faire du shopping pendant une heure. Une heure. Ensuite, on rentre à la maison pour que tu te reposes et prennes tes médicaments.

— Tu t'inquiètes tellement.

Je me mis sur la pointe des pieds pour appuyer mes lèvres contre les siennes. La porte de la boulangerie s'ouvrit derrière nous et une chanson de Noël d'Elvis Presley résonna dans la rue enneigée.

— J'aime ça... chez toi.

Il m'enlaça avant de m'embrasser longuement et ardemment.

— Tu représentes tout pour moi, Tennant.

— Je sais.

— Une heure de shopping, une sieste, ensuite une douche.

Ouais, je savais qu'il avait commencé à voir les choses à ma façon. C'était vraiment une vie merveilleuse, même si la route devant nous était longue et sinueuse. Avec mon homme à mes côtés, j'allais y arriver. Il faisait ça pour moi. Il me donnait de la force, une base solide, et de l'amour. Tellement d'amour. Beaucoup de tracas aussi, mais bon, cela faisait partie de l'amour, non ?

— Alors peut-être une douche d'abord et ensuite... une sieste ?

— *Tennant !*

HUIT

Jared

J'AVAIS LE PLAN FINAL POUR DEMANDER À TEN DE M'ÉPOUSER.
Dans ma tête, nous serions près du sapin et je poserais
doucement un genou à terre avant de prononcer les mots
rêvés. Il réfléchirait prudemment à sa réponse, puis me
dirait oui sans hésitation ni pause. Néanmoins, quand il
s'agissait de choisir le jour précis pendant lequel le faire,
tout ne se passait pas *comme il fallait*.

Tout d'abord, mes genoux n'avaient plus jamais été les
mêmes depuis un coup bas lors d'un match contre Ottawa.
Un ménisque déchiré plus tard, j'entendais la douce
mélodie d'un craquement chaque fois que je
m'agenouillais. Alors, mettre gracieusement un genou à
terre n'arriverait jamais. Je ressemblerais plutôt à un vieux
grinçant qui avait besoin du canapé pour se tenir.

Ensuite, et probablement pire, tout le monde était là.
Tous les membres de la famille de Ten. Même s'ils le
submergèrent un peu moins de questions cette fois-ci, il
était impossible que tant de personnes puissent être
parfaitement silencieuses. Cela n'aida pas que Ten ait le

don pour acheter les cadeaux les plus parfaits. Les enfants l'adoraient et le lui montrèrent en couinant. Beaucoup. Ils lui montèrent également dessus, et même si nous leur demandâmes tous d'arrêter, Ten refusa de les remettre par terre. Il les tint contre lui et les serra comme s'il ne les reverrait plus jamais.

Troisièmement, il bafouillait encore sur quelques mots, ou du moins, il avait du mal à en prononcer certains. Ce matin-là nous avions parlé de politique et il avait réussi à dire obstruction parlementaire sans hésitation, puis il avait dû lutter pour demander du beurre à mettre sur ses tartines. Il n'était pas arrivé à formuler « beurre ». Il avait dit qu'il avait un trou de mémoire, comme s'il n'y avait plus rien dans son esprit et que soudain, le mot apparaissait dans ses pensées. Il s'était senti idiot de ne pas savoir une telle chose.

Et finalement, je voulais lui demander en privé. Rien que nous deux, c'était mon scénario parfait. Une demande discrète, réfléchie, qui signifiait quelque chose et qui n'était pas couverte par les félicitations et les plaisanteries.

Donc, ouais, la demande ne s'était pas faite le jour de Noël, et même si les anneaux étaient dans la poche de mon manteau et qu'ils allaient partout avec moi, je n'avais toujours pas trouvé le bon moment. Non seulement ça, mais puisque l'équipe de Jamie jouant le vingt-sept, celui-ci restait avec nous et c'était une personne de plus qui sortait de sa chambre à des moments inopportuns.

Cela faisait du bien à Ten de passer du temps seul avec son frère. Quand il était tout seul, Jamie ne passait pas son temps à taquiner ou à employer le sarcasme. Il était attentionné, il le soutenait et aimait les câlins. Beaucoup. Il m'avait même surpris quand j'allais vers la cuisine avec une étreinte digne d'un ours, qui aurait été moins gênante s'il n'avait pas seulement porté une serviette.

Nous étions à la patinoire. C'était ma deuxième visite, aujourd'hui. Ce matin, il y avait eu l'entraînement de l'équipe, la discussion sur les stratégies et le travail sur le problème persistant que j'avais avec mon troisième duo de défenseurs. J'y étais allé seul. Ce soir, nous recevions une équipe de Floride, et Ten avait dit qu'il viendrait avec moi, affirmant qu'il regarderait le match depuis les gradins VIP des Railers, qu'il demeurerait assis et qu'il n'en ferait pas trop. Il avait des écouteurs avec lui, ainsi que des lunettes de soleil et, visiblement, il prenait tout au sérieux, alors qui étais-je pour le contredire ? J'étais passé le chercher et l'avais ramené quand l'équipe s'était dispersée pour rentrer et dormir ou assurer des rituels d'avant-match. Il n'y avait que lui et moi dans le vestiaire. Il s'assit devant le casier au bout à droite, juste à côté des affaires de gardien de Stan.

— Il faut que je parle au coach. Tu peux rester ici ?

— Vas-y. Je ne bougerai pas.

Je voulais dire que je n'avais pas sous-entendu qu'il n'avait pas le droit de bouger, mais j'imaginais que, en toute honnêteté, c'était la véritable signification de mes paroles. L'idée qu'il se promène dans la patinoire, qu'il ait la tête qui tourne, qu'il se perde ou Dieu seul savait quoi d'autre, m'effrayait. Quand la réunion se termina et que je repartis vers les vestiaires, il était toujours là, assis les jambes croisées, par terre, juste à côté du logo des Railers sur le tapis. Il avait les yeux fermés, ses mains étaient posées sur ses genoux et je n'avais pas envie de le perturber. Je savais que la méditation faisait partie de sa rééducation. Il s'agissait de moments calmes qui permettaient à son cerveau de guérir, même si tout le monde essayait de pousser ses synapses à se reconnecter. Il avait une crosse de hockey sur les cuisses et je reconnus que c'était l'une des siennes, grâce au design signature sur l'extrémité. Il avait dû quitter le vestiaire pour la trouver, mais il était revenu sans problème et cela m'aidait à me sentir un peu mieux.

Je m'inquiète trop. C'est un adulte.

Les yeux toujours fermés, Ten récupéra sa crosse et se leva, ses orteils au bord du cercle du logo. Il bougea ensuite et ce fut comme de la poésie.

Reculant, il décrivit de lents cercles avec sa crosse, comme un bandit armé qui agitait son pistolet. Le poids de la crosse était bien équilibré sur sa main. Il s'étira ensuite avec application, passant l'objet sur son cou, puis il finit sur le sol à côté de moi.

Seulement à ce moment-là, il ouvrit les yeux.

— Salut, dit-il en me voyant en train de le regarder. Comment je m'en suis sorti ?

Je voulais lui dire qu'il était beau, fluide, sexy et tellement fort, mais nous étions au travail et certaines personnes se trouvaient dans le couloir et attendaient d'entrer. Elles ne le pouvaient pas, simplement parce que mon dos était collé à la porte. J'entendis Adler commencer à râler, parlant des coachs qui ne savaient pas qu'ils avaient un match. Je donnai un coup de poing derrière moi, heurtant quelqu'un qui laissa échapper un souffle et un juron. J'espérais vraiment que ce soit Adler, ce salaud.

— Tu t'en es très bien sorti, dis-je à Ten au lieu de lui expliquer à quel point il était magnifique. Ton équilibre est là, tu bouges avec aisance et tu n'as rien perdu de ta capacité à tenir une crosse.

Je savais qu'il avait également besoin d'entendre des appréciations techniques, et il me sourit.

Il se leva ensuite, vacillant légèrement, et fit tourbillonner une nouvelle fois sa crosse.

— J'assure en rééducation, annonça-t-il.

Nous ne pouvions plus parler, parce qu'Erik et Stan avaient rejoint le groupe en train d'attendre.

— Ten est là ? s'enquit Stan dans un chuchotement bruyant.

Quelqu'un me poussa dans le dos. Finalement, je ne pus empêcher l'équipe de rejoindre son vestiaire et je me décalai sur le côté. Stan poussa Adler, suivi d'Erik et d'Arvy. Leur coéquipier râla parce qu'il affirmait qu'il aimerait se préparer, donc ce serait mieux si les autres arrêtaient de le pousser. Tout le monde tapa dans le poing de Ten, l'attira dans une étreinte et le traita comme d'habitude. Je les adorai pour ça.

Le seul accroc se produisit quand Gideon Levesque, dit Gids, entra, jeta un coup d'œil à Ten et pivota pour partir. À mon avis, Ten l'avait attendu.

— Gids, attends ! lui cria mon homme.

Le vestiaire devint silencieux. Environ vingt mecs le regardaient. Gids s'était bien intégré à l'équipe. Il n'était pas Ten, mais le joueur choisi parmi les Rush pour combler la dernière ligne pendant que tout le monde changeait plus ou moins de poste pour couvrir l'absence de Ten et il s'en était bien sorti. Il allait probablement retourner chez les Rush quand Ten reviendrait, mais il profitait pleinement de l'opportunité, avec trois buts et deux passes décisives à son palmarès au niveau NHL.

Gids s'arrêta et se tourna d'un air méfiant.

— Je… euh… il faut que j'aille chercher plus de ruban adhésif, déclara-t-il.

Dix rouleaux de scotch lui furent lancés par leur public. Ce geste brisa le silence et tout le monde recommença à discuter. Sauf moi. Je regardai prudemment Ten.

— Ton but contre Boston, la façon dont tu as contourné leur défense… tu es rapide et doué. Mais fais attention à Jamie. Cet idiot aime penser qu'il est aussi bon en attaque qu'en défense.

Ten tendit la main pour serrer la sienne et Gids la saisit avec un sourire sur son visage.

— Merci. Comment tu te sens ?

Il avait tout fait exploser, posant la question que tout le monde avait évitée.

Le vestiaire entier redevint silencieux, retint sa respiration, y compris moi. Cela prouvait que nous avions effectivement observé tout ce qu'il se passait. Ten m'avait suffisamment dit qu'il ne souhaitait pas que les autres lui demandent constamment comment il allait, et moi-même, je m'étais certainement concentré sur le fait de ne pas lui poser la question quand j'étais seul avec lui.

— Je vais mieux, annonça Ten assez fort pour que toute la pièce l'entende.

C'était sa façon très peu subtile de s'expliquer auprès de tout le monde en même temps.

— Migraines, étourdissements… Les mots sont parfums… parfois difficiles. J'ai hâte d'être de retour sur la glace.

La dernière partie de son petit discours fut bien plus confiante que le reste. Connaissant Ten, c'était une litanie qu'il se répétait tous les jours.

J'ai hâte d'être de retour sur la glace. Je serai *de retour sur la glace.*

Nous nous séparâmes environ une heure avant le match. Il partit pour s'installer dans les gradins de l'équipe et moi pour préparer le match.

— Il a l'air en forme, déclara Erik avant que nous rejoignions la glace pour l'échauffement. Il ressemble plus à Ten.

J'acquiesçai et souris même, puisque j'avais senti un changement chez mon homme ces derniers jours. Il avait une confiance prudente. En le voyant avec une crosse dans les mains et en observant la façon dont il l'avait tenue, j'avais cru voir un éclat du Ten, roi de la glace.

Je pouvais imaginer son regard sur moi et sur l'équipe depuis les gradins. Je m'inquiétais un peu qu'il soit aussi exposé. Les caméras de télévision l'avaient probablement repéré là-bas et se braquaient sur son visage alors qu'il regardait ses coéquipiers jouer. Cela devait être difficile d'être le centre de l'attention de tout le monde.

Je me demande à quoi il pense.

L'équipe de Floride titularisa Jamie Rowe et je donnai le signal à Arvy et Westy, scrutant mes gars alors qu'ils réussissaient à bloquer le frère déterminé de Ten. Quand ils revinrent vers le banc, ils se tapèrent dans la main et regardèrent en direction de Jamie qui fixait les gradins. Brady et lui se comportaient en idiot quand ils étaient avec leur frangin, mais ils aimaient Ten. Tout le monde aimait Ten. Que pouvait-on ne pas aimer ?

Nous remportâmes le match, gagnant ainsi deux points importants dans une ligue serrée. L'humeur dans les vestiaires était jubilatoire. Ten ne vint pas nous voir à ce moment-là, disant qu'il patienterait dans les gradins.

Quand nous en eûmes fini, la patinoire se vida et l'équipe technique s'affairait entre les rangées, ramassant les déchets de dix-huit mille fans. Je reçus un message de la part de Ten me disant qu'il m'attendait à côté de la glace, mais il ne me donna aucune explication et je ne demandai rien. S'il avait besoin d'être près de la glace et que cela aidait ses progrès, alors je n'allais pas du tout le contredire. J'attrapai mon manteau, supposant que j'allais le retrouver, puis que nous rentrerions à la maison. Néanmoins, je le trouvai sur le banc des Railers, les patins aux pieds, le casque en place, fixant la glace.

— Vite fait, me déclara-t-il.

Les agents d'entretien étaient en train de finir dans les gradins, puisqu'une heure, voire un peu plus, s'était écoulée depuis le match. La glace était lisse et déserte, mais je me demandai s'il en avait déjà parlé avec quelqu'un.

— Tu as vérifié…

— Qui va m'en empêcher ? s'enquit-il avec un large sourire. C'est sûrement bon pour le marketing de voir *Tennant Rowe* de retour sur des patins, non ? Layton va adorer. Assure-toi de prendre des photos pour son compte Twitter.

Il se leva, la crosse à la main et le menton relevé d'un air déterminé.

— D'accord ?

Je n'avais pas de patins, mais je mis le pied sur la glace en premier et lui fis signe d'avancer, tendant la main vers une pile palets pour les jeter par terre. Il en récupéra un avec sa crosse, décrivit de lents huit devant le banc, chaque cercle l'emmenant plus loin. Il avait l'air en forme. Il était plus lent que d'habitude, mais il patinait bien, de façon naturelle et fluide. Sa concentration était parfaite. Il changea de direction, patinant en arrière, emportant le palet avec lui, se dirigeant vers le filet. Mon cœur ne put s'empêcher de se serrer. Il ne regardait pas où il allait. Il partait directement vers le but. Et s'il le heurtait et tombait sur la glace ? Et s'il se cognait la tête ? Je fis quelques pas dans sa direction, même s'il était impossible que je puisse l'atteindre à temps. Je voulus crier, le prévenir, mais je ne trouvais plus ma voix.

En une demi-seconde, avec sa conscience presque mystique, il patina sur la droite, fit glisser le palet en avant, s'arrêta en dérapant et fit un lancer droit dans le but. Il leva même un poing légèrement tremblant en guise de petite célébration lorsqu'il contourna le filet.

— Et la foule est en délire, annonça-t-il.

Il revint vers moi pour récupérer un second palet.

— Le numéro quatre-vingt-quatorze marque !

Ses mots étaient fluides, comme si parler de hockey était facile pour lui.

J'observai ses yeux pour voir s'il était concentré et je voulais qu'il s'arrête, mais il était déterminé, complètement en harmonie avec ses patins. Cette fois-ci, il tira depuis la ligne centrale, l'objet partant un peu trop en décalé. Il fronça les sourcils, récupéra le palet et le jeta encore et encore. Sept fois sur dix, il réussit à mettre le disque de caoutchouc d'une centaine de grammes dans le filet, puis il recula lentement, les joues rougies et les yeux rendus brillants par l'émotion. Les lumières se tamisèrent dans les gradins. Il était clair que tout le monde était parti et il n'y avait plus que lui et moi.

Je me souvins du jour où il avait rejoint les Railers. Le moment où je l'avais repéré, au travers de la vitre, se tenant là, à charmer la presse, confiant, arrogant. Voilà où il en était, maintenant. Il était si heureux et j'eus alors une certitude. Jamais je ne le laisserais partir. Je posai un genou à terre avec beaucoup plus de grâce que je ne l'avais imaginé, et il se pencha au-dessus de moi avec ses patins, l'air inquiet. Il se demandait probablement pourquoi diable j'étais sur la glace.

— Jared ?

Il tendit une main pour m'aider, son sourire disparaissant.

Je cherchai dans ma poche, tâtonnant pour saisir l'écrin. Il n'y avait pas de musique de Noël, pas de sapin, pas de scénario parfaitement chronométré, mais il y avait Tennant, moi et deux bagues en platine.

— Épouse-moi, lâchai-je.

Oublié le discours enflammé sur l'éternité, sur sa façon de tenir mon cœur ou sur mon amour pour lui.

— Ten, je t'aime. Épouse-moi ?

NEUF

Ten

MON CERVEAU FUT LENT À LA DÉTENTE. ENFIN, BIEN SÛR, tout le monde savait ça. Un grand coup dans la caboche vous donne l'impression que votre tête est semblable au Marais de l'Enfer, comme chez moi, en Caroline du Sud. Nous y étions allés, une fois, quand j'étais enfant et que j'avais peut-être huit ans. Seulement une fois, puisque Brady s'était mis en tête qu'il devait traverser ce marécage. Maman et papa s'étaient arrêtés pour regarder une plante quelconque, et voilà que Brady avait pataugé dans la gadoue au point d'y être plongé jusqu'aux aisselles. Jamie et moi étions restés plantés là, à le regarder en riant, envisageant de traverser également, jusqu'à ce que notre frère commence à paniquer parce qu'il était incapable de se sortir de là. Il y avait peut-être des mocassins d'eau ou des alligators dans ce marais, du moins, c'était ce que papa nous avait dit pour nous décourager. Les enfants n'écoutaient vraiment rien la plupart du temps.

Donc, ouais, voilà, ce cerveau-là. De la gadoue du Marais de l'Enfer. Les mots s'y aventuraient et restaient coincés, comme Brady. C'était le cas actuellement. Mads avait posé un genou grinçant sur la glace. Ses yeux bleus débordant de dévotion et un écrin contenant deux anneaux en platine avaient bloqué mon raisonnement.

— Tu es sérieux ? demandai-je finalement, parce que ce n'était pas dans mon plan.

Pas du tout. Le plan avait été de vivre ensemble, de gagner la coupe, de se marier, de voyager et de vieillir ensemble. Ce n'était pas le plan. Le plan avait été dévié. Enfin, nous avions vécu ensemble sans problème. Donc le prochain projet dans la relation de Tennant Rowe et Jared Madsen était… merde ! Le mariage. Nous en étions à l'étape du mariage. Quand en étions-nous arrivés là ? Comment ? J'avais l'impression que cela ne faisait que deux jours que j'avais posé les yeux sur Mads, sur la glace, au travers d'une paroi en verre. J'avais su à ce moment-là que je le désirais plus que n'importe quel homme que j'avais un jour voulu. J'avais pensé exactement la même chose après avoir appris à le connaître. Cela avait grandi et changé, c'était devenu de l'affection et du respect et, oui, du désir. Mon Dieu, comme nous nous désirions. Mais au milieu de toute cette envie, de cette élévation et de ce changement, nous étions tombés amoureux. Et maintenant, voilà qu'il était là, à me fixer avec ses yeux emplis d'une terreur abjecte, tandis que je le regardais, bouche bée, comme un idiot en train de baver.

— Tennant ? Tu veux y réfléchir plus longtemps ? s'enquit Mads d'une voix pleine d'inquiétude.

Je posai un genou à terre, l'imitant.

— Non, c'est bon. Je vais super bien. C'est juste que… on a réussi jusqu'ici, non ? On a tout vécu, le bon et le mauvais, on a assuré… dans tous ces domaines, non ?

— Oui, on a assuré. Tu es sûr que tu vas bien ?

Je lui souris, à cause de la crainte dans sa voix, des petites rides autour de ses yeux, de ses tempes grisonnantes qui le rendaient encore plus canon. J'aimais toutes ces choses et même plus. Son rire, son froncement de sourcils, la façon dont ses lunettes de lecture glissaient sur son nez, la largeur de ses épaules, l'épaisseur de son pénis. Je l'aimais tellement plus.

— Je vais vraiment bien, je t'assure.

— Super, d'accord, alors je déteste te presser, mais j'ai ces anneaux et mon genou va bientôt craquer, donc j'aimerais vraiment une réponse.

— Oui, je veux t'épouser. Oui, oui, une centaine de milliers de oui infinis, un million de oui !

Je me jetai dans ses bras, passai les miens autour de son cou quand je le chevauchai sur la glace et ma bouche se scella sur la sienne. Il gloussa pendant le baiser, dans un souffle chaud qui me poussa à me rapprocher de lui pour l'embrasser avec encore plus de passion.

— Personne ne pourra jamais dire que tu manques d'enthousiasme, gloussa Mads.

Sa tête retomba sur la glace un moment, avant que je me décale sur le côté et qu'il se relève. J'époussetai les éclats brillants de glace pilée dans ses cheveux épais et couleur or. Puis je passai mes doigts dans leur longueur et guidai sa bouche vers la mienne. Ce baiser fut accompagné d'une chaleur trahissant notre dévotion. L'effleurement de sa langue sur la mienne me fit bander et m'essouffla, comme d'habitude.

— Je peux la mettre ? demandai-je quand nous voulûmes tous les deux respirer.

— Je ne sais pas vraiment comment les mecs font ça. Enfin… Jamie et Brady ont acheté des diamants, mais…

Je l'embrassai à nouveau parce que j'y étais obligé.

— Il n'y a pas de règles établies, d'après ce que je sais. On peut les porter comme bague de fiançailles ou les mettre de côté et attendre le mariage. Qu'est-ce que tu veux faire ?

— Je veux que le monde sache que tu es mien… si c'est cool pour toi ?

— C'est incroyablement cool. J'aime l'idée que toutes les fans de Tennant Rowe sachent que tu n'es officiellement plus sur le marché, maintenant.

Je levai ma main gauche, impatient de le voir glisser la bague sur mon annulaire. Sa main trembla un peu, la mienne également. L'anneau lisse et chaud glissa sur mon articulation et m'alla parfaitement.

Je sortis le plus grand de l'écrin, jetai un coup d'œil à mon homme et souris en retour avant de pousser l'anneau sur son doigt, le tordant légèrement pour passer les articulations marquées de façon permanente et présentant des bosses à cause des combats et des entailles provoquées par des joueurs adversaires.

— Elle est belle, murmurai-je en admirant la bague sur son doigt.

Ma bague.

— Oh mon Dieu !

Une pensée traversa mon esprit. Je poussai sur mes patins, puis relevai mon fiancé. Waouh. Nous étions fiancés. Je me sentais si grandi et étourdi. Mads arrêta d'épousseter la glace sur ses fesses pour me jeter un coup d'œil.

— Ne le dis pas encore à Ryker. Lui et Big J viennent…

Bon sang. *Respire. Laisse l'enthousiasme s'estomper un peu.*

— Ils viennent pour le Nouvel An et la fête de Stan, n'est-ce pas ?

Il acquiesça, son attention désormais rivée sur moi parce que je bafouillais mentalement.

— Cool. Ne lui dis pas, d'accord ? Je veux lui balancer. L'enquiquiner un peu.

— Oh, d'accord. On ne dira rien jusqu'à ce qu'il arrive à la maison.

Il prit ma main dans la sienne et leva l'anneau lourd vers ses lèvres.

— Mais ce sera difficile pour moi de ne pas le crier sur tous les toits

Je lui tapotai la joue, sa barbe de trois jours fut rêche sous ma paume.

— Carrément.

DEUX JOURS PLUS TARD, nous étions prêts pour la grande célébration chez Stan. Les Russes adoraient les fêtes du Nouvel An et cette année, elle était censée être encore plus grande que l'année dernière. Je n'étais pas sûr de savoir ce que Stan mijotait, seulement que cela impliquait un orchestre et le fait qu'il « connaissait des gens ». Donc, ouais, je ne m'immisçai pas là-dedans. Mon imagination hyperactive songeait à des oligarques faisant des saltos dans le salon de notre gardien. Je le dis à Mads et il me lança son regard habituel signifiant « ton esprit m'inquiète », avant de se reconcentrer sur le livre à propos du brassage maison qu'il feuilletait en sirotant du café.

Quand la porte d'entrée s'ouvrit et que le cri de Ryker emplit la maison, je sortis brutalement la cuisine, ma chemise toujours ouverte et ma cravate dans ma poche arrière. Je lançai un grand sourire aux garçons. Bon sang, Ry et Jacob étaient un couple magnifique. Ils se complémentaient tellement bien et il était évident qu'ils s'aimaient.

— Mec, me salua Ryker en cognant mon poing.

Jacob et moi nous serrâmes la main, la poigne de ce garçon de ferme était forte et ses doigts calleux.

— Tu as l'air en forme. Comment tu vas ?

— Assez bien, répliquai-je.

J'entendis Jared avancer derrière moi, le parquet grinçant le trahissant. Nous restâmes là, à les observer tous les deux retirer leur manteau. Ils portaient tous les deux des costumes, comme Stan l'avait demandé, et ils étaient vraiment beaux. Je dus me demander si Tan France les avait habillés. Jared passa un bras autour de ma taille.

— Alors, euh, on doit vous dire quelque chose.

Ryker quitta son téléphone des yeux. Jacob, ce mastodonte toujours silencieux, nous accorda son attention totale.

— Quoi ? Est-ce que Stan a annulé la fête ? Je serais carrément énervé. Vous imaginez ce qu'il m'a fallu pour faire enfiler un costume à cet homme ? Ou ce que j'ai dû traverser pour qu'il me laisse lui en acheter un nouveau ?

Le regard de Ryker passa de mon visage à celui de son père, avant de se reposer sur moi.

— Mon vieux costume aurait convenu, commenta Jacob derrière Ryker. C'est de l'argent gâché d'en acheter un nouveau que je ne porterai qu'une fois.

— Ton vieux costume était trop petit et trop vieux, répliqua Ryker.

Il glissa son téléphone dans la poche intérieure de son costume gris.

— D'où l'achat d'un nouveau.

Jacob ouvrit la bouche pour répliquer, mais j'intervins subtilement.

— La fête n'est pas annulée, donc calme-toi avec tes… inquiétudes de costume. Ryker.

Je posai un bras sur ses épaules. Il ricana.

— Nous avons une grande nouvelle pour toi.

— D'accord, dites-le-nous, alors.

Son attention vacillait entre Jared et moi.

— À partir de maintenant, tu devras m'appeler papa.

Je levai ma main gauche pour lui mettre l'anneau sous le nez. Ryker, le pauvre idiot ébahi, ouvrit la bouche en grand comme un poisson rouge pendant environ dix secondes, puis il me donna un coup de poing dans le bras.

— Mec, c'est du harcèlement de beau-père.

Ryker essaya de dire quelque chose, mais tout fut écrasé à cause de câlins, de câlins et d'encore plus de câlins. Jacob fut attiré dans un marathon d'étreintes. Lorsque le premier round de félicitations fut prononcé, Jacob et moi emportâmes leurs sacs dans la chambre d'amis afin d'offrir un peu de temps à Mads et Ryker pour qu'ils puissent parler.

Je finis de m'habiller. J'aurais aimé avoir ce nouveau tatouage sur mon cou couvrant la cicatrice d'un rose brillant qui contrastait avec ma chemise blanche. Gatlin voulait l'approbation du médecin, il voulait savoir que la blessure était effectivement entièrement guérie. Ce serait peut-être à la Saint-Valentin, avait-il proposé pour me calmer. Qui savait que les tatoueurs pouvaient être si stricts ? Quand nous nous retrouvâmes tous dans la cuisine, Mads et Ryker parlaient de brassage maison, mais les yeux des deux hommes brillaient à cause des larmes non versées.

— Vous allez bien ? demandai-je en tâtonnant avec ma cravate.

— On va incroyablement bien, répondit Mads.

Il repoussa gentiment mes doigts pour faire le nœud de ma cravate.

Nous partageâmes un petit baiser, rassemblâmes les enfants (je prévoyais de taper sur les nerfs de Ryker pour toujours avec cette qualification d'enfant), puis nous partîmes vers la grande maison de Stan. J'avais l'impression que nous ferions également notre grande annonce à l'équipe, ce soir. Nous nous étions beaucoup entraînés. Nous l'avions annoncé à ma famille, hier, lors d'un appel groupé qui avait déraillé dans un bazar émotif pour tous ceux qui étaient impliqués. Ma mère m'avait réveillé ce matin pour m'expliquer qu'elle avait créé un tableau Pinterest afin de réunir les idées pour mon mariage. Genre, sérieusement ? Elle était obligée de m'appeler à cinq heures tapantes pour me parler d'un tableau qu'elle remplissait de pièces montées et d'idées d'arrangements floraux ? C'était ce que les parents devaient faire. J'allais devoir faire ça pour Ryker, rien que pour le voir péter un câble. J'allais tellement assurer en tant que beau-père, tout comme j'allais assurer pendant ma rééducation. Mais pour l'instant, nous devions nous préparer pour la fête d'un Russe en costume.

— Mec, s'il y a des oligarques ici et qu'on finit en prison pour conspiration ou une autre connerie d'espionnage… et qu'on doit repousser la noce pour vingt ans, ma mère va être sur les nerfs. Tu as vu combien d'étiquettes elle avait mis sur son… tableau de mariage ? chuchotai-je à Mads alors que nous progressions dans l'allée enneigée devant la porte de Stan.

— Espérons juste qu'on ne finira pas en prison, alors. Je détesterais agacer Jean Rowe, répondit Mads avant de sonner.

Un mec que je ne connaissais pas ouvrit la porte. Il était grand, sa tête était surplombée de boucles blondes et il avait le même menton qu'Erik. Il nous sourit comme s'il nous connaissait et, bon sang, il était enthousiaste.

— Salut ! Je suis Bjorn Johnson.

Il nous serra vigoureusement la main.

— Vous ne me connaissez pas, mais je suis le cousin d'Erik. Je suis un grand fan des Railers.

Cela faisait beaucoup d'informations à encaisser, mais Bjorn avait un sourire si large et chaleureux que je souris immédiatement en retour.

— Ravi de te rencontrer, déclarai-je

Je répétai immédiatement son nom dans ma tête afin de m'en souvenir. Bjorn. Comme le mec dans ABBA.

— Je suis ravi d'être ici. J'étais en Amérique pour un championnat de ski à Big Mountain et j'ai fait un détour avant de rentrer chez moi pour fêter le Nouvel An avec Stan et Erik.

Il nous laissa entrer.

— Ils ont fait de toi le portier officiel ? s'enquit Jared.

— On dirait bien.

Heureusement, nous ne finîmes pas dans une prison fédérale, quelque part dans le monde, parce que nous avions partagé des secrets avec les Russes. Il y avait une chanteuse d'opéra, une amie d'amis de Stan, dans son pays, qui avait chanté une chanson de *Madame Butterfly* et avait laissé certains joueurs de hockey légèrement ébahis et un peu émus. Aucun d'eux n'admettrait cependant qu'il avait pleuré à cause d'une stupide chanson d'opéra, cela irait dans notre tombe avec nous. Mes coéquipiers crièrent et me donnèrent plusieurs tapes dans le dos quand Mads et moi annonçâmes notre grande nouvelle.

Cela avait été la meilleure soirée de ma vie.

Désormais, au milieu du désert, à regarder par la fenêtre alors que je travaillais sur le renforcement de mon hémisphère gauche jusqu'à mes doigts, je sentis le mal du pays.

Nous étions au milieu du mois de janvier et j'étais toujours là, à m'affairer, seul. Declan était retourné dans son équipe deux semaines plus tôt. Il me manquait. Il avait été la seule personne de mon âge avec qui je pouvais traîner, mais il voulait être de retour dans le jeu. Le terrain de foot était dans son sang comme la glace était dans le mien. Je n'allais pas le lui reprocher. Je piaffais moi-même d'impatience.

Il fut de plus en plus difficile de rester patient alors que ma guérison accélérait. Tous les jours, je demandais aux thérapeutes et aux médecins quand je serais libéré. Chaque jour, ils répondaient quelque chose qui était censé m'inspirer pour que je m'en tienne au programme. Ils me mettaient en garde contre une sortie prématurée. Je pouvais m'en aller quand je voulais. Ce n'était pas une prison. Il n'y avait pas de verrou sur les portes. Mais… et c'était un grand mais, si je voulais guérir ces neurones que mon cerveau avait détruits en saignant, je devais rester concentré sur mon séjour ici. Alors je le faisais. Je consacrais le temps nécessaire et même plus à mes exercices. Mads me manquait. L'équipe aussi, mais surtout

Mads. Le hockey me manquait horriblement, même si je regardais les matchs des Railers, des Raptors, bon sang, n'importe quel match de la NHL que je pouvais trouver, et je téléchargeai les matchs des OU. Il manquait une grande partie de Tennant Rowe.

Le dévouement et l'acharnement au travail. C'était nécessaire pour remettre ce morceau manquant à sa place. Alors je travaillais. Et je me dévouais. Je transpirais, jurais, jetais des objets, riais, et m'encourageais parce que…

Parce qu'une vie merveilleuse m'attendait avec mon futur mari. J'étais vraiment sûr que j'allais rester en bonne santé, à cent pour cent, pendant le reste de notre vie ensemble. Nous ne serions plus deux moitiés, mais un tout. Comme dans cette chanson des années quatre-vingt que Mads aimait fredonner sous la douche, notre avenir était si brillant que nous brisions toutes les ombres.

Épilogue

JARED

Lorsque le moment fut venu, je n'eus absolument aucun mot à dire au sujet du retour de Ten dans l'équipe. Les médecins disaient qu'ils étaient prudemment certains de son état, ce qui ressemblait à du jargon médical minable pour moi. Le management avait préparé tout un tas de documents légaux pour que mon homme soit protégé, mais c'était certainement plus pour assurer leurs arrières. Les sponsors avaient mis en place une énorme campagne de publicité. Même TenWatch était à fond pour que Ten reprenne l'entraînement avec l'équipe.

Je voulais qu'il reste à la maison. Au lit, de préférence.

J'étais peut-être devenu un peu trop protecteur, et cette idée revint me mordre les fesses quand je trouvai Ten en train de fouiller dans notre armoire à pharmacie. Il avait placé deux sachets de boules de coton sur le lavabo et cherchait toujours ce dont il avait besoin. J'allai immédiatement près de lui parce qu'il avait encore quelques problèmes pour se souvenir de certaines choses, et luttait encore pour prononcer certains mots plus longs.

— Qu'est-ce que tu cherches ? demandai-je de ma meilleure voix montrant que je n'interférais pas.

— Plus de boules de coton. Ou du papier bulle, je m'en fiche.

Était-il blessé ? Saignait-il ? Mon cœur se serra et je scrutai chaque partie de son corps que je pouvais voir. Pourquoi du papier bulle ? Ça n'avait aucun sens.

— Ten, qu'est-ce qui ne va pas ? demandai-je finalement quand je fus incapable de me retenir plus longtemps.

Il ferma brusquement le tiroir, se tourna vers moi et croisa les bras sur son torse.

— Tu veux me garder enfermé dans un endroit sûr où je ne serai pas blessé.

— Ten…

— Laisse-moi finir. Sérieusement, il n'y a pas assez de boules de coton ou de papier bulle dans le monde pour m'empêcher d'être blessé à nouveau, Mads. C'est le jeu.

— Je ne peux pas m'empêcher d'être inquiet.

— Tu peux t'inquiéter, oui. Mais demander à d'autres de me surveiller et de ne pas me blesser ? C'est un énorme non.

Oh, merde, comment l'a-t-il découvert ?

— Je ne vois pas ce que tu veux dire.

Je mentais. Je savais exactement ce qu'il évoquait, mais le fait qu'il ne soit pas blessé ne concernait pas que lui. Il y avait moi aussi, l'amant effrayé qui voulait protéger son homme.

— Je sais que tu as appelé le coach Benton, hier soir.

Merde !

— Je sais que tu lui as dit de parler à notre défenseur et lui demander de me protéger.

Il haussa un sourcil. Je ne répondis rien dans l'immédiat parce qu'il était inutile de mentir à Ten. Il était au courant de tous mes faits et gestes.

— Je voulais juste…

Il leva la main pour m'interrompre.

— En plus, je sais que tu as demandé individuellement à au moins sept joueurs de l'équipe de me surveiller. Stan m'a répondu directement… attends, laisse-moi prendre mon téléphone.

Il sortit son portable de sa poche et lut un SMS.

— Je connais des gens qui peuvent avertir sur le site de NHL de pas faire mal à Tennant Rowe.

J'étais grillé.

— Je suis désolé, Ten. Je ne peux m'empêcher de m'inquiéter.

Il se radoucit et prit mon visage en coupe.

— À la maison, nous sommes amants, nous allons nous marier. Ici, tu peux t'inquiéter pour moi, m'aimer, me préparer le petit déjeuner tous les matins. Mais à la patinoire, il faut que je fasse mon boulot. Tu le comprends ? N'est-ce pas ?

Sa diction était bien mieux qu'avant, il ne bafouillait plus. Il avait l'air parfaitement déterminé et je n'avais donc rien à lui dire en retour. Rationnellement, je savais qu'il devait retourner travailler, qu'il serait toujours un joueur de hockey. Il était comme un chaton désespéré de sortir de sa maison, parfaitement résolu et ressemblant réellement à l'ancien Ten.

J'attrapai sa main, la sensation de la bague sur son annulaire me provoquant un élan d'amour mêlé d'inquiétude.

— Quand j'étais assis à côté de ton lit d'hôpital, j'ai cru

qu'ils allaient me dire que tu étais en train de mourir, Ten. Je déteste ne pas pouvoir séparer ces deux vies, mais je t'aime, et si tu m'autorises à m'inquiéter juste un petit peu, alors on peut y arriver.

— Mais tu ne dis pas aux autres de me garder à l'œil.

Je soupirai bruyamment.

— Est-ce que ça veut dire qu'on doit annuler la corruption auprès des autres équipes ?

Il rit avant de m'embrasser, et j'eus envie de rester ici, dans la cuisine, pour continuer ceci infiniment. Mais je ne le pouvais pas.

C'était la raison pour laquelle je me retrouvais maintenant sur le banc, à regarder l'entraînement et à voir mon amant sur la glace, avec un équipement prévenant les contacts, à s'entraîner avec son équipe pour la première fois depuis l'accident. Il y eut des éclats de l'ancien Ten, comme une feinte, une défense incroyable sur Stan, un rire alors qu'il mettait un but à notre gardien russe depuis l'autre côté de la patinoire. Il attrapa ensuite un palet rebondissant hors du filet, traversa la glace et évita tous nos défenseurs pour marquer face à un Bryan qui n'avait rien vu venir. L'entraînement resta léger pour lui. Il devait travailler sur sa force, mais il n'avait pas peur.

Même après ce qu'il s'était passé, il n'avait pas perdu sa confiance.

Je dois croire en lui comme il croit en lui-même.

Je le retrouvai après l'entraînement. Il était assis à côté de Stan, à écouter intensément le grand homme qui lui racontait quelque chose les faisant sourire tous les deux.

— Il y a des nouvelles de Russie. Des bonnes mélangées à des mauvaises. Beaucoup de cousins meurent. Beaucoup de mauvaises nouvelles. Ils laissent des enfants sans famille. Encore plus de mauvaises nouvelles. Je vais chercher les enfants, les amener en Amérique. On élèvera eux comme enfants américains avec beaucoup de vêtements, de téléphones, de sales caractères adolescents. Tellement de bonnes nouvelles !

— Ça m'a l'air génial, répondit Ten.

Il donna un coup de poing joueur dans le bras de Stan.

— Tu veux être parrain pour nos nouveaux enfants ? Les gâter, les élever si Erik et moi mourons dans accident tragique de plongée.

— J'en serai honoré, déclara Ten.

L'émotion lui brisa la voix.

J'ouvris la bouche pour demander si Stan et Erik avaient déjà fait de la plongée, mais Ten me remarqua, planté là. Il me lança un large sourire, enivré par l'enthousiasme causé par la question qu'on venait de lui poser et probablement parce qu'il était ravi d'être de retour sur la glace.

— Je vais être parrain, annonça-t-il, et tu sais quoi ? Les entraîneurs sont ravis de mes progrès. Le médecin est super content, je me sens trop bien et je serai de retour avec l'équipe en mars, j'en suis absolument sûr.

Et connaissant mon fiancé têtu ? Je savais que ce serait probablement le cas.

FIN

Coup du *chapeau*

—— HARRISBURG RAILERS 8 ——

RJ SCOTT &
V.L. LOCEY

Love Lane Books

Chapter Un

Stan

OBSERVANT LES FLOCONS VIREVOLTER DERRIÈRE LE HUBLOT, JE fus frappé par la beauté de cette neige qui pouvait pourtant s'avérer mortelle. Comme maintenant. Elle était douce, cotonneuse et volerait dans les ailes du 747 dans lequel j'étais assis dès qu'il décollerait. Mais certaines neiges paralysaient un avion. Elles se collaient à ses ailes et les gelaient. Tant de choses étaient ainsi. Ma terre natale pouvait être ainsi. La Russie était un beau pays, enrichi par son histoire et ses magnifiques cathédrales. Son peuple était fier, animé et aimant. Mais il y avait un côté plus dangereux en Russie et celui-ci pouvait rendre mon retour risqué. Ce n'était pas une bonne époque pour les gays dans ce pays. Le gouvernement nous affublait de surnoms terribles, nous mettait en prison ou pire… uniquement parce que nous aimions quelqu'un du même genre que le nôtre.

Je jetai un coup d'œil au steward aidant les autres

passagers de première classe à trouver leurs sièges et à ranger leurs bagages à main. Il m'avait dit que son nom était Howard. Il était plus âgé que moi, distingué, mince et arborait des cheveux poivre et sel. Son bel accent britannique se faisait entendre alors qu'il était aux petits soins avec ses passagers, comme une oie avec ses petits. Il m'avait assuré qu'une fois que nous serions dans les airs, il passerait avec le chariot des boissons. Généralement, je ne buvais pas beaucoup. Je le faisais au Nouvel An, bien sûr, mais à l'exception des occasions spéciales, les athlètes faisaient l'impasse sur l'alcool. Erik n'était pas du genre à se saouler. Nous étions de joyeux pantouflards.

Je me retournai vers la piste enneigée. Erik. Mon bien-aimé me manquait déjà et l'avion était encore posé à l'aéroport international de Harrisburg pour laisser les passagers embarquer. Je gigotai sur mon siège, ravi d'être en première classe et d'avoir de la place pour mes jambes. De plus, le siège était rembourré, la couverture épaisse et chaude, et la nourriture ainsi que les boissons seraient meilleures. Malheureusement, j'allais profiter de tout ce luxe seul. Erik devait rester à la maison avec Noah. Il devrait jouer des matchs de hockey, trouver une nourrice et s'occuper des papiers pour qu'ils soient prêts lorsque je reviendrais avec nos nouveaux enfants. L'équipe ne se réjouissait pas de me perdre lors du temps nécessaire pour ce voyage, mais on m'avait donné le feu vert pour partir. Mon estomac se retourna à nouveau à cause de l'enthousiasme et de l'appréhension. Depuis cet appel reçu en pleine nuit, deux semaines plus tôt, nous oscillions tous entre la terreur, l'anxiété et la joie.

Comme il est drôle de constater que la vie d'un homme peut changer en un seul coup de fil.

Je dormais à poings fermés, la nuit où j'avais reçu l'appel fatidique. Erik était dans mes bras, nos corps poisseux à cause de la transpiration et de la semence. J'avais eu l'impression que je venais tout juste de fermer les yeux quand Elvis avait commencé à chanter Hound Dog *encore et encore. J'avais trouvé une nouvelle application pour téléphone du nom de « Sonneries d'Elvis » et je choisissais une nouvelle chanson chaque semaine. Elvis en avait sorti de nombreuses, alors je pouvais avoir une nouvelle sonnerie dès que je le désirais. Cette nuit-là, il s'agissait de* Hound Dog, *et elle ne cessait de résonner. Erik avait glissé sur moi, marmonnant, et avait attrapé mon portable sur la table de nuit.*

— C'est pour toi. Quelqu'un dit quelque chose en russe, avait-il grommelé.

J'avais passé un bras derrière son dos pour maintenir son ventre collé au mien. Il avait laissé sa tête retomber sur mon épaule et sa jambe glisser entre mes cuisses. Parfait, *avais-je songé avant de coller le portable contre mon oreille. Tout fut alors chamboulé, mis sens dessus et dessous. Y avait-il un « et » dans cette expression ? Je secouai la tête. Non, à mon avis, non. Sens dessus dessous. Oui, c'est ça, sens dessus dessous. Donc oui, l'appel avait réussi à passer, bien que la ligne soit brouillée par les parasites puisque le réseau dans la petite ville où j'avais grandi n'était pas bon.*

Il s'agissait de mauvaises nouvelles. Mon cousin germain du côté de mon père, Anatoli, avait été tué dans un terrible accident de moto après avoir été fauché par un camion. Les deux enfants dont il s'occupait, la progéniture d'un autre cousin, se retrouvaient seuls, puisque leurs parents étaient morts quelques années plus tôt. Leur père avait été emporté par le cancer et leur mère par un coma éthylique. Ce n'était qu'une jeune femme, mais elle était alcoolique, comme tant d'autres dans les trous paumés de Russie. Lorsque j'étais enfant, j'observais les gens de mon petit village et ne voyais que des visages gris trahissant le dur labeur et des airs lugubres. Ce qui était la raison pour laquelle j'avais travaillé si dur pour m'en sortir et m'assurer que ce soit également le cas de ma sœur et de ma mère. Je n'avais pas envie que ma mère meure avant que son heure soit venue, à cause d'une vie morne et triste.

Les enfants avaient visiblement été laissés sous ma garde, ou la meilleure explication était peut-être que j'avais été nommé comme leur prochain tuteur dans l'ordre de succession. Les pauvres petits étaient passés de maison en maison et n'avaient jamais eu de famille stable. Le message était clair : je devais venir immédiatement à Leskovo et les récupérer avant qu'ils entrent dans le système gouvernemental. Manifestement, personne dans la famille ne pouvait se permettre d'avoir deux bouches de plus à nourrir. Je m'étais alors assis, ébahi et secoué, incapable de trouver les bons mots pour l'un de mes oncles. J'ignorais totalement que mon cousin m'avait nommé comme deuxième tuteur de ses enfants, si quelque chose devait arriver à Anatoli. Après avoir bafouillé une réponse quelconque à mon oncle Maxim, lui demandant de me donner du temps pour planifier le voyage sans laisser le gouvernement prendre les petits, j'en avais informé Erik.

— Je sais pas comment le gouvernement traite les petits qui n'ont pas de parents, mais s'il les maltraite autant que les gays… Je vais là maintenant, avais-je marmonné alors qu'Erik s'était dépêché pour s'habiller et me trouver quelque chose à enfiler.

— Stan, avait-il répondu un instant plus tard, quand j'enfilais un jean. Je suis sûr que tout ira bien pour eux quelques jours, jusqu'à ce qu'on trouve une solution. Tu ne peux pas simplement partir en Russie et balancer ses gamins dans un avion en direction des États-Unis.

— Pourquoi pas ? Le père a nommé moi comme prochain tuteur. Je vais là maintenant. Je ramène à la maison. On adopte. Ils vont devenir à nous. On veut plus d'enfants, toi aussi, tu le dis. Après, on aura trois enfants !

Je tâtonnais dans le placard à la recherche d'une valise. Erik s'était placé entre la porte du placard et moi.

— Stan, tu ne peux pas y aller sans réfléchir. On devra naviguer dans un bazar bureaucratique incompréhensible. On aura besoin d'un avocat, peut-être même d'un représentant en adoption et même de l'autorisation fédérale et de celle de l'État. La situation entre les États-Unis et la Russie n'est pas franchement stable en ce moment. Et le gouvernement russe sait que tu es en couple avec un homme, ici, en Amérique.

— Bah. M'en fiche. Le Kremlin peut sucer ma grosse queue.

Erik avait levé les yeux au ciel.

— Stan, ce que je veux dire, c'est que tu ne peux pas simplement te précipiter en Russie et t'attendre à rentrer avec deux enfants le lendemain. Il va falloir que nous suivions des protocoles. Et deux enfants ? Enfin, en même temps ? Deux enfants qui ne parlent pas un mot d'anglais ? Comment s'appellent-ils ? Quel âge ont-ils ? Ce sont des filles ou des garçons ? Ils sont en bonne santé ? Ils ont été vaccinés ? Je ne veux pas que des enfants non vaccinés s'approchent de Noah. Et s'ils sont méchants avec les autres gamins ou les animaux de compagnie ? Et si, quand tu te rends là-bas, le gouvernement t'attend et t'enferme pour t'exposer comme une bête de foire ? Ou s'ils t'emmènent au sommet d'un grand bâtiment administratif à Moscou et te jettent du toit parce que tu es…

— Chut, maintenant. Chut.

Je l'avais attiré dans mes bras et l'avais longuement, très

longuement enlacé. Il s'était accroché à moi, ses doigts s'enfonçant dans le creux de mes reins et son nez se blottissant contre ma gorge. J'avais embrassé ses boucles dorées alors qu'il prenait une longue inspiration et soupirait ensuite lentement.

— Il va rien nous arriver de mal. On est une famille forte. Beaucoup d'amour. Ça ira.

J'avais glissé une main dans son dos.

— Grâce à nous, ça ira, tu verras. Une grande famille, c'est plus d'amour et de force.

Le doux grondement de l'avion roulant pour rejoindre la piste de décollage m'arracha à mes souvenirs. J'attachai ma ceinture de sécurité et éteignis mon téléphone. Howard vint me voir pour s'assurer que tout allait bien et me sourit avant de me tapoter l'épaule. Il alla ensuite vérifier que les autres obéissaient aussi aux règles. Le vol était long, plus de onze heures. J'aurais donc largement le temps de m'attarder sur plusieurs choses. Comme sur la réaction de ma mère quand elle avait appris la mort de notre cousin germain, le lendemain. Elle avait affirmé qu'elle ne l'avait jamais aimé, mais elle avait pleuré en silence pour les enfants, serrant Noah contre elle. Je lui avais ensuite avoué que c'était moi, l'adulte choisi pour les élever.

Cette idée avait pris tout son sens pour Erik et moi lorsque nous étions allés nous coucher le lendemain soir, et que nous avions discuté de cette situation du mieux que nous le pouvions. Dans notre grande famille, j'étais celui qui avait le plus réussi. Mes cousins savaient tous que j'étais joueur de hockey professionnel et que j'étudiais actuellement pour devenir citoyen américain. Ils avaient vu des photos de ma maison, de ma voiture et de ma famille en Pennsylvanie. Je ne leur avais pas mis ma richesse sous le nez, mais rien que quand je partageais des photos sur mes réseaux sociaux, ma famille de Leskovo écrivait des commentaires sur le luxe qu'ils y voyaient. Ainsi, le fait que je sois nommé tuteur des enfants d'Anatoli si personne d'autre ne pouvait les assumer était logique. De plus, qui ne voudrait pas immigrer aux États-Unis ? C'était le pays des opportunités ! La Statue de la Liberté en était le symbole. Elle encourageait les faibles et les chétifs d'autres pays à venir sur ses côtes. Je l'aimais beaucoup, cette Lady Liberté. Chaque fois que nous jouions à New York, j'allais la voir et la remerciais de nous avoir accueillis, moi et ma famille, dans sa nation.

Par conséquent, que je sois choisi paraissait raisonnable. J'avais été choisi et j'allais remplir mon obligation envers ma famille et ces enfants. Mama s'était effondrée quand je lui avais annoncé que je retournais en Russie dès que les problèmes légaux seraient réglés. Erik avait eu pour mission de s'occuper de la paperasse. Il s'exprimait bien, son anglais était fluide et il avait l'allure d'un prince. Moi, j'étais grand et effrayant. Et bien que mon anglais se soit merveilleusement amélioré, il était encore parfois un peu difficile.

J'avais consolé ma mère tout comme je l'avais fait avec Erik la veille, lui assurant que je serais accueilli à bras ouverts en Russie. Elle ne me croyait pas, mais elle s'était tue quand je lui avais rappelé l'existence de ces deux enfants – une fille et un garçon, comme nous l'avions appris – qui n'avaient personne pour les aimer.

— Ils auront besoin de beaucoup d'amour. Ils n'ont jamais vraiment connu leurs parents et maintenant, ils ont perdu leur tuteur. Ils ont même besoin de plus que ce qu'Erik et moi pouvons leur donner. Ils auront besoin d'une gentille grand-mère pour les border quand leurs papas ne seront pas à la maison, et pour leur préparer des *pryaniki*, lui avais-je chuchoté en russe en m'agenouillant à côté du fauteuil à bascule de la chambre de Noah et en la serrant contre moi.

Elle avait tapoté mes joues et reniflé en relevant légèrement le menton.

— Je ferai tout ce dont ils ont besoin, mais tu dois me promettre de rentrer à la maison, Stanislav.

Elle m'avait regardé avec ses yeux de la même couleur tempétueuse que les miens.

— Ramène les bébés à la maison. Sains et saufs. Tous les trois. Je travaillerai dur avec Erik pour préparer la maison avant leur arrivée.

— Tu es quelqu'un de bien.

Je l'avais attirée contre mon torse et avais embrassé sa joue mouillée.

— Et toi, mon fils, tu es un homme bon.

L'avion commença à rouler sur la piste. Je sentis la pression contre mon torse alors que nous nous élevions dans les airs. Tournant la tête vers la gauche, je regardai par le hublot et vis Harrisburg devenir lentement de plus en plus petit.

— Je reviens bientôt, chuchotai-je à Erik avant de baisser le store et de tapoter mon passeport ainsi que tous les documents légaux dans la poche intérieure de mon manteau d'hiver.

Jamais de simples papiers ne m'avaient paru si lourds.

Chapter Deux

Erik

— Ça ne peut pas être si difficile que ça, si ?

Je feuilletai au hasard mes différentes recherches et trouvai une agence londonienne spécialisée dans la mise en relation avec des nourrices russophones. D'accord, ce n'était pas aux États-Unis, mais apparemment, ils plaçaient des nourrices dans différents pays et le nôtre faisait partie de la liste. Je comprenais bien que j'allais contacter une entreprise anglaise pour parler d'une nourrice russe dans une famille américaine. Rien de tout ça n'avait été facile jusqu'à maintenant. Pourquoi trouver une nourrice le serait-il ?

— Nous vous proposons une recherche complète et un programme de sélection, avec des entretiens, la vérification des recommandations et la validation des papiers avant de vous recommander une candidate, lus-je à voix haute.

J'attendis un commentaire. J'avais un public : la mère de Stan, la sœur de Stan – Galina – et Noah, qui étaient tous assis en ligne sur le canapé comme s'ils étaient en train de me juger. Ma belle-mère était d'humeur horriblement maussade, puisque nous envisagions de faire entrer une fille de joie russe dans notre maison. Je n'étais pas certain qu'elle voulait vraiment parler d'une catin, il était parfois difficile de la comprendre. La plupart du temps, en fait. Je ne pouvais nier qu'elle était une mère et une grand-mère gaga, mais elle n'était pas une jeune femme et Noah était... à un âge intéressant, disons. Il semblait déterminé à repousser chaque limite que nous mettions en place, ce qui était la raison pour laquelle il lui manquait une touffe de cheveux au niveau de la tempe droite. J'ignorais totalement comment il avait réussi à grimper sur le lavabo dans notre salle de bain. J'imaginais qu'il avait dû utiliser sa simple volonté, la baignoire ainsi qu'un carton de maillots prêts à être signés qu'il avait réussi à pousser depuis notre bureau.

Malheureusement, à cause de cette expérience, notre fils s'était rasé quelques cheveux. Il avait été puni pour ses bêtises et voilà donc pourquoi il faisait partie de ceux qui me fusillaient du regard. Apparemment, il voulait Stan parce que c'était le meilleur des papas et que moi, j'étais inutile. Enfin, il ne l'avait pas dit avec autant de mots, mais je l'avais compris à cause de son air de mutin et de sa moue boudeuse.

Il y avait ensuite Galina, qu'Arvy avait déposée à l'aube. Elle avait voulu aider. Mon coéquipier avait voulu entrer, mais à mon avis, mon regard noir l'avait effrayé. Il avait de la chance. Être observé tous les deux avec autant de frustration n'avait aucun sens.

Je fais de mon mieux, d'accord ? Je ne savais pas que le cousin de Stan allait mourir. Je ne savais pas que, soudain, on aurait trois enfants à la maison. Notre famille est comme un coup du chapeau en hockey.

— Je peux aider, dit Galina.

C'était la cinquième, dixième, voire vingtième fois qu'elle le répétait, mais elle ne m'écoutait pas plus que la mère de Stan.

— Nous avons besoin de quelqu'un à la maison, de quelqu'un qui resterait de façon semi-permanente, Galina. Je t'ai déjà expliqué que même si nous voulons de ton aide, nous devons également réfléchir sur le long terme.

Elle secoua la tête, comme si je la décevais avec cette déclaration. La mère de Stan montra sa désapprobation et, quant à Noah, il était encore en train de bouder. Quand je parlais du long terme, je ne savais pas réellement ce que je voulais dire par là. Des semaines ? Des mois ? Des années ? Stan avait affirmé que les enfants de son cousin parlaient peu anglais et que nous avions donc besoin d'une nourrice russophone. Autrement, ils se sentiraient perdus aux États-Unis. C'était donc mon boulot. Ce n'était pas moi qui retournais dans un pays où notre amour était considéré comme malsain. Ce n'était pas moi qui allais devoir faire face à la paperasse et au danger, mais il m'avait assuré qu'il connaissait des gens qui l'aideraient. J'avais arrêté de lui demander ce que cela signifiait quand j'avais rencontré un des hommes en question devant la chambre de Ten, à l'hôpital.

Oui, mon amant connaissait certainement des gens. Il ne s'agissait sûrement pas de personnes ouvertement amicales, mais de gros durs avec des tatouages, des cicatrices et des visages figés. Stan serait en sécurité.

Il devait nécessairement l'être.

Que ferais-je sans Stan ? À quoi ressemblerait ma vie

sans lui ? Que ferait Noah ? La mère et la sœur de Stan devraient-elles rentrer en Russie ? Comment pourrais-je avoir une nourrice ? Serais-je obligé d'aller à Londres ? Stan me reviendrait-il ? *Et s'il était coincé là-bas ? Que pouvais-je faire ? Devrais-je… ?*

— Papa ?

Noah descendit du canapé et leva les mains.

— À bras, exigea-t-il.

Je laissai tomber le portable et récupérai mon fils. J'avais l'impression qu'il était chaud, mais je ne savais pas si c'était à cause de sa crise post-coupe de cheveux, ou s'il ne se sentait pas bien. Je n'étais pas certain de pouvoir gérer tout le reste s'il était malade, en plus de ça. Je m'écroulai sur le fauteuil confortable le plus proche et inspirai l'odeur de Noah qui se blottissait contre moi. Il était vraiment chaud, mais je le serrai contre moi et posai ma tête sur ses boucles blondes avant de fermer brièvement les yeux.

— Je vais me laver, annonça la mère de Stan avec un soupir théâtral.

Elle partit dans sa chambre et je me retrouvai donc avec Galina.

— Que vas-tu faire aujourd'hui ? s'enquit-elle en regardant sa montre avec insistance.

Je savais qu'elle ne parlait pas de ce que je ferais avec Noah. Il avait une place à la garderie à côté de la patinoire où il jouait avec les enfants de Connor. Je le récupérais toujours avec un sourire sur le visage.

— Je vais essayer de contacter quelqu'un, répondis-je en tâtonnant à la recherche de mon téléphone qui était hors de portée.

Elle le saisit et me le passa.

— Ce n'est pas ce que je voulais dire. Enfin, comment vas-tu te concentrer sur l'entraînement, sur le match, alors que Stan est…

Ses yeux s'emplirent de larmes et mon cœur se serra. Elle était probablement aussi effrayée que moi et la mère de Stan. Nous craignions tous qu'il ne rentre pas à la maison.

— Il connaît des gens, dis-je.

Je ne pouvais réellement m'accrocher qu'à ça.

DÉPOSER NOAH à la Garderie des Écureuils fut difficile. Il ne voulait pas me lâcher et, que Dieu m'en soit témoin, moi non plus, je ne voulais pas le laisser. Connor était là pour déposer ses enfants et il avait dû percevoir la panique sur mon visage. Il réussit à m'enlever Noah et à le poser par terre.

— Il a chaud, l'avertis-je.

Connor lui toucha le front, fronça les sourcils, puis secoua la tête.

— Il m'a l'air bien.

Il me lança alors un regard compatissant et je fus mortifié à l'idée qu'il puisse voir clair en moi et comprenne que je n'étais qu'un père idiot qui ne voulait pas abandonner son fils.

— Je ne veux pas…

Le laisser.

— Tu es obligé, m'expliqua Connor comme si j'étais un enfant.

Il avait raison. J'avais un boulot à faire, un boulot pour lequel j'étais suffisamment payé afin d'inscrire Noah dans cette garderie privée et hors de prix, et afin de pouvoir engager la meilleure nourrice russe de toutes les nourrices russes. Stan et moi gagnions suffisamment notre vie pour ne pas hésiter à accepter des enfants devenus orphelins en Russie.

— Je ne connais même pas leurs noms, dis-je en sortant.

J'avais eu toute une conversation dans ma tête, lors de laquelle j'avais évoqué les enfants et mes trouvailles. J'avais annoncé cela comme si Connor avait entendu toute cette discussion mentale. Pas étonnant qu'il ait l'air confus. Toutefois, il adopta une expression plus neutre.

— Tu veux parler des enfants russes, la famille de Stan. Tu ne connais pas leurs noms.

Nous arrivâmes devant la porte et montrâmes nos badges afin d'entrer. La chaleur de la patinoire d'entraînement contrastait vivement avec le vent mordant à l'extérieur.

— Je sais que le cousin de Stan s'appelle Dusan, *s'appelait* Dusan, voilà tout. Je sais que Dusan et sa femme sont morts jeunes, que les enfants ne les connaissent pas vraiment et qu'ils ont été adoptés par un autre cousin du nom d'Anatoli, qui est mort, à présent.

Les pauvres gamins n'ont pas vraiment eu de vie, jusqu'à maintenant.

Nous marchâmes en silence un moment. Connor m'arrêta ensuite en me touchant doucement le bras.

— Nous sommes tous là pour toi, Erik, tu le sais.

Je sentis un « mais » arriver et j'attendis patiemment la réserve de cette déclaration à l'emporte-pièce.

Il s'éclaircit la gorge.

— Avec ma casquette de capitaine, je dois te rappeler qu'il faut que tu le dises, si tu n'es pas prêt à jouer. Je ne te veux pas sur la glace, si tu n'es pas concentré, si tu ne gardes pas la tête froide et que tu finis par être blessé. Tu dépends de l'équipe et ils dépendent de toi. Si tu ne peux pas te débarrasser de ce qui te trotte dans la tête, tu peux rester sur le banc pour le match contre Dallas. Je ne veux pas que l'un des Railers, toi y compris, soit blessé parce que tu n'es pas dans le match. D'un autre côté, on est déjà en sous-effectif, puisque Ten est absent et on a besoin de tes revers dans le but, mais si tu n'es pas d'humeur…

J'avais envie d'être vexé à l'idée que Connor m'imagine incapable de me donner à cent pour cent pour l'équipe, mais alors que j'étais sur le point de le contredire, mon côté défensif s'évanouit.

— J'ai besoin de l'équipe, j'ai besoin de jouer, admis-je.

Je n'affirmais pas franchement que je *pouvais* jouer, mais ce n'en était pas loin.

Connor scruta mon visage un moment avant d'acquiescer.

— D'accord.

Voilà tout. Il ne me demanda pas si j'étais sûr de moi. Il prit ma réponse comme parole d'évangile et nous poursuivîmes jusqu'aux vestiaires. Bryan, notre gardien titulaire en l'absence de Stan, était déjà en tenue et avait la tête baissée. Il fixait le sol, totalement immobile. Il manquait quelques personnes lors de cet entraînement optionnel, mais presque tous mes coéquipiers étaient présents. Ils me fixèrent quand j'entrai dans la pièce. Les questions fusèrent immédiatement, mais je levai une main pour les interrompre.

— Stan est dans l'avion. Je devrais en savoir plus ce soir et je vous enverrai un message groupé.

Je tournai ensuite le dos à tout le monde et évitai

délibérément de regarder l'espace vide où Stan s'asseyait habituellement. Je fis de mon mieux pour me concentrer sur le hockey.

Nous nous entraînâmes aux attaques en surnombre et j'eus beau essayer, je n'arrivais pas à mettre le palet dans le filet. Je lançais chacun d'eux sur les fichus poteaux. Je voyais les mouvements de Bryan, et constatais qu'il m'observait sans même s'inquiéter. J'avais donc une seule envie : faire passer l'un de ces satanés palets derrière lui, mais il n'avait pas besoin de faire un quelconque effort, je loupais moi-même tous mes tirs.

Arrête de penser à Stan. À Noah. Aux deux enfants que tu ne connais même pas et aux nourrices russes.

Nous passâmes ensuite des tirs au but aux exercices d'angle, lors desquels nous transpirâmes et nous battîmes au hasard pour récupérer les palets bloqués derrière les filets. J'étais contre Adler, qui se comportait comme un véritable salaud et me rendait la vie dure. Il était sur moi, me bousculait, me poussait contre les panneaux de protection, m'insultait et réussissait si facilement à m'arracher le palet que je finis par perdre le contrôle. J'étais sur le point de le renverser violemment, mais il se décala à la dernière seconde et mon flanc s'écrasa donc contre le Plexiglas. J'en eus le souffle coupé et contournai mon coéquipier, sachant qu'il profitait du fait que je n'étais pas en forme.

Concentre-toi.

Adler me fit un clin d'œil et sourit alors que nous repartions lutter en tête à tête dans le coin.

— Tu veux te battre ? continuait-il de hurler.

Je retirai mes gants, prêt à me jeter sur lui. Il patina et s'arrêta juste devant moi.

— Va te faire foutre ! lui hurlai-je avant de lui asséner un coup de poing dans le menton.

— Tu frappes comme Noah ! dit-il avant de se baisser quand je le frappai à nouveau.

— Salaud !

Il s'éloigna ensuite sur ses patins, continuant de sourire. Je le pourchassai et nous roulâmes tous les deux sur la glace, attrapant nos maillots et nos peaux jusqu'à ce qu'il réussisse à me coincer.

— Tu vas mieux ? s'enquit-il.

Je pouvais lire la compassion dans son regard.

C'était ce dont j'avais besoin pour sortir de ma déprime, mais je n'étais pas totalement d'accord pour qu'il me pousse alors que nous échangions nos places. J'écrasai donc de la glace pilée contre son visage. Dès que nous nous allongeâmes tous les deux, lui riant comme un fou et moi fixant le plafond, il me donna un coup dans le bras, suffisamment fort pour que je glisse sur la glace.

Mais au moins, pendant tous nos exercices, j'avais oublié ce qui ne concernait pas le hockey.

Connor me prit à part après l'entraînement et je l'interrompis avant qu'il puisse me poser une question.

— Tout va bien.

Lorsqu'il s'éloigna, je le vis cogner le poing d'Adler et ne pus que secouer la tête.

Chapter Trois

Stan

Lorsque nous atterrîmes à l'aéroport Grozny en Tchétchénie, mon estomac fit un salto. Non pas à cause de la descente, mais plutôt de l'anxiété. La main posée sur la liasse de documents officiels et hors de prix, je me levai de mon siège rembourré, remerciai Howard, le steward, pris une profonde inspiration et sortis de l'avion pour poser un pied sur le sol russe. En réalité, je passai par la passerelle aéroportuaire, mais elle était ancrée sur le sol russe. Avec mon bagage à main sur l'épaule, je fis peut-être cinq pas avant qu'un homme en vieux costume s'éloigne de la paroi du pont aérien. Il était trapu, chauve et arborait une épaisse moustache grise ainsi que des sourcils indomptés. Ses yeux étaient sombres et sérieux. Je voyais qu'il était du gouvernement. Les agents du gouvernement avaient tous une aura. Je l'avais constaté avec les agents américains également, surtout ceux qui s'occupaient de l'immigration et des immigrants russes. J'avais vu la méfiance dans leur regard, qui était justifiée dans certains cas, mais ne l'était pas dans la plupart.

— Monsieur Lyamin, dit l'homme trapu en s'approchant de moi.

Je hochai respectueusement la tête et laissai les autres passagers derrière moi nous contourner précipitamment.

— Je suis l'agent Mikhailov du ministère de l'Éducation pour la Fédération de Russie. C'est un honneur de vous rencontrer.

— De même, agent Mikhailov.

Nous nous serrâmes la main. La sienne était sèche et froide, tout comme son regard.

— Est-ce la procédure normale d'être accueilli par le gouvernement quand on arrive dans ce pays ?

— Eh bien, vous n'êtes pas une personne normale. Dois-je vous parler en anglais ou comprenez-vous toujours votre langue maternelle ?

— Le russe est et sera toujours ma première langue.

Je jetai un coup d'œil à un couple passant prestement à côté de nous. Ils nous observèrent chacun à notre tour, l'agent du gouvernement et moi, puis baissèrent rapidement les yeux.

— Peut-être devrions-nous passer la douane, puis en discuter ?

— Ah, votre passeport a déjà été validé. Mais oui, venez. Allons discuter dans un petit bureau qui a été préparé pour nous.

Mon cœur tambourinant sauvagement, je lui lançai un petit sourire et le suivis. Je fus mené vers une petite pièce avec une table et deux chaises. Ce n'était pas vraiment un bureau, plutôt un espace minuscule dans lequel les personnes suspectes arrivant à l'aéroport étaient détenues et interrogées de façon plus exhaustive.

— Asseyez-vous, je vous en prie.

Je m'installai d'un côté de la table et lui de l'autre.

— On m'attend à Leskovo dans une heure. Les enfants m'attendent.

— Oui, bien sûr, les enfants.

Il s'assit dans un grognement las.

— C'est une tragédie. Ils sont orphelins et aucun de leur parent russe ne peut ni n'est prêt à les accueillir. Vous savez que les Américains n'ont plus le droit d'adopter des enfants russes ?

— Je ne suis pas Américain. Je suis Russe.

Je parlais clairement et sans aucune colère. Nos avocats m'avaient dit que je devais me montrer respectueux et déclarer aux agents du gouvernement ce qu'ils souhaitaient entendre, même si je devais mentir. *Les fioritures ne servent à rien au hockey, mais elles sont utiles dans ce cas*, m'avait affirmé notre avocat.

— Je serai toujours Russe.

C'était vrai. Je serais également Américain et même si j'aimais la Russie, ma vie était maintenant aux États-Unis, où je pouvais être moi-même et où mes enfants pouvaient grandir en bonne santé et libres d'être ce qu'ils souhaitaient.

— C'est bon à savoir. Puis-je, avec votre permission, voir votre passeport, votre visa, les papiers d'adoption et les visas des enfants, Eva et Pavel ?

Je lui passai la documentation correctement pliée et observai la porte fermée. Il n'y avait aucune fenêtre dans cette pièce.

— Vous verrez que tout est en ordre.

Il leva les yeux des papiers qu'il avait posés sur la table en acier.

— Oui, tout semble en ordre. Même le protocole habituel, selon lequel tout orphelin doit attendre trois mois dans la base de données du gouvernement avant d'être considéré comme éligible à l'adoption internationale, a été abandonné.

— Nous avons eu de la chance, répondis-je.

Il me fixa en plissant légèrement les yeux. Il était muet à cause de la liste de noms sur la feuille devant lui. Des noms importants. Certains de mes amis occupaient des postes importants. Je connaissais des gens.

— Oui, plutôt.

Il plia lentement et prudemment les papiers avant de les remettre, avec les visas et mon passeport, dans l'épaisse enveloppe grâce à laquelle ils étaient parvenus en Tchétchénie.

— Encore quelques questions et nous partirons pour Leskovo.

— Nous ?

— Oui, je dois rester à vos côtés lors de votre séjour. Nous vous accordons quatre heures pour aller récupérer les enfants et retourner en Amérique. Y a-t-il une raison pour qu'un agent du ministère ne puisse rester près de vous ?

— Aucune. Votre compagnie sera des plus plaisantes.

Ce mensonge était assez désagréable, un peu comme ces bonbons acides qu'Adler faisait passer en prétendant qu'il s'agissait de gourmandises sucrées.

L'homme sourit, mais ce geste n'avait rien de chaleureux.

— Alors, vous vivez aux États-Unis avec votre mari, Erik Gunnarsson.

— Nous ne sommes pas encore mariés.

Inutile de lui mentir. Il avait toutes mes informations sous les yeux, celles d'Erik également et probablement toutes celles concernant ma maison, ma famille, les Railers et les deux chiens que nous avions adoptés.

Il savait probablement que nous avions trouvé BB, celui aux poils bruns, derrière les poubelles de la patinoire, frissonnant sous la neige. Il pouvait peut-être même savoir que Mama avait examiné ses pattes et nous avait dit qu'il ferait la taille d'un « *buryy medved* » ou ours brun.

Je pariais qu'il savait que Wolfdog, ou Wolfie, était un petit bâtard maltais qui se prenait pour un gros chien. Il était le premier à aboyer quand il entendait du bruit dehors et à montrer ses dents aiguisées avant de grogner contre quiconque essayait de toucher notre famille.

Je me rendis compte que je m'étais perdu dans mes pensées quand l'homme toussa avec insistance.

— Excusez-moi, dis-je poliment.

— Hmm, alors c'est un arrangement homosexuel. Avez-vous conscience que le prêtre de votre église à Leskovo, le Père Vladimir, est fortement opposé à l'idée que vous emmeniez ces innocents en Amérique et que vous les exposiez à un mode de vie si injurieux et répugnant ? Il craint, comme tous les aînés de notre église, que s'ils vivent aux États-Unis, ils n'aient pas une bonne éducation chrétienne et s'éloignent de l'amour de Dieu. Si, en plus, vous exposez ces enfants à un mode de vie si dégoûtant… sans vouloir vous vexer, bien sûr.

— Non, bien sûr, je ne suis aucunement vexé, mentis-je à nouveau.

J'avais envie de tendre la main par-dessus la table, d'attraper sa tête et d'y cogner mon poing à plusieurs reprises. Mais je n'en fis rien. J'avais été coaché pour cela. Je savais ce qui m'attendait. Cette haine blessait tout de même mon âme, bien que je m'y attende.

— Je vous assure, à vous et à ce prêtre, que les enfants seront élevés dans la foi chrétienne. Je me rends à la messe chaque dimanche avec Erik et notre fils, Noah.

— Oui, une église baptiste où se rendent surtout des Noirs.

Il se rassit et m'examina de près.

— Ce n'est pas entièrement acceptable, pour l'Église orthodoxe, mais cela nous prouve que vos péchés ne corrompront peut-être pas les enfants que nous vous confions.

— Je remercie votre approbation bienveillante à l'égard de notre mode de vie.

Il me sourit sans se montrer chaleureux et je jetai un coup d'œil à ma montre.

— Si vous n'avez pas d'autres questions, peut-être devrions-nous aller chercher les enfants pour ne pas louper notre avion de retour vers les États-Unis ?

— Oui, il serait dommage qu'un Russe possédant votre talent soit coincé dans sa patrie. Dites-moi, monsieur Lyamin, pour qui jouerez-vous lors des prochains Jeux olympiques ?

Si la NHL laissait les joueurs y participer, contrairement à la dernière édition, songeai-je.

— Ce serait un honneur et un devoir de jouer pour la Russie, affirmai-je en croisant son regard.

— Je suis certain que le président sera ravi de l'apprendre. Il aime le hockey sur glace.

Sur ces mots, nous nous levâmes et sortîmes de l'aéroport sans que mes bagages soient examinés. J'étais pourtant certain qu'ils avaient scruté mon unique valise avec tous les scanners et les chiens renifleurs disponibles. Je ne passai pas par les douanes et mon passeport ne fut pas tamponné. Plusieurs hommes en costumes restaient à quelques pas de nous. Ils m'observaient tous avec des yeux éteints et me jugeaient. Manifestement, je devais m'activer pour aller chercher les enfants et les placer ensuite dans un avion en toute discrétion. Cela ne me dérangeait pas. Plus vite Eva et Pavel revenaient en Amérique, mieux nous dormirions tous. Dormir était une bonne idée. Je ne l'avais pas fait depuis vingt-neuf heures, mais j'avais trop d'énergie pour sentir le décalage horaire, pour le moment.

La voiture qui nous attendait était une berline grise puissante. Elle n'avait rien de remarquable et, à vrai dire, je m'inquiétai un instant lorsque je montai à l'arrière. S'ils voulaient me retenir, ce serait maintenant, lors d'un long trajet jusqu'à un centre de détention dont je ne sortirais jamais. Heureusement, rien de tel ne se produisit. L'agent Mikhailov me conduisit jusqu'à Leskovo dans un silence total, mais je remarquai la voiture derrière nous, avec les mêmes agents que ceux que j'avais vus à l'aéroport. J'avais conscience qu'ils devaient être armés. Je savais que les choses pouvaient mal tourner, mais je devais rester concentré. La nuit tombait sur la campagne et, d'une certaine façon, je n'étais pas triste de voir la terre où j'avais grandi.

Le petit village était plongé dans l'obscurité lorsque nous arrivâmes en son centre. Les routes étaient dégradées, jalonnées de nids de poule qui faisaient violemment jurer l'agent Mikhailov. Il n'existait pas de sites Internet dédiés pour rapporter la présence de ces nids de poule, pour faire installer deux douzaines de cônes et pour faire venir dix hommes qui inspecteraient ces anomalies. Personne ne se préoccupait de ce minuscule village ni du fait qu'il était à deux doigts de mourir. Nous passâmes devant la petite maison où Mama avait vécu, l'endroit où elle nous avait élevés, Galina et moi. Je fixai le petit chalet lorsque nous le dépassâmes et la tristesse emplit mon cœur. Nous poursuivîmes vers la ferme de mon oncle Maxim. Elle était désormais vieille et délabrée.

— Stanislav !

Le hurlement résonna quand je fus attiré dans la petite maison aux deux chambres. Maxim m'étreignit et me donna une claque dans le dos, n'arrêtant pas de parler et m'expliquant encore une fois à quel point il était triste de ne pouvoir recueillir les deux petits dont Anatoli s'occupait, mais il avait déjà six enfants et une femme malade.

— Ils seront mieux lotis aux États-Unis, chuchota Maxim.

Il me regarda avant d'observer l'agent imposant du gouvernement qui restait près du poêle rouillé.

— Mari et moi, on leur répète au moins cinq fois par jour. On leur a dit qu'ils vivront dans une grande demeure et qu'ils seront riches. Que l'Amérique est une terre de rêves pour les immigrants.

— Oui, c'est vrai, répondis-je alors que Maxim me guidait vers la petite chambre où dormaient ses six enfants.

Je me baissai pour entrer et huit paires d'yeux terrifiés se posèrent sur moi. Deux enfants se tenaient dans un coin, leurs sacs miteux à la main et leurs yeux gris écarquillés par l'horreur. Les cadets de Maxim étaient dans leur lit – qu'ils se partageaient à trois – et nous regardaient sous le bord de la couverture.

— Voici Eva et Pavel.

Maxim agita une main rendue rugueuse par le travail en direction des deux orphelins collés près de la vitre glacée.

— Les enfants, voici Stan. Votre nouveau papa.

Je mis un genou à terre, devant eux, sachant que ma taille pouvait être imposante. La fille, Eva, avait douze ans et me rappelait Galina à cet âge. Elle avait de longs cheveux bruns et des yeux gris tempétueux comme de nombreux Lyamin. Elle était mince, tout comme Pavel, mais de nombreux pauvres enfants l'étaient. Je souris en voyant la posture défensive de la petite, qui étreignait son frère sur son flanc afin de le protéger. Pavel avait six ans. Il avait des cheveux courts, bruns et décoiffés, ainsi que des yeux gris qui dissimulaient une touche de malice mêlée à de l'appréhension.

— Bonjour. Nous sommes très heureux d'aller à Amérique, dit Eva avec un bel accent anglais. Pavel ne dit pas bon l'anglais. J'apprends avec YouTube.

— Tu as très bien appris, lui dis-je.

J'aurais aimé pouvoir les prendre dans mes bras et les enlacer, mais ils étaient trop méfiants pour de telles démonstrations d'affection.

— On va tous apprendre à parler super bien anglais, ensemble, même Pavel.

Le garçon sourit.

— Il est temps de repartir à l'aéroport. Votre vol part

dans moins d'une heure, déclara l'agent Mikhailov dans l'embrasure de la porte.

Pavel dissimula son visage dans les plis de la robe de sa sœur.

— Venez, les enfants, venez. Mettez vos manteaux ! Ne faites pas attendre le gentil monsieur, dit Maxim en poussant les petits à mettre leurs vestes fines avant de les pousser, avec moi, dans le froid.

Je me tournai vers mon oncle et lui donnai de l'argent. Des dollars américains. Il pourrait les changer.

— Pour la nourriture et pour t'être occupé d'eux le temps que j'arrive, dis-je en déposant dix billets de cent dollars dans sa main rêche. Merci de les avoir gardés en sécurité.

— Offre-leur une bonne vie, Stanislav, me dit Maxim en m'embrassant sur les joues.

Il me claqua ensuite la porte au nez. Je soupirai, fis demi-tour et menai les enfants à l'arrière de la voiture, contournant les hommes en costume qui s'attardaient là. Les enfants montèrent à l'arrière avec moi. J'en avais un de chaque côté. Pavel triturait les fermetures de son vieux sac en cuir. Eva fixait l'obscurité et écarquillait les yeux tandis que nous nous garions à l'aéroport et étions escortés jusqu'à notre vol. Pendant un instant, je crus que l'agent Mikhailov allait embarquer avec nous, mais il n'en fit rien.

— Merci pour tout, dis-je à l'homme renfrogné dans son vieux costume.

Je tendis la main vers la poche de mon manteau et en sortis une fine enveloppe dissimulant soixante mille dollars. Le coût pour adopter un enfant russe était de vingt mille dollars, mais nous avions reçu comme consigne de donner trente mille par enfant. L'homme prit l'enveloppe, acquiesça et me fit ensuite signe de monter dans l'avion. Sortant nos visas et nos passeports, je poussai les enfants terrifiés vers la porte d'embarquement. Pavel reniflait, effrayé. Il n'avait évidemment jamais pris l'avion avant. Eva le réconfortait en russe et lui tenait la main.

— Venez, les enfants, il est temps de rentrer à la maison, chuchotai-je lorsqu'une jolie dame en veste bleue nous autorisa à avancer.

Ils rechignaient légèrement et jetaient des coups d'œil par-dessus leur épaule.

— Non, ne regardez pas en arrière. L'Amérique est devant vous, maintenant. Vous serez très heureux, vous verrez. Venez, donnez-moi la main.

Je leur tendis les mains. Eva se mordilla la lèvre inférieure tandis que Pavel se cachait derrière sa grande sœur.

— Il y aura des Big Macs dans l'avion ? s'enquit Eva.

Je gloussai.

— Pas dans l'avion, mais dès que nous serons arrivés à Harrisburg, Erik et moi, on vous emmènera manger des Big Macs et vous aurez les jouets des Happy Meal.

Les autres passagers passèrent à côté de nous. L'hôtesse derrière son comptoir annonçait que l'embarquement de notre vol commençait et moi, je passais un marché avec les enfants.

— Ça nous va, répondit Eva avant de glisser sa main dans la mienne.

Pavel eut besoin d'un bon moment et d'une explication en russe sur les jouets du Happy Meal avant de me laisser saisir sa minuscule main. Une fois dans l'avion, nous fûmes accompagnés jusqu'en première classe – je me disais que le gros chèque signé à la personne du gouvernement s'occupant des frais d'adoption avait couvert le prix des sièges de première classe – et nous nous installâmes. Les deux enfants étaient assis côte à côte dans la rangée du milieu. J'étais au niveau du hublot, à gauche. Eva appuyait sur les boutons du minuscule écran de Pavel. Je m'enfonçai sur mon siège, pris une photo des nouveaux membres de notre famille, et envoyai un bref email à Erik en mettant le cliché en pièces jointes.

Notre fils et notre fille. Les aime déjà énormément. S'est passé de grandes choses. Tout va bien, mais beaucoup de minutes effrayantes. Te raconterai. Je t'aime tant aussi, et Noah. Embrasse Mama. Dis-lui que je vais bien et qu'elle doit se préparer aux bisous de grands-mères. Elle a de nouvelles joues à embrasser. Je t'aime, à toute. – S

Chapter Quatre

Erik

JE RELUS LE MESSAGE POUR LA CENTIÈME FOIS, AU MOINS. JE ne l'avais même pas partagé avec qui que ce soit, souhaitant égoïstement garder ce moment pour moi. Les enfants sur la photo ne ressemblaient pas à ce que j'avais imaginé. Bon sang, j'ignore ce que j'avais imaginé, mais à force d'entendre certaines histoires de Stan sur la pauvreté dans sa ville, je crois que je m'étais dit que les enfants seraient…

Débraillés ? Épuisés ? Hostiles ?

Je me frottai le visage. J'étais vraiment le pire des hommes à juger tout le monde, particulièrement des enfants qui venaient de perdre leur tuteur et avaient déjà perdu leurs parents avant même de pouvoir réellement les connaître. Je regardai une nouvelle fois le cliché et vis Eva ainsi que Pavel assis près de Stan. Ils étaient tous les deux bruns et la jeune fille montrait à son frère comment utiliser l'écran vidéo sur le dossier du siège devant lui. Ils paraissaient petits, sur la photo, mais ils *étaient* assis à côté de Stan, n'importe qui paraîtrait petit dans ces circonstances. Je zoomai sur la main d'Eva. Elle était si minuscule, si fine. Maigre.

J'aurais aimé voir leurs yeux. Ainsi, j'aurais su que tout irait bien pour nous, que nous faisions ce qu'il fallait et qu'ils *voulaient* venir ici.

On frappa à ma porte.

— Il y a quelqu'un pour toi, annonça Galina.

J'ouvris et vis Noah dans ses bras, en train de jouer avec ses longs cheveux bruns.

— Quelqu'un des Railers, je crois.

Je supposai qu'il s'agissait de Connor, qui savait tout ce que nous traversions et avait assumé au mieux son rôle de capitaine pour garder un œil sur nous. Ou peut-être s'agissait-il de Jared, qui me transmettait des messages de Ten disant qu'il avait hâte d'être à nouveau oncle. Je ne pensais pas qu'il pouvait s'agir de Layton Foxx, bien qu'il ait été au courant de tout ça. Nous avions eu une ultime réunion hier soir, pour évoquer les dernières étapes légales et morales et pour nous faire à l'idée que nous ramenions deux enfants russes en Amérique. Dès le premier jour, il nous avait dit que les relations entre nos deux pays étaient complexes.

Layton n'avait pas besoin de dire quoi que ce soit. Je savais que ce serait difficile, mais Stan et moi étions déterminés. Je pris Noah des bras de Galina quand il me réclama et il enroula ses petits bras autour de mon cou, déposant un baiser poisseux sur ma joue. Ses boucles me manquaient. Après l'incident du rasoir, nous avions dû l'emmener chez le coiffeur pour la première fois afin d'égaliser le bazar qu'il avait mis. Béni soit-il. Il avait pleuré chez le coiffeur. J'avais pleuré quand nous étions rentrés.

Je suis dans un sale état en ce moment et je n'ai pas honte de l'admettre.

J'allai dans le couloir et là, chez moi, se trouvait un homme que je n'avais jamais rencontré par le passé et que je n'avais même jamais vu, certainement pas à la patinoire. Pourtant Galina avait laissé entrer cet inconnu dans notre maison ?

— Erik Gunnarsson ? dit-il en tendant la main.

Je la serrai, mais je n'aimais pas la manière dont il me regardait. C'était comme s'il avait quelque chose à dire. Il paraissait sérieux et concentré. Il portait un costume sur mesure des Brooks Brothers, ses chaussures brillaient et ses cheveux d'un roux sombre étaient coupés courts et nets.

— Puis-je vous aider ?

Il leva un badge des Railers.

— Sacha Ivanov. Layton Foxx m'envoie, expliqua-t-il. Pouvons-nous discuter ?

La mère de Stan choisit ce moment pour venir se placer à côté de moi, les bras croisés sur sa poitrine et une expression mutine figée sur le visage.

— Ivanov ? commença-t-elle.

Elle laissa alors échapper un flot de russe, et à en juger par son ton, elle paraissait menaçante, même si je compris quelques mots en anglais ici et là qui m'indiquaient qu'elle était simplement furieuse que Galina ait laissé entrer un inconnu dans la maison et qu'elle n'avait rien contre ce Sacha.

L'homme aux yeux sombres et à la carrure grande et

large lui répondit alors en russe et la mère de Stan arrêta de fanfaronner.

Ils discutèrent à nouveau, mais cette langue était trop rapide, les voyelles trop grondantes. Je reculai légèrement.

— L'organisation des Railers m'a expliqué la situation actuelle et a requis mes services, commença Sacha. Je sais que vous retrouvez votre compagnon à l'aéroport. Je suggère que vous passiez un coup de fil, pour valider ma recommandation par l'équipe. Nous devons ensuite discuter.

Je sortis mon portable de ma poche et contactai Layton Foxx qui m'assura que, oui, Sacha était un agent de liaison présent ici pour nous aider. Je le fis donc entrer dans notre maison et fermai la porte.

— Noah.

Galina était revenue pour récupérer mon fils. Elle partit avec sa mère et je me retrouvai donc seul avec le grand homme qui parlait couramment russe. Je me rappelai ensuite mes bonnes manières et proposai du café, mais il déclina et, manifestement, il n'avait qu'une envie : se mettre au travail. Je l'accompagnai jusqu'à notre bureau, celui avec la vitrine protégeant nos palets, les crosses signées accrochées au mur et les étagères pleines des livres russes de Stan. Je fis signe à l'homme de s'asseoir sur le petit canapé, puis tirai la chaise du bureau afin de m'installer en face de lui.

— Je n'ai pas beaucoup de temps, commençai-je.

Je quittais la maison dans une heure pour me rendre à l'aéroport. Je voulais arriver bien avant l'atterrissage pour réfléchir à ce que j'allais faire et dire lorsque Stan, Eva et Pavel seraient là.

— Je sais. C'est pour ça que je suis venu sans prévenir

aujourd'hui. Layton m'a engagé pour être votre agent de liaison aujourd'hui et tant que vous aurez besoin de moi. Il voulait tout vous expliquer, mais nous n'avons pas franchement le temps.

— Notre agent de liaison ?

Sacha me tendit une carte brillante, le genre de choses que les gens ne distribuaient pourtant plus à notre époque. Le nom de l'entreprise était SI, mais à l'exception de cela et du nom de Sacha, je n'appris rien de plus.

— La situation n'est pas inédite, commença-t-il. De nombreux enfants russes sont déjà venus aux États-Unis pour être accueillis dans une famille, mais le chemin est semé d'embûches, dès l'instant où l'avion touche le sol américain. Il faudra passer l'immigration et il y aura peut-être des soucis de douanes, de passeports, de documentations… tout ce qui est officiel et qui doit être fourni correctement. Jusqu'ici, et Dieu seul sait comment il a fait, votre compagnon a réussi à éviter des années de paperasse pour faire monter Eva et Pavel dans l'avion.

— Il connaît des gens, déclarai-je faiblement.

C'était une plaisanterie, à présent. Mon grand amant russe avait des amis qui pouvaient effectivement nous aider dans les plus étranges des situations. Toutefois, j'avais l'impression que ça n'avait rien d'une blague. Pourquoi avais-je pensé que ce serait si facile ?

— C'est certain, répondit Sacha en se penchant en avant. Mais voilà ce que nous devons faire à présent…

LE SALON de la compagnie Aeroflot était plus calme que je ne l'avais imaginé. L'avion devait atterrir dans dix minutes et j'étais hypnotisé par les écrans annonçant les arrivées, ayant désespérément besoin de voir Stan et les enfants. Je savais que Galina et sa mère avaient voulu être présentes, mais Sacha avait affirmé que je devrais être le seul à les accueillir. Avec lui, bien sûr. Curieusement, il les avait convaincues et elles avaient accepté de rester à la maison pour le bien de Noah.

Il avait également trouvé une pièce pour nous, un endroit privé pour que nous nous retrouvions loin des caméras et de toute personne qui pourrait nous reconnaître, Stan et moi. Il avait pensé à tout et avait eu quelques discussions mouvementées avec un agent de l'immigration et au moins deux représentants des services douaniers. J'ignorais ce qu'il disait ou ce qu'il faisait, mais curieusement, il avait réussi à apaiser la situation, à signer des papiers, et à *m'en faire signer d'autres.* Lorsque l'avion atterrirait, Stan et les enfants seraient amenés discrètement et séparément vers l'accès VIP.

Cela ne rendrait pas plus faciles les procédures qu'ils allaient devoir subir, mais au moins, ils arriveraient loin du regard du public.

Qui s'intéresse à ce que deux joueurs de hockey font de leur vie ?

— Un tas de gens, répondit Sacha.

Je me rendis compte que j'avais dû réfléchir à voix haute.

— Il y a beaucoup de tensions, ajouta-t-il.

Il n'avait pas besoin d'ajouter quoi que ce soit. Il me laissa ensuite seul dans la pièce et dit qu'il allait revenir, que je devais attendre.

Je patientai donc. Quarante-deux minutes plus tard, exactement, la seconde porte dans la pièce s'ouvrit et je me levai maladroitement, mon regard déviant immédiatement vers Stan, qui était aussi sérieux et concentré que Sacha l'avait été.

— Stan, murmurai-je.

Je vis une partie de la tension s'échapper de ses épaules à la simple mention de son nom. Je voulais l'enlacer, l'embrasser, le tenir dans mes bras et ne jamais, *jamais* le laisser repartir en Russie ou même sortir de l'État. Sacha fit entrer tout le monde et referma la porte.

Je m'accroupis devant les enfants et tendis la main.

— Je m'appelle Erik, dis-je, restant simple.

Pavel ne voulait rien entendre. Il se cacha derrière sa sœur. Elle posa une main protectrice sur son épaule. Au moins, elle me regardait. Je souris.

— Bonjour, Erik, répondit-elle en tendant une main.

Je voyais qu'elle tremblait et je percevais la peur dans ses beaux yeux gris. Je saisis doucement cette main tendue.

— Je m'appelle Eva, ajouta-t-elle.

Je lui serrai la main et la laissai retomber. Elle ne savait peut-être rien dire de plus en anglais. Qui pouvait le savoir ?

— *Dobro porhalovat' v Ameriku*, dis-je. Bienvenue en Amérique.

Je m'étais entraîné à le dire avec Stan avant qu'il parte.

Elle me lança un sourire timide, mais ne s'éloigna pas de la jambe de Stan contre laquelle elle était appuyée.

— Nous sommes très heureux d'aller à Amérique, ajouta Eva.

Mon cœur fondit. Elle parlait comme un mini-Stan et je sus à cet instant que je pouvais aimer cette petite fille.

— Pavel ? demandai-je.

Il jeta un coup d'œil derrière sa sœur. Son regard était

si similaire à celui de la jeune fille. Ses yeux étaient-ils écarquillés à cause de la peur ou du choc ? Je n'en savais rien, mais Sacha m'imita et mit un genou à terre avant de parler doucement en russe. J'entendis mon nom et Pavel tendit ensuite timidement une main.

— Bonjour, murmura-t-il.

Je lui saisis rapidement la main avant qu'il renonce.

— Pavel ne dit pas bon l'anglais, expliqua Eva. Je lui ai appris un peu.

Elle se mit à parler russe et tapota son frère sur la tête. L'expression du petit garçon s'illumina.

— Big Mac, annonça Pavel avant de se frotter le ventre. Faim.

Il paraissait si fier d'avoir prononcé ces mots et je n'avais qu'une envie : tendre la main et ébouriffer ses cheveux bruns. Mais je n'en fis rien. Je me contentai de sourire autant que possible. Après tout, le sourire était un langage universel.

— Happy Meal et jouet, le corrigeai-je en pensant que nous avions du boulot avant d'en arriver au Big Mac.

— Très heureux, déclara Eva en hochant la tête dans ma direction.

Je m'étais attendu à ce qu'il y ait des larmes, du chagrin, du choc, et peut-être cela arriverait-il à la fin du voyage, quand nous serions à la maison. Je me levai et me penchai pour embrasser Stan, rien que pour effleurer ses lèvres, comme pour lui promettre que nos salutations seraient bien mieux, tout à l'heure. J'avais envie de l'étreindre, de le serrer contre moi et de ne plus jamais le relâcher.

Il était pâle et avait des cernes sous les yeux. Je ne savais pas vraiment s'il avait beaucoup dormi depuis qu'il m'avait quitté, et je devais donc prendre bien soin de lui. Je devais également prendre soin des enfants et je fis donc ce que je faisais de mieux. Je réunis tous mes talents paternels et tendis la main afin qu'Eva la saisisse, tandis que Stan prenait Pavel dans ses bras.

— Bon, tout le monde, on y va ? s'enquit Sacha.

Il avait une main sur la porte, cette ultime barrière entre nous et la maison. Je voulus lui demander s'ils avaient des bagages, mais la sensation de la main d'Eva dans la mienne et la façon dont Pavel me regardait par-dessus l'épaule de Stan signifiait que je ne pouvais penser qu'à une chose : nous étions les deux hommes les plus chanceux de la Terre de les compter dans notre famille.

Les valises étaient déjà dans la voiture. Je ne posai aucune question à ce sujet, même si Stan remercia Sacha et je supposai donc que l'agent de liaison avait un rapport avec ça. Il ne monta pas en voiture avec nous. Il tapota le toit du véhicule et dit qu'il avait des choses à régler, qu'il viendrait nous rendre visite dans la matinée. Je lui serrai la main à travers la vitre ouverte et le remerciai.

Nous nous retrouvâmes tous les quatre, les enfants attachés et Stan sur le siège passager où je pouvais le voir. Nous échangeâmes un regard et je vis que ses yeux brillaient d'émotion. Cela signifiait tant pour lui. Il se racla la gorge et me serra la main avant de prendre une inspiration.

— McDonald's ! annonça-t-il.

Avant de rentrer à la maison, nous nous arrêtâmes pour déjeuner. Les enfants furent fascinés par les employés, la nourriture, le distributeur de sauces, les pancartes indiquant les toilettes et, surtout, les jouets du Happy Meal.

À mon avis, je crois que je n'oublierais jamais la vue de Pavel prenant son jouet et le serrant contre son torse, comme s'il venait de gagner à la loterie. La petite figurine de dinosaure était précieuse pour lui et il ne comptait pas la lâcher. Eva lui donna également son jouet – une petite silhouette habillée en tenue de safari et tenant un grand filet à papillons. Je ne savais pas vraiment à quel film cela se rapportait, mais ça n'avait aucune importance pour Pavel. Il saisit prudemment le second jouet et parut hésitant. Il chercha la confirmation de Stan pour savoir s'il pouvait garder les deux.

Celui-ci lui dit quelque chose d'une voix basse et douce et mon cœur explosa quand Pavel sourit timidement avant de rapprocher les deux jouets de son cœur.

Ainsi, Pavel entra dans ma famille et dans mon cœur, et devint notre fils. À cet instant, je lui aurais acheté tous les jouets de Happy Meal du monde, rien que pour voir éternellement ce sourire.

Chapter Cinq

Stan

JE N'AVAIS JAMAIS RIEN CONNU DE PLUS AGRÉABLE QUE DE ME blottir dans notre lit, le jour où nous avions ramené nos enfants à la maison. La journée avait été effrénée, remplie d'excitation, et elle avait fini par rendre tous les enfants anxieux. Tant de gens parlaient à Eva et Pavel, si peu cajolaient Noah, trois langues résonnaient dans la pièce, et il y avait beaucoup de nourriture. Mon Dieu, Mama avait cuisiné elle-même, préparant tous les plats auxquels elle pouvait penser afin d'encourager les nouveaux venus à manger. Elle avait également vu leur photo. Galina la lui avait montrée. Nous étions tous d'accord pour dire qu'une bonne alimentation, des soins médicaux et l'inscription à l'école étaient nos priorités, mais nous ne pouvions pas leur faire prendre tout le poids manquant en un repas, si? Je gloussai en m'étirant sur notre grand lit, la tête contre les oreillers, respirant l'odeur fraîche du printemps et celle d'Erik, puisque c'était son oreiller que je serrais dans mes bras.

— Qu'y a-t-il de si amusant ? s'enquit-il en tâtonnant dans notre chambre pour récupérer les vêtements dont je m'étais débarrassé et que j'avais laissés par terre.

— Mama, qui prépare autant de plats, marmonnai-je dans l'oreiller avant de tourner la tête pour parler plus clairement. Elle n'aura pas besoin de cuisiner avant une semaine.

Je ricanai ensuite et roulai légèrement pour essayer de décontracter mes courbatures provoquées par deux vols internationaux. Le creux de mes reins était noué et je sifflai de douleur.

— Qu'est-ce qui ne va pas ? demanda Erik en se glissant dans le lit et en laissant lourdement transparaître son inquiétude.

Il était toujours si préoccupé. Il était du genre à se soucier, comme Mama.

— Je t'ai dit que Pavel n'avait pas besoin de faire le tour de la maison sur tes épaules.

— Ce ne sont pas mes épaules, c'est mon dos. Même avec un grand siège, je suis courbaturé comme une sardine en boîte.

— Laisse-moi voir si je peux te dénouer.

Je lui jetai un coup d'œil alors qu'il se déshabillait et me rejoignait au lit. L'effleurement de sa chair chaude sur mes fesses nues fut agréable. Il s'installa sur mes cuisses, son poids m'enfonçant davantage dans le matelas. Il posa ensuite les mains dans mon dos et commença à me masser. Mes yeux roulèrent à l'arrière de leurs orbites et je gémis, longuement et à voix basse.

— C'est si bon, ronronnai-je alors que mon esprit et mes muscles commençaient à se détendre.

La journée avait été si longue pour nous tous.

— La porte est fermée à clé, hein ?

— Oui, la porte est fermée à clé, m'assura-t-il.

Ses doigts puissants s'enfoncèrent dans mes muscles contractés. Son sexe était posé entre mes cuisses et devenait plus long et plus ferme chaque seconde.

— J'adore ton dos, déclara-t-il doucement en roulant et travaillant ma peau. Et tes épaules.

Il remonta, me massant le haut du corps, et son membre était désormais posé sur mes fesses. Il me couvrit un instant, son torse contre mon dos, et déposa de petits baisers le long des épaules qu'il admirait tant. Mon sexe était gonflé à présent. Je donnai un coup de reins contre les draps et cette douce friction fut agréable.

— Prends-moi, grognai-je après de longs instants lors desquels il m'avait mordu la colonne vertébrale et les omoplates en se frottant contre mes fesses.

Il marqua une pause et je sentis son souffle chaud sur ma nuque.

— Fais-le, Erik.

— Mais les enfants…

— Dorment à poings fermés. Tu ne veux pas me baiser ?

— Bien sûr que si. J'en ai envie, simplement…

Je fermai les yeux et le laissai hésiter un instant. Mon bien-aimé était un éternel angoissé.

— On sera discret. La porte est fermée à clé. Prends-moi.

— Oui, d'accord, chuchota-t-il.

Il gigota pour localiser le lubrifiant dans le tiroir de la table de nuit.

— J'adore le faire, ajouta-t-il.

Je grognai et roulai des hanches, m'affairant pour lui laisser une petite place afin qu'il positionne son membre entre mes fesses. Les cuisses serrées, les fesses relevées, le dos cambré et maintenant détendu, je lui offris cette gourmandise dont il se délectait toujours. Généralement, j'étais dominant, mais parfois, j'avais envie de le sentir en moi. Et Erik était toujours prêt à se glisser en moi, il était même impatient. Son gland rond effleura mon orifice, cherchant l'entrée.

— Là, pousse fort, lançai-je.

Mes doigts s'enroulèrent autour de la tête de lit et je m'agrippai aux barreaux de fer afin de me préparer à une baise en règle.

— Fort, prends-moi fort… oui. Oui !

— Chhut, souffla Erik en roulant des hanches.

Il se glissa plus profondément à chaque coup de reins jusqu'à me pénétrer autant que possible dans cette position.

— Doucement, Stan, les enfants…

— Oui, putain, merde.

J'avais besoin de plus.

— Plus. Va plus vite, maintenant, Erik, bordel !

Il s'accrocha à mes fesses et les écarta davantage avant de s'écraser en moi avec force. Je plongeai mon visage dans l'oreiller, criant de plaisir, les couvertures froissées frottant mon sexe et le dessus-de-lit plié le caressant en dessous.

— *Hum, ah da, khorosho. Da, da, bystro, bystro* !

— Plus vite, hein ?

Il haleta et décrivit des va-et-vient plus rapides en moi. Il jouit en premier, sa semence m'emplissant alors qu'il s'agrippait à mes fesses d'une poigne ferme et douloureuse. Nous avions abandonné les préservatifs depuis des mois, après nous être testés. Désormais, je me délectais de cette chaleur au plus profond de moi. À chaque pulsation, son membre crachait davantage de sperme en moi. Il serra mes fesses avant de les écarter, de jolis mots dans sa langue se joignant à mes grognements et à mes supplications en russe.

— Stan, oh, bon sang, haleta-t-il avant de se retirer précipitamment et de tirer sur ma hanche.

Je roulai sur le côté et il tomba sur mon sexe, le suçotant au fond de sa gorge. Il glissa une main entre mes jambes, ses longs doigts trouvant mon orifice mouillé avant de le pénétrer. Mon membre emplissant sa bouche et ses doigts heurtant ma prostate, je me cambrai violemment lorsque mon orgasme se déclencha. Erik avala chaque goutte. Je criai une fois avant de saisir un coussin pour le mordre. Les vagues de plaisir s'écrasèrent sur moi les unes après les autres. Sa semence coulait hors de moi et recouvrait ses doigts alors qu'il provoquait ma boule de nerfs. Finalement, je dus le supplier d'arrêter afin de reprendre ma respiration.

Il s'exécuta et se dandina au-dessus de moi avant de retirer l'oreiller que j'avais entre les dents et de lécher mon corps jusqu'à rejoindre ma bouche, ses doigts poisseux tirant sur mon téton gauche.

— Je suis du genre à faire de longues phrases, mais… cerveau est parti en voyage… en Floride, pour s'amuser et… au soleil, soufflai-je.

Mon torse s'élevait et retombait comme une soufflerie.

Erik était allongé sur moi, ses membres musclés devenus mous et élastiques.

— Mon Dieu, dit mon bel homme dans un soupir. J'aime ton cul.

Ses boucles humides se collaient à mon cou.

— Ah, et je suis amoureux du tien.

Je déposai un baiser sur ses cheveux emmêlés et le serrai contre moi.

— La vie est si parfaite… maintenant, les rêves sont devenus réalité et je suis heureux, baisé… dans tous les sens, par mon véritable amour.

— Beau parleur, murmura-t-il avant de lever la tête pour m'embrasser maladroitement. Je ne suis pas sûr de pouvoir bouger.

— Reste là, alors, dis-je en le serrant contre moi. Je suis un lit bon pour toi. Un lit sûr. Tu es à l'aise et au chaud.

— Je t'aime tellement, chuchota-t-il.

Sa respiration ralentit alors qu'il s'assoupissait.

— Moi aussi, je t'aime tellement, répondis-je.

Je m'endormis ensuite. Le sommeil ne se faufila pas discrètement. Il me heurta en plein visage comme une batte de baseball imaginaire.

Peu après trois heures, j'entendis quelqu'un pleurer faiblement, comme un chiot attristé. Ce n'était pas Noah. Je connaissais ses pleurs. Je me glissai loin d'Erik qui ne tressaillit même pas, sa nervosité l'ayant peut-être autant épuisé que mes vols entre ici et la Russie. J'enfilai un pantalon de pyjama orné de licornes – cadeau d'Adler pour mon anniversaire – et sortis dans le couloir. Les gémissements venaient de la chambre de Pavel, qui était à côté de celle d'Eva et face à celle de Noah. Les trois enfants avaient leur propre chambre au bout du couloir.

Je le traversai à pas feutrés et ouvris la porte de la chambre du petit garçon. Il n'y avait pas grand-chose dans l'espace réservé aux deux nouveaux arrivants. Les murs étaient nus et les placards malheureusement vides. Nous arrangerions ça bientôt, très bientôt, en leur achetant de nouveaux vêtements et de nouvelles décorations murales.

Mes deux nouveaux enfants levèrent les yeux vers moi. La lune hivernale et froide scintillait derrière la fenêtre. Eva se redressa, son visage mouillé de larmes, tout comme celui de Pavel, mais elle releva le menton d'un air têtu. Comme si le fait que je la voie pleurer était inconvenant pour elle.

— Qu'y a-t-il, mes petits ? demandai-je en russe.

Pavel se blottit contre sa sœur et renifla bruyamment. Eva le serra contre lui. Ils portaient tous les deux un pyjama chic légèrement trop grand. J'allais avancer le shopping avec Mama et Galina à demain.

— Pavel a fait un cauchemar, répondit Eva dans notre langue maternelle.

J'avançai vers eux et m'assis au bord des lits jumeaux, le matelas s'enfonçant sous mon poids.

— Il dit qu'il voit Anatoli par la fenêtre.

Elle montra la fenêtre d'un doigt tremblant.

— Anatoli était horrible, comme notre chien sur la route.

Pavel toussa et recommença à pleurer. Je me décalai sur le lit et attirai les deux enfants tremblants vers moi. Avaient-ils vu le corps de leur tuteur après l'accident ? Je priais pour que ce ne soit pas le cas.

— Votre tuteur est avec Dieu, maintenant, à sa droite, et il est parfaitement beau, comme votre maman et votre papa, dis-je aux deux chérubins bruns qui s'agrippaient à moi.

Ils tremblaient tous les deux violemment.

— Quand on meurt, on va au paradis, n'est-ce pas ?

Les deux têtes acquiescèrent. Je caressai doucement le dos de Pavel. Il était maigre. Bien trop maigre. Mama allait vite le faire grossir, mais qu'en était-il des autres enfants de mon village ? Qui allait les remplumer ?

— Ils ont dit qu'il avait été écrasé, comme notre chien l'année dernière, déclara Eva si doucement que je pouvais à peine l'entendre.

— Ce n'était que son corps terrestre, mes petits. Quand on rejoint Dieu, nos péchés sont effacés et nous retrouvons notre gloire.

— Notre gloire ? s'enquit Pavel.

Ses sanglots ralentirent pour laisser la place à de simples reniflements.

— Oui, nous sommes aussi beaux que des archanges et nous luisons grâce à l'amour de Dieu. Nos âmes sont riches et dorées. La lumière de notre gloire nous comble, elle nous rend jeunes et en bonne santé.

— Même les chiens ? demanda Eva.

Je hochai la tête.

— Et les chats, surtout, qui deviennent soyeux et fringants une fois qu'ils arrivent au paradis. Dieu aime les animaux. Il leur donne des jouets et des friandises. Alors, tu vois, la vision que tu as eue d'Anatoli, ce n'était pas lui, tu le sais, n'est-ce pas ?

Je saisis le menton rond de Pavel dans ma main et l'inclinai pour que nos regards se croisent. Il acquiesça et sanglota. Je jetai un coup d'œil à Eva. Elle pencha la tête.

— Bien. Sachez que votre tuteur est maintenant avec

Dieu et qu'il est empli d'un amour doré. Ce que tu as vu était un cauchemar provoqué par la tristesse. Je sais que vous êtes tristes, mes petits, et je sais que tout ça est perturbant.

J'agitai la main, puisqu'il était bien plus facile de dire la vérité dans ma langue maternelle.

— Mais avec le temps, la vie ici, en Amérique, avec Erik et moi, sera superbe. Et vous aurez tant d'opportunités : l'université, de bons boulots, l'amour et le mariage avec qui vous désirez. Les États-Unis sont une terre de rêves pour les immigrants comme nous. Vous deviendrez grands, forts et terriblement heureux.

Je leur souris. Ils tentèrent de faire de même en retour, mais échouèrent.

— Je peux vous apporter quelque chose avant que vous vous recouchiez ? Des cookies ? Du lait ?

— Les chiens peuvent dormir avec nous ? s'enquit Pavel tandis que son menton était toujours dans ma paume.

— Oui, bien sûr, si vous le voulez. Mais ils prennent beaucoup de place sur le lit, expliquai-je.

Ça ne dérangeait manifestement aucun des deux enfants.

Dix minutes plus tard, les petits étaient dans le lit, blottis avec les chiens. J'allai vérifier si Noah allait bien. Il était sur le ventre et je me lamentai de la perte de ses boucles dorées. Je passai un doigt sur sa joue lisse, remontai sa couverture ornée de lapins et me glissai dans ma chambre.

Erik était allongé sur le flanc et m'observait, la tête appuyée sur sa main.

— Les chiens dans le lit, hein ?

Je haussai les épaules et fermai doucement la porte derrière moi.

— Pavel a fait un cauchemar. Les chiens sont doués pour garder les méchants à distance.

— C'est vrai. Tu as bien géré.

Je retirai mon pantalon et me dandinai sous les couvertures qu'il avait relevées pour moi. Sa peau était chaude lorsqu'il se blottit contre moi. J'aimais son odeur. Riche, masculine, avec une touche de savon et de shampoing viril s'attardant sur sa peau échauffée.

— Pavel a fait un cauchemar sur son deuxième papa. Je crois qu'ils ont entendu des gens parler et que c'est resté dans les parties effrayantes de leur cerveau, expliquai-je.

Erik soupira tristement avant de poser sa tête contre mon torse.

— J'ai entendu.

Il agita la main en direction des deux baby-phone sur sa table de nuit. Nous n'en avions pas pris pour Eva puisqu'elle était trop âgée et avait besoin d'intimité. Du moins, c'était ce que Galina nous avait dit.

— Ils ont de la chance que tu sois leur père.

— *Nous sommes* leurs pères.

Je tournai la tête et plongeai mon nez dans ses cheveux. Erik gloussa légèrement et se fondit dans mon étreinte. Je m'endormis alors. Le reste de la nuit fut paisible et j'étais certain que c'était grâce aux chiens qui surveillaient le sommeil des innocents.

Chapter Six

Erik

JE FUS RÉVEILLÉ À CINQ HEURES. JE POUVAIS POURTANT ME retourner et me rendormir, mais lorsque je me réveillai, ma tête fut emplie de *et si* et de *peut-être*. Ma première pensée fut pour Noah. Il était resté discret, hier, submergé par le bruit et se demandant probablement qui étaient ces deux enfants étranges dans sa maison.

J'avais fait de mon mieux pour le lui expliquer, mais que pouvait réellement comprendre un bambin ? Mon instinct était de protéger Noah. Je ne pouvais m'en empêcher, même si Eva et Pavel venaient de rejoindre notre famille de façon permanente. Je me démêlai du corps de Stan, qui roula sur le côté et enfonça son visage dans l'oreiller, marmonnant quelque chose en russe que je n'avais aucun espoir de traduire. Je déposai un baiser sur son omoplate en remontant les couvertures, puis partis dans la cuisine à pas feutrés. C'était mon moment préféré de la journée – ce début de matinée faiblement éclairé alors que l'aube rehaussait le ciel de bleu et qu'une paix totale régnait. Ça ne durerait pas longtemps. Bientôt, Noah serait réveillé, les chiens voudraient aller se promener, la mère de Stan préparerait le petit déjeuner, Stan déambulerait dans la cuisine, l'air endormi, et m'embrasserait pour me dire bonjour avant d'exiger son café. Si on ajoutait à cela deux autres enfants, notre maison serait bien pleine.

Mais pour l'instant, il n'y avait que moi, mon café, l'aube et le silence. Je parcourus le couloir et ouvris prudemment la porte de la chambre de Pavel. Les deux chiens levèrent la tête. BB se rallongea paresseusement dans la seconde, mais j'avais l'impression que Wolfie souhaitait sortir. J'ouvris la porte un peu plus largement afin qu'il puisse passer. Eva était profondément endormie, les bras enroulés autour de Pavel, dont le visage était blotti dans le cou de sa sœur. Tout devait être si difficile pour eux. Nous n'aurions pas dû essayer de les faire dormir dans des chambres séparées. Ils étaient dans un nouveau pays, avec des personnes qu'ils ne connaissaient pas. Évidemment qu'ils voudraient rester ensemble. Je notai mentalement de vérifier auprès de Stan s'ils avaient envie de partager une seule chambre pendant un moment. Si ça ne dérangeait pas. Enfin, ils avaient le droit, n'est-ce pas ? Je ne connaissais pas les règles, je ne savais même pas s'il y en avait.

Je fermai la porte et laissai sortir Wolfie dans le grand jardin avant de partir vers la chambre de Noah. C'était une autre partie de mon rituel matinal. Je passais quelque temps à regarder mon fils dormir et il y avait un fauteuil rien que pour moi dans sa chambre. Stan l'avait installé pour que je puisse m'asseoir quelque part quand Noah avait besoin de moi.

Seulement, mon petit n'était pas endormi. Il était assis dans son lit de bébé et tenait fermement contre son torse son lapin bleu ainsi que son ours violet qu'Adler lui avait acheté.

— Bonjour, Noah, dis-je doucement.

Je traversai la pièce pour le rejoindre et posai ensuite mon café sur la petite table.

— Papa, répondit-il.

Il paraissait triste, il n'était pas aussi enthousiaste que d'habitude. Je tendis les mains pour le prendre et il baissa les yeux vers son lapin et son ours, décidant finalement que les deux devaient venir avec lui. Il grimpa dans mes bras jusqu'à ce que je le tienne correctement, avec l'immense lapin et l'ours violet. Nous nous assîmes dans mon fauteuil et commençâmes les câlins.

— C'est qui ? demanda-t-il juste à côté de mon oreille.

— Tu veux parler d'Eva et Pavel ? Les enfants dans la chambre d'amis ?

Noah gigota dans mes bras, le nounours coincé sous lui. Je l'aidai à se replacer pour que nous soyons à nouveau à l'aise. Je ne pouvais atteindre mon café, mais rien de tout ça n'avait d'importance puisque mes bras étaient occupés par mon bébé.

— C'est qui ? répéta-t-il.

— Ce sont les cousins de papa et ils sont venus vivre avec nous.

— Hmm, répondit Noah.

Je lui caressai la tête. Ses boucles me manquaient, mais je voyais que ses cheveux courts recommençaient déjà à rebiquer au niveau des pointes. Bientôt, ils seraient revenus à la normale et j'espérais que plus jamais, mon fils ne toucherait un rasoir. Je n'étais pas certain qu'il comprenne réellement la situation, mais comment diable allais-je lui expliquer pour que cela fasse sens ?

— Tu aimes lapin et nounours. Ce sont tes préférés, n'est-ce pas ?

Noah hocha la tête, s'agrippa à la peluche violette et embrassa bruyamment le sommet de son crâne poilu.

— Et Choochie ?

Choochie deviendrait sûrement la nouvelle mascotte des Railers. Il s'agissait d'un ours à grande tête portant l'uniforme d'un conducteur de train à vapeur, avec le logo des Railers devant, au centre du maillot. Il avait les grands yeux et la large bouche classique de nombreuses mascottes, et je crois que Noah avait été déconcerté par la version d'un mètre cinquante que Stan avait ramené à la maison. Il se tenait dans le coin de sa chambre, avec une vingtaine d'autres peluches.

— C'est ton préféré, aussi ?

— Non, répondit-il.

— Et si Choochie était triste, là, et qu'il avait besoin qu'un petit garçon l'aime ? Que ferais-tu ?

Noah plissa le nez en y réfléchissant, puis tira sur l'oreille de son ours en peluche.

— Câlin.

— Je crois qu'Eva et Pavel sont comme un Choochie triste, expliquai-je.

Je me rendis alors compte que ça n'avait probablement aucun sens. Je savais simplement que Noah avait un grand cœur et tant d'amour à donner.

— Ils vont rester là pour toujours, comme Choochie, et ils auront besoin de câlins parce qu'ils sont tristes.

Il hocha la tête et écarquilla les yeux en encaissant la nouvelle, puis il descendit de mes genoux.

— Jus, annonça-t-il.

Mon bébé était debout. Stan manqua de me faucher alors qu'il sortait de notre chambre et Wolfie grattait à la porte pour qu'on le laisse entrer.

La paix était terminée.

La situation ne se calma aucunement, puisque la mère de Stan était réveillée et cuisinait déjà. Les chiens s'activaient dans la maison. Noah chantait une comptine, encore et encore, tandis que Stan faisait les cent pas devant la chambre où dormaient Eva et Pavel, attendant qu'ils se lèvent.

— Frappe et entre, l'encourageai-je.

Il me jeta un coup d'œil en biais, comme si je lui avais suggéré de faire sauter la porte avec des explosifs, mais il n'eut rien à faire puisque le battant s'ouvrit légèrement et que deux paires d'yeux gris observèrent l'extérieur.

Eva chuchota quelque chose en russe. Stan s'accroupit immédiatement et répondit. Je ne pouvais rien faire pour les aider. Mes leçons de russe se passaient bien et, bon sang, je savais même demander un burrito à Moscou, si besoin, s'il y avait des vendeurs de burritos à Moscou, déjà. En revanche, les phrases très émotives – à l'exception de *je t'aime* – étaient plus difficiles à apprendre.

Heureusement pour moi, la sonnette retentit et j'étais le seul disponible pour aller ouvrir. Je n'avais donc pas à m'impliquer dans la situation que gérait Stan. *Lâche.* J'ouvris la porte et vis Arvy, Galina, ainsi que Sacha, étonnamment. Le voir me pinça le cœur. Pourquoi arrivait-il si tôt ? Une agence gouvernementale comptait-elle reprendre Eva et Pavel ? *Ils devraient me passer sur le corps avant de prendre nos enfants.* Je les laissai tous entrer, puisque trois personnes de plus n'allaient pas rendre ma matinée plus chaotique.

Arvy cogna mon poing.

— Je vais à la patinoire avec vous, m'annonça-t-il.

— Cool.

J'aimais bien Arvy. Galina et lui étaient faits pour être ensemble. La jeune femme m'étreignit et, tous les deux, ils partirent dans la cuisine.

— Tout va bien ? demandai-je immédiatement à Sacha.

— Absolument, répondit-il avant d'enlever son manteau. Je suis là pour vérifier qu'ils sont en forme, pour rédiger un rapport, évaluer les finances et les risques, et faire des recommandations.

— Quoi ? Je croyais qu'on en avait fini ? On s'était dit qu'Eva et Pavel allaient rester. Stan connaît des gens.

Sacha sourit et acquiesça.

— Ils vont rester, mais peu importe si Stan connaît des gens, ça n'empêchera pas d'autres personnes d'avoir leur mot à dire. Deux enfants russes, deux pères gays, leur terre natale, et cetera. Je vais couvrir toute éventualité, cocher toutes les cases, m'assurer que tout est aussi indiscutable que possible. Je vais passer du temps, ici, avec les enfants et vous, à partir d'aujourd'hui.

Je remarquai alors qu'il avait un attaché-case à la main, assez rempli pour que j'aie l'impression que les coutures étaient sur le point de sauter. Il y avait sans aucun doute un ordinateur portable, mais mon imagination me poussait à visualiser des liasses de documents officiels.

— Erik ? La Terre à Erik ?

Je me focalisai à nouveau sur lui et il souriait toujours.

— C'est mon travail, Erik. C'est pour cette raison que

les Railers m'ont engagé. Arrêtez de vous inquiéter et nous ferons en sorte que ça fonctionne. D'accord ?

— D'accord. Euh, avez-vous besoin d'espace pour… Je veux dire… nous avons un bureau que vous pouvez utiliser…

— La table de salle à manger me convient. Je vais devoir parler à tout le monde, mais ce n'est qu'une discussion, rien qui nécessite un bureau.

Il tira ses cheveux bruns en arrière et repositionna ses lunettes.

— D'accord ?

Je lui fis signe de passer et il se dirigea immédiatement vers la grande table en chêne dans le salon lambrissé. Les touches de Galina étaient partout, comme les coussins sur le canapé d'angle ou la table avec de grandes bougies dans un candélabre en cuivre décoré qui aurait paru fou dans une pièce plus petite que celle-ci.

— Une chose est sûre, annonça-t-il en étalant les papiers et en branchant son ordinateur portable. Vous gagnez quoi, dans les sept ou huit millions par an, à vous deux ? L'argent n'est donc pas un problème.

Non, l'argent n'était pas un problème, contrairement au fait de trouver une nourrice. Et nous rendre au match pour lequel nous étions payés des millions ? C'était aussi un problème. Stan était attendu à l'entraînement, ce matin, tout comme moi, évidemment. Nous ne pouvions plus en louper. Les Railers avaient été suffisamment compréhensifs.

— Le seul souci que je remarque est que vous n'êtes pas mariés, ce qui me tranquilliserait un peu. Enfin, ce n'est pas si grave que ça, puisque j'imagine que vous avez tous les deux préparé des testaments et des fiducies ?

Je sortis lentement de la pièce.

— Super, dis-je.

Pourtant, tout était loin d'être super. Je n'avais pas besoin d'avoir davantage de doutes ou d'inquiétudes. Je devais être certain que personne ne pourrait nous enlever Eva et Pavel.

— Faites en sorte que ça fonctionne, exigeai-je avant de me radoucir. S'il vous plaît.

Sacha me sourit.

— Tout va bien.

J'allai alors trouver Stan, qui supervisait les trois enfants et donnait des serviettes de bain à Pavel et Eva, avant de leur montrer comment fonctionnait la douche tout en berçant Noah dans ses bras.

Comment pourrions-nous abandonner tout ça aujourd'hui ?

— Tout ira bien, me dit Galina à ma gauche, me prenant de court.

— J'aimerais que vous arrêtiez tous de dire ça, crachai-je.

Je ressentis immédiatement des remords.

— Merde, marmonnai-je avant de l'étreindre. Je sais que tout ira bien. Je suis désolé.

— Va à l'entraînement, emmène mon frère avec toi, laisse Arvy conduire ta voiture. Je vais rester là avec Mama et les enfants.

Je la regardai dans les yeux, voyant qu'ils étaient identiques à ceux de Stan.

— Mais…

— Il n'y a pas de mais. Allez jouer et rentrez à la maison. Tout ira bien. Et j'ai également une piste pour une nourrice russe grâce à Sacha, d'accord ? On est là pour vous aider.

— Je t'aime, Galina, déclarai-je d'un air théâtral.

Nous nous étreignîmes à nouveau et cette fois-ci, je me sentis un peu plus léger.

Lorsque nous quittâmes la maison, débattant pour savoir qui conduirait ma voiture, Sacha et Galina discutaient à la table, tandis que les trois enfants étaient dans la cuisine avec la mère de Stan. Il y avait un certain ordre dans ce chaos. Tout de même, j'avais l'impression que tout allait dégénérer sans prévenir.

— C'est pas bien de froncer les sourcils, annonça Stan en me donnant un coup de coude alors que nous entrions dans la patinoire.

Je savais qu'il était mal de froncer les sourcils. Je le *savais*. Ainsi, pour Stan, je souris. Pour l'équipe, je souris, mais intérieurement, la peur me saisissait toujours et je voulais simplement que tout se termine. J'avais envie de peindre la chambre d'Eva avec autant de paillettes girly que nous pouvions en acheter, ou bien, si elle préférait du noir avec des bandes bleu foncé, nous pouvions le faire aussi. Bon sang, elle pouvait avoir tout ce qu'elle souhaitait. Je refusais de lui imposer des attentes genrées, mais j'étais le premier à admettre que l'idée du rose et des paillettes m'enthousiasmait. Je voulais créer un antre pour Pavel, rempli de coussins et de jeux, afin de lui offrir un espace où se cacher s'il en avait besoin.

Surtout, je souhaitais que nous puissions tous vivre en paix.

Chapter Sept

Stan

Une semaine s'était écoulée depuis qu'Eva et Pavel étaient venus nous rejoindre. Élever trois enfants était bien différent que de n'en élever qu'un seul. Pavel se réveillait toutes les nuits à cause de cauchemars et il réveillait sa sœur et Noah par la même occasion tant ses pleurs étaient forts. Erik réconfortait le plus petit, Mama donnait des conseils à Eva et moi, j'essayais de calmer Pavel. Sept jours de sommeil si fractionné n'avaient certainement pas un effet miraculeux sur nos performances à la patinoire. Erik avait pris l'habitude de s'endormir dans le bain à remous après l'entraînement. Le coach Madsen m'avait trouvé une fois en train de faire une sieste près de mon casier, mes protections et mes patins toujours en place, il ne me manquait que mon maillot. Avant de m'assoupir, j'étais en train d'enrouler mes poignets de bandage et le ruban adhésif pendait de mon poignet gauche quand le coach m'avait tapé sur l'épaule.

Je m'étais brusquement réveillé, hurlant quelque chose à ma mère en russe. J'avais ensuite cligné des yeux quand mes coéquipiers s'étaient tous moqués de moi. Le rouge m'était même monté aux joues.

— Rentrez chez vous et asseyez-vous sur une branche de céleri, avais-je dit aux babouins gloussants.

Ils avaient ri de plus belle.

Donc oui, trois enfants étaient beaucoup plus difficiles à gérer qu'un seul, la nuit. De plus, maintenant qu'Eva et Pavel commençaient à prendre leurs marques, ils se chamaillaient. Ce n'était rien de très important, au début, mais les choses les plus simples déclenchaient ensuite leur dispute. Ou, pour être honnête, elles énervaient Eva. Un instant, elle était en train de porter son petit frère dans la maison et de lui chanter une chanson en russe et l'instant d'après, elle lui claquait la porte au nez et le traitait de trouduc croûté, ce qui le faisait pleurer. J'avais prévu de parler avec Galina des sautes d'humeur de la jeune fille avant que nous nous rendions chez le psychologue que Sacha avait dégoté pour notre famille. Il avait expliqué que cette partie du processus était mise en place pour s'assurer que les enfants s'adaptaient correctement. Nous devions encore nous occuper de leur scolarité, mais nous devions d'abord trouver une nourrice. Comme j'aimerais que l'ancienne baby-sitter de Noah soit disponible, mais elle était désormais partie à l'université. Même si elle ne parlait pas russe, son aide aurait été précieuse et Noah la connaissait déjà. Notre petit lapin n'était plus le même depuis qu'il y avait autant d'inconnus dans sa maison. L'un pleurait souvent et l'autre claquait des portes et traitait les gens de trouduc croûté.

Un palet vola en plein dans mon casque, juste au-dessus de mes yeux. J'en fus surpris, mais cela ne fut pas trop douloureux. Je me reconcentrai sur notre entraînement matinal, observant les hommes au centre de la glace.

— Qui m'a lancé un palet dans le front ? Je suis pas encore prêt à faire des arrêts de génie. J'ai pas encore parlé à la cage et mon cerveau est trop lent. Qui m'a frappé au visage ? hurlai-je puisque j'avais désormais mal à la tête.

J'étais furieux contre moi-même d'avoir pensé à cette histoire de nourrice quand j'étais devant le filet.

— Dites-moi ! Je blague pas. Je vais trouver qui a tiré dans ma tête et je vais m'asseoir sur son visage jusqu'à ce qu'il tombe dans les poires parce qu'il a un pantalon de méchant gardien sur le nez !

La foule d'hommes se dispersa et là, avec un maillot anti-contact, se trouvait Ten.

— Ouais, c'était peut-être moi, répondit Ten.

Je jetai le palet sur le côté et quittai mon but, les bras ouverts, avant de soulever mon meilleur ami sur ses patins. Il couina. Je l'embrassai sur les deux joues et tapotai son visage avec mon gant avant de caresser doucement sa tête avec ma protection.

— C'est bien que tu reviens ! Ta tête va bien ? demandai-je en laissant mon gant sur sa tête.

— Mec, ma tête va carrément trop bien, répondit Ten en riant.

Il tendit la main pour chasser la mienne de son casque. Je le fixai, droit dans les yeux, et enfonçai un doigt dans son ventre. Il s'exclama.

— C'est rien, je veux juste être sûr que les médecins ont raison.

Je lui tapotai le dos, puis pointai le reste des Railers avec mon bloqueur.

— Personne frappe Tennant.

— On sait ce que signifie un maillot anti-contact, Stan. On n'est pas des salauds, répondit Dieter en me poussant malicieusement avant de repartir vers le banc.

— Eh bien, toi, tu en es un, lui lança Adler.

Les hommes gloussèrent et se donnèrent des coups d'épaule et de coude en rejoignant le banc pour se désaltérer. Je tins le bras de Tennant un moment.

Il riva ses grands verts sur moi.

— Quoi de neuf, mon gars ?

— J'ai deux nouveaux enfants, maintenant. Ils sont là, en Amérique. Eva et Pavel Lyamin. Je serai honoré si Jared et toi, vous veniez dîner bientôt, pour rencontrer tes filleuls.

Le sourire de joyeux luron s'atténua sur le visage de Ten. Il se racla la gorge et leva une main gantée.

— Ce serait un privilège incroyable de venir rencontrer Eva et Pavel, mais, mec, tu es sûr de me vouloir comme parrain ? Tu ne veux pas quelqu'un de plus vieux ? Quelqu'un qui a plus d'expérience avec les enfants ? Comme Jared ?

— Non, répondis-je en cognant son poing ganté. Tu es mon meilleur ami. Tu m'as pris dessous l'aile quand mon anglais était mauvais et tu m'as appris des mots cool qui claquent. Tu m'as rejoint dans le groupe Pokémon, tu m'as donné l'impression d'être un membre de l'équipe. Tu es le frère que j'ai jamais eu. Et je ne pourrais demander qu'à un membre de ma famille d'être le parrain de mes possessions les plus précieuses.

Ten cligna des paupières avant de passer le dos de son gant sur ses yeux.

— Tu m'honores, mon gars. Je serai carrément là pour toi et les enfants.

Il m'étreignit fermement et m'embrassa sur les joues, comme nous le faisions en Russie, puis il s'éloigna pour aller passer un bras autour d'Erik afin de discuter et de plaisanter.

Dieu m'avait béni à de nombreuses reprises en ramenant Erik vers moi, en m'offrant ensuite une merveilleuse équipe tolérante et en ajoutant trois beaux enfants à mon butin. Oh, et Mama et Galina, bien sûr. Même Arvy, qui était un bon beau-frère. Il vaudrait mieux qu'il le soit. La première fois que ma sœur viendrait me voir en pleurant à cause de lui, le foie de ce gars finirait dévoré par des vautours dans un désert brûlant. Je connaissais des gens qui pouvaient arranger ça.

LE DIMANCHE SUIVANT, nous avions un match en plein après-midi, ce qui était une bonne chose puisqu'Erik et moi aurions le temps de rentrer à la maison afin d'effectuer la routine du soir avant de partir pour un road trip au Canada lors duquel nous jouerions cinq matchs. Ce soir, nous allions nous asseoir avec les enfants devant des spaghettis aux boulettes de viande pour leur annoncer que nous partions quelque temps. Nous devions également expliquer à Eva que Sacha nous avait trouvé un éducateur et une nourrice. Cette dernière, Anna Sanarov, était une rousse souriante qui commencerait le matin de notre départ pour Toronto. J'avais envie de l'appeler Rouge, comme la rousse russe dans la série mettant en scène des prisonnières, mais Erik s'y était vivement opposé. J'aimais bien Anna, tout comme Erik. De plus, Mama l'approuvait. C'était le plus important, puisque c'était elle qui dirigeait la maison. Nous, les hommes, nous pensions que c'était notre rôle, mais c'était le sien.

Sacha travaillait toujours avec nous, mais nous le voyions moins, maintenant. Ce n'était pas une mauvaise chose à mes yeux, puisqu'il était très beau et viril et que je m'inquiétais que la tête d'Erik tourne à cause de lui.

L'éducateur, un homme russo-américain assez mince répondant au nom de Professeur Peter Minkoff et qui était à la retraite, commencerait demain. Il entamerait doucement une routine scolaire avec les enfants tout en leur apprenant l'anglais pour qu'ils puissent aller dans une école publique. Pavel avait du mal à apprendre de nouveaux mots et je me demandais s'il faisait vraiment des efforts. Je me disais qu'il s'accrochait au russe, comme pour garder près de lui son tuteur et tout ce qu'il avait abandonné. Ou peut-être étais-je loin du compte. Je n'étais pas pédopsychiatre. Je n'étais qu'un joueur de hockey.

Ce qui était l'élément sur lequel je devais me concentrer, maintenant. Le match contre Philadelphie avait été lent, jusqu'à présent. Les joueurs avaient voyagé et étaient arrivés dans notre ville, tard dans la nuit. Ils étaient fatigués et loin d'être aussi brutaux que d'habitude. Notre équipe était reposée, mais mollassonne. La léthargie de l'équipe de Philadelphie avait sans doute contaminé les Railers. Je ne pouvais en être sûr, mais ni moi ni l'autre gardien ne travaillions trop dur. Les tirs vers nos buts étaient faiblards, il n'y avait aucune présence devant nos cages et une défense resserrée me permettait de rester planté là à penser aux boulettes de viande. Néanmoins, la situation se renversa promptement quand l'un des attaquants de Philadelphie entra dans notre zone à l'instant où un dégagement interdit fut sifflé à l'autre bout de la patinoire. Il lança le palet dans mon filet.

— Hé, tête de poiscaille, c'est quoi ce lancer de salopard ? criai-je à l'homme en orange.

Je me retournai ensuite pour sortir le palet de ma cage. Mes coéquipiers en furent vexés, légitimement. C'était une règle tacite au hockey. Il y en avait de nombreuses comme celle de devoir retirer ses gants avant de se battre, celle de ne pas balancer de glace sur le gardien, celle de ne pas esquiver pendant une bagarre, celle de toujours essayer d'aller chercher le troisième but, celle de laisser les poids lourds se battre avec les poids lourds et également celle de ne jamais lancer un palet vers les filets lorsque le sifflet retentissait. Il y en avait d'autres, mais en voilà déjà quelques-unes. Et cette tête de poiscaille avait lancé le palet dans le filet après un coup de sifflet.

Dieter viola l'espace personnel de la tête de poiscaille et le poussa contre le Plexiglas, lui rappelant que son comportement avait été de mauvais goût. Je crois que ces mots furent exactement : « Yo, t'as de la merde à la place du cerveau ? C'était quoi cette connerie ? ». Néanmoins, les supporters de notre équipe faisaient tant de bruit que j'avais peut-être mal entendu.

Les joueurs à ma droite épicèrent leur jeu comme s'ils avaient mangé de petits piments. Les dix minutes suivantes furent animées et nous réussîmes à gagner grâce à un but bâclé qu'Adler mit dans la cage de Philadelphie moins de quarante secondes avant la fin du temps réglementaire. Plusieurs de mes coéquipiers vinrent me tapoter la tête et le front sur la glace. Erik frotta mon casque d'une façon spéciale qui avait une signification romantique pour nous deux.

Nous rentrâmes rapidement chez nous, à Hershey, deux heures plus tard. J'ouvris la porte, constatant que l'odeur d'ail et les bruits d'enfants inondaient notre maison. Je regardai Erik alors que nous retirions nos manteaux dans l'entrée.

— Écoute ça. C'est le bruit d'une maison heureuse, déclarai-je.

Je lui volai ensuite un baiser passionné qui l'essouffla et lui fit monter le rouge aux joues.

— Viens, allons dîner !

Je le guidai à travers la salle à manger – dans laquelle les chiens et les jouets étaient éparpillés – pour rejoindre la cuisine. Lucy, mon chat, fut la première à me voir. Elle courut pour se frotter contre mes mollets. Noah nous repéra depuis le sol, où Pavel et lui étaient assis et jouaient avec des blocs de construction. Eva discutait avec Mama tout en préparant une salade.

— Da ! Pa ! cria Noah.

Il se jeta sur Erik. Le petit me gratifia ensuite d'un baiser retentissant et il tâtonna pour retourner s'asseoir à côté de Pavel.

— Blocs pou dagons tombés ! Nous fabiqué tou pou dagons, Da. Da, chat vomi tête de sou'is. Mamie dit *oust* à Lucy. Je dis *oust* à Lucy. Boulettes ! Boulettes ! Boulettes !

— Qu'est-ce que vous construisez ? demandai-je en russe.

Pavel posa un bloc au sommet d'une pile branlante que Noah et lui avaient construite.

— De grandes tours pour que les dragons s'y installent,

répondit le petit garçon en me regardant à travers une frange indomptée.

Je l'ébouriffai et posai un minuscule dragon en plastique violet au sommet de la tour. Pavel me sourit timidement et mon cœur grossit. Je me levai ensuite, souris à Eva et elle me sourit en retour. Mama m'aboya de mettre la table et je me reconcentrai avant de lui adresser un salut militaire qui fit glousser Eva.

Une fois que nous fûmes tous assis – et Noah attaché dans sa chaise haute – Mama pria brièvement et nous commençâmes à manger.

— Boulettes ! Da, moi j'aime boulettes, annonça Noah en voyant l'assiette qu'Erik lui avait préparée et avait placée devant lui.

— Les enfants, nous avons des choses à vous dire, criai-je pour me faire entendre malgré les discussions des trois enfants et de ma mère.

Cette dernière semblait parler sans cesse maintenant qu'elle avait trois enfants et deux hommes à garder sur le droit chemin. Elle avait toujours quelque chose à redire à quelqu'un.

Eva et Pavel levèrent les yeux, ce dernier laissant pendre un morceau de spaghetti entre ses lèvres. Il l'aspira bruyamment, ce qui fit rire Noah qui l'imita, faisant ensuite glousser Pavel. Cela se poursuivit un moment, Eva commençant également à aspirer bruyamment jusqu'à ce que Mama les sermonne gentiment en leur disant de ne pas être malpolis.

— Erik et moi partons au Canada pour jouer au hockey, pendant un long moment, expliquai-je en russe pour les deux aînés.

Noah était trop occupé à aspirer des spaghettis et à

écraser des boulettes de viande avec ses doigts. De plus, il avait l'habitude que nous partions en voyage. Eva cligna des yeux. Pavel arrêta de manger et me fixa comme s'il avait été frappé.

— Long, comme onze jours, mes petits, ajoutai-je rapidement.

Leur air paniqué s'atténua légèrement.

— Vous revenez ? s'enquit Pavel dans un anglais horriblement fractionné, son regard déviant vers Erik.

— Oui, bien sûr, répondit mon homme.

Il tendit la main au-dessus de la table afin de tapoter tendrement le bras maigre de Pavel.

— Il y aura *toujours* quelqu'un ici pour vous aimer et vous protéger. On vous le promet. Votre nouvelle *babushka* sera constamment présente et tante Galina sera là, le soir. Votre nouvelle nourrice, Anna, et le professeur Pete seront là. Jamais plus vous ne serez seuls.

Je traduisis pour le jeune garçon méfiant dont la lèvre inférieure tremblait. Une fois qu'il eut compris, il se détendit et recommença à aspirer les spaghettis épicés de Mama. Je tendis la main et serrai la cuisse musclée d'Erik.

Je l'aimais tant à ce moment. Quand je pensais que je ne pouvais l'aimer davantage, il faisait quelque chose de si merveilleux que mon affection pour lui triplait. Nous avions une famille si formidable. La vie était presque parfaite. Il ne fallait plus qu'une petite chose se produise et tout serait alors magique.

Chapter Huit

Erik

LE ROAD TRIP AU CANADA FUT UNE RÉVÉLATION. NON seulement nous jouions contre Vancouver, Winnipeg, Toronto, Calgary et Montréal, tout cela en l'espace de onze soirées, mais il y aurait également une session de cohésion d'équipe en plein milieu.

Banff était magnifique et nous avions manifestement l'hôtel pour nous. C'était l'endroit où nous étions censés nous souder, nous faire des amis, découvrir les secrets des autres, mais c'était également là que se passaient de mauvaises choses.

Stan et moi étions, par exemple, dans des chambres séparées et nous avions l'interdiction de traverser le couloir à minuit. Il y avait aussi Ten, qui était revenu s'entraîner le premier jour à la patinoire et qui avait décidé, en accord avec le coach, qu'il devait patienter un peu plus longtemps. Nos enfants nous manquaient, aussi.

Stan et moi les appelions tous les trois en visio. Noah babillait actuellement avec enthousiasme, assis sur les genoux de Galina, parlant de boulettes et de *bagetti*, ce qui était une manière très mignonne de dire spaghetti. Mon petit homme me manquait tant que j'en avais le souffle coupé, mais il allait bien, il était habitué à nos absences. Et il s'amusait manifestement dans notre maison maintenant remplie de monde.

Pavel était silencieux. Il ne me parlait pas beaucoup, mais Stan obtenait une réponse chaque fois qu'il demandait quelque chose dans leur langue maternelle. À un moment, le petit parut même très animé et Stan m'expliqua ensuite qu'ils discutaient de hockey. Apparemment, Pavel était un grand fan et s'était déjà amusé autour d'un lac gelé, comme la plupart des enfants russes, canadiens et, bien sûr, les Suédois, comme moi.

— Pourquoi n'avons-nous pas su qu'il aimait le hockey ? demandai-je alors que nous attendions qu'Eva se dirige vers l'iPad pour nous parler.

— Je lui ai jamais demandé, répondit Stan d'un air songeur. On peut mettre une patinoire dans notre jardin.

Secrètement, je me demandai si c'était exagéré, mais sagement, je préférai ne rien dire. Stan allait y réfléchir et conclure que, peut-être, nous pourrions simplement emmener Pavel à la patinoire d'entraînement des Railers pour qu'il puisse s'y amuser.

— Avec de grandes lumières pour jouer dans le noir, ajouta-t-il.

Je n'étais pas certain que nos voisins seraient d'accord pour des projecteurs. Ils n'étaient peut-être pas à côté – après tout, le jardin de Stan avait une grande superficie –, mais les projecteurs allaient s'étirer sur une longue distance, si j'en croyais les mouvements de main de Stan.

— Il nous faut un truc rond dessus, dit Stan comme si une ampoule s'était allumée au-dessus de sa tête. Un grand cercle.

La plupart du temps, je parlais le *Stan*, mais là, je ne le suivais pas.

— Un cercle ?

Parlait-il des lignes et des cercles peints sous la glace ?

Il me fit un signe de la main et dessina une immense vague qui ressemblait à…

— Un dôme ? Tu veux construire une patinoire dans notre jardin, avec de la lumière et couverte par un dôme.

— Un dôme, répéta Stan. Très grand, avec une machine à pop-corn et un endroit pour ranger les palets et les crosses. Et des sièges pour que Mama et Galina regardent, et un minuscule écran géant.

Je me penchai pour l'embrasser.

— Tu te rends compte que tu décris le Capital Ice Complexe de Rutherford, notre patinoire d'entraînement, n'est-ce pas ?

Il plissa le nez, puis son visage s'illumina.

— On va l'emmener là-bas, annonça-t-il comme s'il y avait réfléchi et pensait qu'il s'agissait de la bonne conclusion.

Je ne le contredis pas. Intérieurement, j'étais ravi que nous ne dérangions finalement pas les habitants de notre quartier avec une patinoire vivement éclairée dans notre jardin.

— Bonne idée, répondis-je.

Il était si fier de lui que mon cœur enfla rien qu'un petit peu à cause de l'amour que j'avais pour lui.

Eva s'assit sur la chaise devant la table et jeta un coup d'œil à l'écran, mais ne dit rien. Il n'y eut pas de bonjour enthousiaste, pas même un soupçon de *vous me manquez* ni un sourire. En réalité, elle était dans un état pitoyable. Elle paraissait fatiguée et pâle. Était-elle malade ? Stan commença à lui parler et j'envoyai un rapide message à Galina, demandant ce qui n'allait pas chez Eva. Était-ce une mauvaise réaction à la nourriture ? Notre maison était-elle trop chaude ? Trop froide ? Était-elle malade à cause d'une chose qu'elle avait ramenée de Russie ? Devait-elle voir un médecin ? Je n'arrivais même pas à me concentrer sur la discussion d'Eva et Stan pendant que j'imaginais un tas de choses horribles.

Problèmes de fille. La réponse de Galina était simple et directe. Je sentis mon visage rougir et je rejetai instinctivement ma panique. Les règles ne me faisaient pas peur. Je pouvais gérer ça. En revanche, c'était notre fille qui avait mal et était si triste.

Je retournai le téléphone, posant l'écran contre la table.

— Comment vas-tu ? demandai-je à Eva lorsqu'elle et Stan marquèrent une nouvelle pause dans leur vive conversation en russe.

— Ça va.

Elle hocha la tête. J'avais l'impression qu'elle était sur le point de pleurer, mais ce n'était pas étonnant. Son corps maigre devait non seulement s'habituer aux États-Unis, encaisser le trajet en avion et la perte de son tuteur, mais il était également ravagé par les hormones. Je savais que Galina l'aiderait, mais j'avais désespérément besoin de dire quelque chose pour la faire sourire.

— Tu me manques, dis-je.

C'était la vérité. À l'exception de ses mini-crises de

nerfs et de son impolitesse, je retrouvais Stan en Eva grâce à son amour de la vie et son envie de se concentrer sur le bon côté des choses.

— J'ai vu une belle fleur aujourd'hui, dans la montagne, et elle m'a fait penser à toi.

Waouh. Ça, ce n'est pas exagéré du tout. Tout le monde s'interrompit. Stan me regarda. Je vis qu'il avait la bouche grande ouverte et qu'Eva écarquillait les yeux.

Merde.

— Quel genre de fleur ? s'enquit-elle.

— Je ne sais pas comment elle s'appelle, mais même dans la neige, elle poussait et donnait l'impression d'être aussi forte que toi.

— Oh.

Elle me sourit prudemment. Peut-être que je m'étais connecté à son anxiété adolescente. Peut-être que j'avais totalement merdé et qu'elle se moquait de moi, mais je m'en fichais. J'avais fait sourire Eva. Moi. Avec mes analogies de fleurs et ma volonté d'ouvrir mon cœur. Elle gigota sur sa chaise.

— Professeur Pete nous fait travailler sur les maths, annonça-t-elle sans cesser de sourire.

Elle se pencha vers l'écran comme pour nous dire un secret et je me rendis compte que j'imitais son mouvement.

— Pavel déteste ça, mais je crois que je veux faire des maths quand je serai plus grande.

— On peut te donner des tas de maths à faire, répondit impatiemment Stan.

Je ne lui demandai pas comment il comptait faire. Après toute cette histoire de patinoire avec un dôme dans le jardin, j'imaginais qu'il pouvait construire une pièce réservée aux mathématiques, rien que pour elle.

— Merci, dit-elle d'un air timide.

— Tu nous manques beaucoup, petite fleur, déclara Stan.

Mon cœur se serra. Soit ce serait totalement exagéré, soit Eva penserait que c'était le meilleur surnom du monde.

— Vous nous manquez aussi, répondit-elle sans trahir aucun embarras. Rentrez vite.

Nous lui dîmes au revoir, soufflâmes des baisers à Noah et raccrochâmes. Il était dix-huit heures. J'étais fatigué à cause de l'entraînement et je n'avais qu'une envie : me blottir contre Stan dans notre lit, à la maison, et regarder des films.

— Yo, cria Adler depuis la porte, vous êtes prêts ou pas ?

Ce soir, nous dînions à l'extérieur. Je n'avais pas le droit de m'asseoir à côté de Stan. Je devais faire ami-ami avec une personne à côté de laquelle je ne m'assiérais pas d'ordinaire. C'était la règle, et même si nous nous connaissions tous assez bien, je décidai que j'allais m'installer près de Gids, le gamin repêché chez les Rush pour combler les vides provoqués par les changements de poste afin de pallier l'absence de Ten. Je l'appelais « gamin », mais je n'avais que quelques années de plus que lui. En années de hockeyeur, j'étais pourtant comme un vieux père avec son bébé.

J'enviais Stan, qui avait réussi à gruger pour s'asseoir avec Ten. Enfin, franchement, ils étaient meilleurs amis. Comment avaient-ils réussi ? À mon avis, personne n'avait envie d'affronter le grand homme en lui reprochant où il était assis et avec qui il discutait. Je me rendis ensuite compte, au fil de la soirée, que Stan s'était délibérément assis vers l'avant afin d'offrir un peu d'espace à Ten pour se cacher si cela devenait trop difficile à supporter. Ce dernier avait l'air en pleine forme, ce soir. Il n'avait pas du tout l'air furieux d'avoir été obligé de quitter la glace. En réalité, il avait effectué trente minutes d'exercices lents, travaillant sur son équilibre qu'il n'avait manifestement pas perdu, et s'entraînant à lancer ses palets vicieux. Ces frappes vicieuses nous manquaient, Ten nous manquait, mais à cet instant, j'avais Gids à côté de moi et c'était sur lui que je devais me focaliser.

— Comment vas-tu ? demandai-je, puisque c'était la seule question à laquelle je pensais.

— Bien. Et toi ?

Il se tourna à moitié sur son siège. Je me disais qu'il avait probablement une liste de sujets desquels il aimerait qu'on discute, surtout basés sur le hockey. Je savais à quoi ressemblait son jeu. Il rejoindrait les Railers de façon permanente, un jour. Il était rapide, concentré, et me faisait penser à moi, parfois. C'était un bon gamin, sérieux et terriblement souriant.

— Parle-moi de ta famille, l'encourageai-je.

Il marqua une pause.

— Ma famille ? Je croyais qu'on était censé parler de hockey.

Il jeta un coup d'œil au coach, qui était assis au bout de la table et arborait une expression sereine.

— Non, je sais que tu es excellent dans ce domaine, alors parle-moi de ta famille. Qui est Gideon Levesque ?

Je découvris qu'il était le cadet de trois frères, tout comme Ten, et que personne ne jouait au hockey dans sa famille à part lui. Il aimait également sa ville natale de

Winnipeg et il adorait *franchement* jouer au hockey dans la NHL.

À la fin de la soirée, lorsque nous retournâmes à l'hôtel, je m'étais grandement lié d'amitié avec Gids. Je l'avais invité à la maison, j'avais découvert qu'il aimait lire et qu'il était fasciné par Ten. La soirée avait été agréable et nous cognâmes nos poings dans l'entrée avant qu'il parte dans sa chambre. Je restai au bar, attendant Stan, et je ne fus aucunement surpris quand il s'assit à mes côtés, avec Jared et Ten. J'avais envie de demander comment se sentait ce dernier, mais c'était probablement la dernière question à poser. Je parlai donc plutôt du mariage.

— Petit, déclara Jared.

— Mais avec la famille et les amis, rétorqua Ten.

— Dans un hôtel, à la fin du mois du juin.

— Dans notre maison, dans les jardins, en juillet.

Ils se sourirent, comme si c'était une dispute récurrente.

— Et la Coupe Stanley sera présente, ajouta Jared.

Ten rit.

— Sur ce point-là, on est d'accord.

Je n'étais pas certain que les Railers remportent la coupe, cette année. Nous stagnions à la cinquième place sur huit et dans le classement général, nous étions la dix-neuvième équipe. Ten nous manquait. C'était clair. Son accident nous avait chamboulés jusqu'à la moelle et il nous avait fallu un long moment pour retrouver nos repères et nous battre. Nous gagnions de très bons points, à présent, mais nombre d'entre eux étaient marqués dans le temps additionnel ou lorsque nous remportions les tirs au but, domaine dans lequel nous nous reposions lourdement sur Stan et Bryan. Merci mon Dieu, nous avions deux excellents gardiens de but. Peut-être que cette année ne serait pas la nôtre. Il était très probable que nous arrivions à la fin du championnat et que nous ne soulevions pas la coupe, puisque si nous oubliions les miracles, nous avions beaucoup de points à rattraper. Ten entrelaça ses doigts avec ceux de Jared, comme s'il répondait à une question tacite.

— Stan, je voulais te demander quelque chose, commença Ten.

— Oui, oui. Je vais arrêter tous les buts et lever la coupe avec toi, répliqua Stan.

Ten tendit la main et lui tapota le genou.

— Non, ce n'est pas une question de hockey. Je voulais te demander si tu voulais participer à notre mariage. En étant garçon d'honneur. Ça veut simplement dire que tu montres aux invités où s'asseoir et que tu te tiendras à côté de moi, de mes frères et de Ryker.

Stan se raidit et je l'entendis faire un petit bruit. Ce bruit qui signifiait qu'il ne savait pas quoi dire et que l'émotion l'étranglait.

— Oui, répondit-il.

Il se leva et tendit la main à son meilleur ami. Ils s'étreignirent un moment, et alors que j'envisageais de les séparer, ils se rassirent et se sourirent comme des idiots.

Stan fronça ensuite les sourcils et tapota ses cuisses musclées.

— Je vais écrire des mots excellents.

Jared prit alors la parole.

— Tu n'auras même pas besoin de faire de discours ou…

— J'ai besoin d'un costume sur mesure, comme Elvis, l'interrompit Stan.

Je ricanai. Je ne pouvais pas m'en empêcher. L'idée que mon homme se retrouve dans un costume blanc étincelant avec des sequins m'amusait.

Mais Ten ne tressaillit aucunement.

— Tout ce que tu voudras, mon grand. Tout ce que tu voudras.

Chapter Neuf

Stan

RIEN N'ÉTAIT PLUS MERVEILLEUX QUE DE RENTRER À LA maison. Les enfants étaient tous ravis de nous voir. Même Pavel vint s'asseoir sur les cuisses d'Erik lorsque nous regardions un film, le soir de notre retour. Noah en fut vexé et les deux petits commencèrent à se pousser jusqu'à ce que je prenne le petit lapin jaloux dans mes bras et que je l'étreigne. Je sentais que Pavel et Erik avaient besoin de temps pour se rapprocher, puisque la difficulté de communication faisait croire à mon bien-aimé qu'il était mis de côté. Noah se détendit après avoir laissé échapper un chuchotement ferme, mais léger. Nous profitâmes tous du visionnage de *Milo et Otis*. Ce soir-là, une fois que les enfants furent endormis, je fis l'amour à Erik, discrètement, dans la douche de notre salle de bain parentale. Ses cris de passion furent étouffés contre mon épaule. Nous titubâmes ensuite jusqu'au lit, épuisés, mais satisfaits, nos sous-vêtements collant à notre peau encore mouillée.

Le lendemain matin, le dimanche, Mama frappa vivement à notre porte à six heures du matin.

— Enfilez vos plus beaux vêtements du dimanche, cria-t-elle.

Elle partit ensuite dans le couloir et réveilla les enfants pour aller à l'église.

— Nom de nom, dit Erik dans son oreiller.

Je roulai sur le côté et l'attirai contre moi avant de m'assoupir. Cinq minutes plus tard, Mama tambourinait à nouveau à la porte, nous faisant tous les deux sursauter.

— C'est l'heure d'aller à l'église. Levez-vous, sinon vous aurez mon pied dans votre cul paresseux !

— Elle fait des progrès gigantesques en jurons anglais, grommela Erik.

Il s'assit et se frotta les yeux avec le dos de ses mains.

— Oh, oui, nous, les Russes, nous sommes les experts en invention de jurons, répondis-je en bâillant.

Je restai allongé là, à observer ses muscles onduler quand il étira ses bras par-dessus sa tête. Il était si beau, si tonique et si marqué par ma présence. Je touchai la morsure passionnée sur son flanc. Il sursauta et gloussa avant de rouler hors du lit.

— Tu es le plus bel homme de ce monde. Je t'aime tant. Mon amour est si grand.

Il me sourit tendrement.

— Mon amour pour toi est tout aussi grand.

Les trois enfants passèrent alors devant la porte de notre chambre en tapant des pieds et en criant pour savoir qui mangerait son porridge avec la cuillère violette.

— Et mon amour pour eux est si grand, aussi.

— Tout comme le mien. Comment peuvent-ils courir dès le réveil ? C'est une question à laquelle il me faut une réponse.

Je soupirai et repoussai les couvertures avant de planter mes pieds dans le sol.

Erik rit. Nous descendîmes ensuite pour manger du porridge et des tartines de pain grillé. Galina et Arvy nous retrouvaient directement à l'église baptiste Rose de Beulah, afin d'éviter ce repas loufoque. Manifestement, tous nos repas se faisaient dans le bruit, désormais. J'adorais ça.

J'essuyais le visage sali de Noah quand quelqu'un frappa à la porte. Sachant qu'il ne s'agissait pas de ma sœur et de son mari, je lançai un coup d'œil confus à Erik, avant de lui tendre le torchon humidifié. Je me levai et resserrai mon peignoir d'hiver autour de ma taille. À la porte se tenait une femme mince à la peau sombre, avec des cheveux courts et noirs et un air autoritaire. Elle m'était familière.

— Bonjour, monsieur Lyamin. Vous vous souvenez de moi ?

— Je crois que je le devrais, mais non. Désolé.

Elle me sourit.

— Ce n'est rien. Je sais que votre vie est trépidante depuis que les enfants sont arrivés. Je suis Clarice Rose, du Département des Enfants, de la Jeunesse et des Services à la Famille de Pennsylvanie. On m'a assigné votre dossier pour que je vous aide et vous fasse quelques recommandations, à vous et votre compagnon, lors de votre parcours post-adoption et pour tout ce qui pourrait vous poser problème. Votre dernière audience n'aura lieu qu'à la fin de l'année, mais je suis ici pour faire une visite inopinée de la famille d'accueil. Puis-je entrer ?

— Oh, oui, mademoiselle Clarice Rose. Je me souviens, maintenant. Entrez. Nous mangeons notre petit déjeuner avant d'aller à l'église. Venez à l'église avec nous !

J'étais ravi de montrer notre paroisse à mademoiselle Rose. Ainsi que notre maison et tout ce qu'elle avait besoin de voir. Erik sortit de la cuisine, décoiffé, avec sa petite moustache et Noah contre sa hanche. Mon homme et mon fils étaient si beaux que j'en avais parfois le souffle coupé. Lorsqu'il vit mademoiselle Rose, Erik écarquilla ses yeux ronds.

— Erik, mademoiselle Rose, du bureau des enfants et du planning familial, est venue nous rendre visite ! Elle vient à l'église avec nous. On va tous chanter et être gentils avec Dieu. Mama ! Mademoiselle Rose du planning familial est ici ! Sers-lui un bol de porridge !

— Stan, ce n'est pas le planning familial, chuchota Erik alors que j'attirais la femme dans la cuisine pour qu'elle voie les enfants. Ce sont les services sociaux, ou quelque chose de ce genre.

Je la menai vers une chaise à côté d'Eva. Lorsqu'elle s'assit, j'eus l'impression qu'elle était essoufflée comme si elle avait couru. Mama posa un bol de porridge devant notre invitée et ordonna à mademoiselle Rose de manger, en russe. Je hochai la tête et souris. Mademoiselle Rose partagea joyeusement notre petit déjeuner avant d'aller avec nous à l'église, même si elle ne paraissait pas si sûre au début. Je réussis à la convaincre. Elle s'assit à côté de moi et parut minuscule.

Il y eut de nombreux chants et danses, ainsi que des prières sérieuses afin de demander à Dieu de bénir les malades, les affamés et les souffrants. À nouveau, le picotement me faisant penser à ma famille en Russie apparut. Voilà que j'étais là, dans un costume élégant, avec mon adorable Erik, nos beaux enfants, Mama, ma sœur et son mari, ainsi que mademoiselle Rose et nous ne nous soucions de rien. Nous avions tant de choses. Je devais trouver un moyen d'aider les pauvres enfants de ma patrie, mais j'ignorais totalement comment faire. Je décidai, alors que le refrain de *Quand je serai glorieux* débutait et que Noah commençait à gigoter sur le banc, que j'en parlerais à Erik et ensuite à Layton Foxx. Les Railers voudraient peut-être organiser quelque chose. Un tournoi de hockey ou la création d'une association caritative. La musique submergeait mon âme. J'arrêtai donc de réfléchir et laissai le Saint-Esprit me faire chanter et danser avec mademoiselle Rose.

Et lorsqu'elle partit, elle était heureuse et dit que nous faisions beaucoup de bonnes choses.

LE LENDEMAIN, un lundi matin, je surgis dans le bureau de Layton, souriant, avec une grande tasse de décaféiné à la main. L'homme leva les yeux de son ordinateur portable sur lequel il pianotait et fronça les sourcils.

— Tu m'apportes un café ? s'enquit-il, choqué.

— Ah, oui, mais c'est pas du mauvais café qui fait trembler. C'est du décaféiné. Ça fait croire à l'esprit qu'on a de l'énergie.

Je posai l'immense gobelet de décaféiné sur son bureau. Il était bien rangé. Il coïncidait avec Layton, qui était quelqu'un de soigné. L'homme s'enfonça sur sa chaise et croisa les bras sur sa veste de costume bleu foncé avant de me regarder longuement.

— Qu'est-ce que tu as fait ? demanda-t-il d'un air résigné.

— Moi ?

Je me montrai du doigt. Il acquiesça.

— Rien fait. Enfin, si je fais beaucoup de choses. Aujourd'hui, je me suis réveillé, j'ai sucé Erik…

— Waouh, attends.

Il leva une main.

— Je n'ai pas besoin d'un récapitulatif exhaustif de ta matinée. Je veux dire : qu'est-ce que tu as fait de mal et que je vais devoir régler sur les réseaux sociaux ? Tu as dû faire quelque chose, puisque tu m'as apporté du café alors que tu me harcèles habituellement pour que j'arrête d'en boire.

— Non, j'ai dit d'arrêter le mauvais café qui fait trembler. Ça, c'est un bon café qui fait pas trembler et j'ai rien fait de mal.

Il haussa les sourcils.

— C'est vrai. Croix de bois, croix de fer.

Je dessinai un « X » au niveau de mon cœur.

— Je t'apporte un café-cadeau pour te rendre heureux.

— Ouais. Adler fait la même chose.

— Eh bien, Adler le fait pour te gâter et pouvoir te mordiller les noix.

Les joues imberbes de Layton s'embrasèrent.

— Je veux pas te mordiller les noix. J'ai mordillé celles d'Erik ce matin.

— Stan, est-ce qu'on peut en venir à la raison de ta présence ici ?

Son visage tout entier était devenu rouge, jusqu'à ses oreilles.

Je fermai la porte et m'assis en face de lui, poussant le gobelet de café dans sa direction.

— J'aimerais créer une œuvre caritative pour aider les enfants pauvres. Je pense surtout aux enfants russes, mais je sais que les États-Unis et la Russie s'entendent pas très bien pour l'instant. Alors, peut-être les enfants pauvres en Europe, pour une aide plus générale. J'ai lu sur Internet qu'un joueur de hockey avait fait un grand match de charité pour son association. Il invite beaucoup de stars pendant l'été. C'est un joueur de Norvège, mais je crois qu'on pourrait faire ça en Suède ? Erik connaît beaucoup de gens là-bas. On connaît tous des gens. J'aimerais que la vie soit belle pour les bébés pauvres. Tu peux m'aider ?

Il cligna des yeux, attrapa mon cadeau et but une longue gorgée. J'entendais les autres joueurs arriver pour l'entraînement matinal et passer à côté de la porte fermée. Erik arriverait plus tard. La voiture de notre nourrice était tombée en panne et il devait donc aller la chercher. Il se passait toujours quelque chose avec les enfants.

— Je ne sais pas vraiment si je suis la personne avec qui il faut discuter de ça, mais je serais ravi de faire mon possible pour t'orienter dans la bonne direction.

Je souris et me levai, projetant ma main vers lui.

— Oui ! Tu es un miracle. Je vois tout l'oseille que tu économises pour l'équipe et je sais, au fond de mon cœur, que tu es l'homme pour ce boulot. Je te laisse créer une bonne grosse association. Oh ! Donne-lui le nom de mon cousin qui est mort et a laissé ses enfants à Anatoli et ensuite à moi. Appelle-la l'Association Lyamin pour les Enfants. Oui, j'aime bien.

Je lui serrai vivement la main.

— Stan, ce n'est pas moi qui vais la créer. Je vais juste…

— Oui, oui, fais le bien pour les enfants pauvres.

Je serrai sa main, encore et encore.

— Trouve les bonnes personnes pour moi et l'association. On va faire le match de hockey cet été et donner le blé aux enfants.

— Stan, ça ne sera pas aussi facile que…

Je relâchai ses doigts et me dirigeai vers la porte.

— Oh, oui, je sais que c'est pas facile. Mais tu économises de l'oseille, alors tu mettras aussi plein d'autres herbes dans ma marmite. Merci merci !

— Stan, je…

Je marquai une pause dans le couloir pour me retourner vers lui. Son regard croisa le mien et il sourit légèrement.

— Je vais mettre en route l'association Anatoli Lyamin.

— Tu es un homme bon, Layton Foxx.

Je lui fis un salut militaire avant de traverser le couloir vers les vestiaires.

— Écoutez, j'ai de grandes nouvelles !

Tous ceux qui s'habillaient pour l'entraînement du matin s'interrompirent et regardèrent dans ma direction. Tennant me sourit. C'était si bon d'avoir retrouvé mon meilleur ami. Même s'il ne jouait pas encore, il le ferait bientôt, et tout serait réglé.

— J'organise un grand match de hockey cet été, un match pour une nouvelle association pour les enfants pauvres en Europe. Qui veut s'inscrire pour m'aider ?

Toutes les mains se levèrent dans le vestiaire.

Chapter Dix

Erik

Je n'avais jamais vu un rose qui était si… rose. Imaginez un flamant rose. En fait, imaginez la flamboyance de flamants roses en train de se battre avec des fraises et de la barbe à papa, tout cela en un seul et même endroit. Vous aviez la chambre nouvellement peinte d'Eva.

— J'adore, dit-elle.

Elle ne couinait pas, ne souriait pas et ne dansait pas dans tous les sens pour montrer sa joie, mais la façon dont elle restait au milieu de la pièce rose, émerveillée, me réchauffait et m'illuminait de l'intérieur. Quand nous avions choisi les couleurs, je n'étais pas convaincu. Enfin, j'aimais le rose, mais c'était… beaucoup à encaisser. Galina avait ensuite pris les choses en main, disant à Eva que les hommes n'y connaissaient rien. Désormais, les deux jeunes femmes se tenaient ensemble au milieu de la pièce et observaient les murs d'un air songeur.

— Un espace pour des posters, suggéra Galina.

Eva sourit avant de nous observer brièvement, Stan et moi.

— Ten.

— Un tas de posters, ouais, murmura Galina. D'accord, waouh, c'est un grand espace.

Eva baissa la tête et ses joues prirent la même couleur que la chambre.

— Non, je peux avoir un poster de Ten ?

Stan rit à côté de moi.

— Et un poster d'un gardien et celui d'un ailier, chuchota-t-il assez fort pour que notre fille l'entende.

— Mais vous êtes... mes papas, termina-t-elle après une pause. Et Ten est si mignon.

Ouais, je ne pouvais pas la contredire. Il était mignon, et si j'étais une adolescente ou, bon sang, si Ten avait joué à l'époque où j'étais adolescent, j'aurais également eu un poster de lui sur mon mur. Aucun argument possible. Bien sûr, il se serait retrouvé juste à côté de mon poster de Stan, mais qui a dit qu'on ne pouvait pas en avoir deux ?

— Je vais te trouver de grands posters, dit Stan avant de disparaître.

Il partait probablement appeler les Railers pour avoir des posters, des maillots, des palets et un assortiment de crosses, le tout signé par Ten. Je le suivis pour l'interrompre avant qu'il achète tout le stock d'un magasin dédié à Ten. Je le trouvai au téléphone.

— Trois, très grands, l'entendis-je dire.

Je lui pris rapidement le portable des mains.

— Allô ?

— Erik, c'est toi ? s'enquit Ten.

Manifestement, mon homme avait esquivé le magasin de l'équipe et avait directement contacté la source.

— Ten, n'écoute pas Stan. Un poster, c'est bien, et peut-être un maillot à sa taille.

— Je peux vous donner ça. Jared a tout un stock que je dois signer pour les prochaines enchères. Est-ce qu'elle veut l'un de ceux qui sont dans les cadres en verre ? Je peux aussi lui donner une boîte en verre pour le palet. Est-ce qu'elle apprécierait ? Et pourquoi pas une crosse de Tennant Rowe ? On en a plusieurs et elle pourrait l'utiliser en grandissant.

Oh mon Dieu, Stan et Ten étaient aussi terribles l'un que l'autre.

— Un poster et un maillot qu'elle peut porter, c'est bien.

Manifestement, c'était à moi de les empêcher de gâter Eva, qui avait déjà un placard rempli d'éléphants en peluche, depuis qu'elle avait nonchalamment mentionné qu'elle les aimait. Quatre venaient de Stan, six de Ten et ils étaient de taille variable. Ce dernier prenait certainement son devoir de parrain au sérieux. Bien sûr, les six éléphants qu'il avait achetés étaient assortis à une collection de voitures téléguidées pour Pavel et à une boîte mystère composée de livres et de peluches pour Noah.

Les voitures de Pavel étaient toujours dans leur emballage. Il était visiblement comblé avec ses livres et les matchs de hockey qu'il regardait, mais il avait remercié Ten avec enthousiasme. Sa chambre était une palette de verts et de bleus plus sobres, avec des nuages que Galina avait peints. Nous avions également monté une immense tente au-dessus de son lit et cela ressemblait donc à un antre.

Eva et Pavel étaient là depuis quatre semaines, à présent. Nous étions entrés dans une routine et nous ne pouvions pas submerger les enfants avec trop de choses d'un seul coup. Stan et moi avions d'ailleurs évoqué l'idée de ne pas les gâter hier soir. Encore une fois.

Je tendis le téléphone à Stan.

— Un poster. Un maillot, l'avertis-je.

— Croix de bois, croix de fer, promit-il.

Il emporta son portable dans le bureau. Dieu seul savait ce qu'il mijotait avec Ten.

— Erik, tu peux m'aider à bouger cette armoire ? m'appela Galina.

Me raidissant, je retournai dans le palais du flamant rose et sentis les larmes me monter aux yeux. Je levai l'armoire qu'elles voulaient déplacer, puis je reculai, me préparant pour mon prochain ordre.

— Juste là, dit Eva en me montrant l'endroit du doigt.

Elle tenait une photo et Galina l'étudia un moment avant de rouler des épaules et d'appuyer la photo contre le mur où elle pouvait le voir.

— D'accord, alors.

Avec quelques coups de craie habile, elle dessina le contour d'une maison, esquissa quelques arbres et ajouta des fenêtres, une porte et la simple suggestion d'un jardin. Je m'assis au bord du lit d'Eva, toujours fasciné quand Galina commençait à dessiner. Ma fille s'assit à côté de moi.

— Qu'est-ce qu'elle dessine ? demandai-je.

J'avais beau voir qu'il s'agissait d'une maison, cela devait être *plus* qu'une habitation ordinaire.

— Ma maison à Leskovo, où Pavel est né.

Galina commença à accentuer les détails, à dessiner

plusieurs couches avec différentes peintures qu'elle avait posées sur une plaque de verre. La structure, les nuages, les arbres et le jardin prenaient forme. Le vert était souligné d'éclats rouges. Ça n'aurait pas dû fonctionner avec le mur rose, mais c'était le cas. Eva s'appuya contre moi et je passai mon bras autour de ses épaules.

— Parle-moi de ta maison, demandai-je alors que nous regardions Galina.

— C'était vieux et chaud. Mama cuisinait tout le temps. Je me souviens qu'elle sentait toujours si bon, commença-t-elle. Et elle est tombée très malade quand Pavel n'avait que deux ans. Elle me manque.

Je la serrai contre moi, rien qu'un petit peu, pour lui faire savoir que j'étais là. Nous avions vu un psychologue la semaine précédente, après une recommandation de mademoiselle Rose des services sociaux. Rien que Stan et moi. Nous avions écouté alors qu'il avait parlé des enfants et de leur chagrin. Nous retenions tous les deux notre émotion à cause de ce que nous devrions faire. Eva et Pavel seraient aidés et nous leur donnerions tout ce dont ils avaient besoin. De l'aide mentale jusqu'aux chambres roses en passant par les livres.

— Et ensuite, on a eu un nouveau papa… et on l'aimait pas beaucoup. Je crois pas qu'il nous aimait non plus. Mais on était tristes quand il est mort.

Galina se tourna pour être face à nous.

— Quelle fenêtre, Eva ?

Celle-ci glissa dans mes bras et s'agrippa fermement à ma main libre.

— Celle en haut, à gauche.

— Celle-ci ? s'enquit Galina en montrant la fenêtre en question.

Lorsque la petite hocha la tête, la sœur de Stan mit du noir sur son pinceau et dessina une silhouette dans la fenêtre en haut à gauche. Je ne pus la distinguer jusqu'à ce qu'elle ajoute un peu de blanc. Je compris alors. Deux personnes à la fenêtre, en train de s'étreindre, un homme et une femme.

— C'est maman et papa, comme sur une photo qu'on a d'eux dans notre vieille maison, murmura Eva.

Elle commença ensuite à pleurer. Je la serrai dans mes bras pendant un long moment. Stan arriva et s'assit également sur le lit. Eva s'installa sur ses genoux et plongea son visage contre son torse. Je me demandai si elle se souvenait de ses parents ou si elle n'avait que des photos d'eux.

Pavel se tenait dans l'embrasure de la porte, dévasté, et demanda quelque chose en russe. Stan tendit un bras et le petit garçon vint s'asseoir sur moi.

— Qu'a-t-il demandé ?

J'avais besoin de le savoir.

Les yeux de Stan brillaient immensément.

— Il veut savoir si c'est maintenant au tour d'Eva de le quitter, répondit Stan après avoir dégluti à plusieurs reprises. J'ai dit non.

Galina s'éclipsa de la pièce et, tous les quatre, nous observâmes la peinture avec ses violets et ses bleus qui se mêlaient parfaitement au mur rose et au couple à la fenêtre. Noah se joignit à nous, puisqu'il voulait aussi un câlin, et je serrai mon petit garçon contre moi, souhaitant désespérément lui promettre que je pouvais arrêter le temps et lui épargner la douleur de la perte d'un parent. Un jour, il connaîtrait ce genre de souffrance, mais j'espérais alors qu'il serait un très vieil homme.

Tous les cinq, nous nous blottîmes l'un contre l'autre et ne bougeâmes plus jusqu'à ce que Ten et Jared apparaissent devant la porte de la chambre. Eva fut la première à bouger, se démêlant des bras de Stan et aidant Pavel à descendre. Elle lissa ensuite son haut et sourit timidement à Ten.

— Bonjour, dit-elle avant de regarder vers le sol.

— Bonjour, magnifique petite fille, répondit Ten avec sa subtilité habituelle. Tes papas ont dit que tu voulais quelques affaires pour ta chambre.

Il souleva une boîte et je remarquai que Jared en avait également une. Je croisai le regard de ce dernier et le vis secouer la tête, exaspéré. Je pouvais *parier* que les cartons contenaient bien plus qu'un maillot. Je ne me trompais pas. Il y avait *des* maillots signés par Ten, d'autres par Jared, des sacs, des tasses, des pancartes et dépassant de la boîte se trouvait un immense poster roulé. Le second carton était pour Pavel et dissimulait plus ou moins la même chose. Il y avait aussi un sac dans le couloir, dans lequel Noah avait clairement fouillé, et qui contenait de plus petites versions de notre nouvelle mascotte, avec plusieurs chiffres dans le dos, ainsi qu'une sélection de poupées bougeant la tête. Plus tard, je surpris Noah en train d'enterrer celle représentant Adler dans un pot de fleurs, et même si c'était plus ou moins ce que toute l'équipe souhaitait faire à ce joueur parfois, je ne voulais pas l'encourager.

— Et maintenant, on va patiner, annonça Stan.

— Ah bon ?

C'était la première fois que j'entendais parler de ça. Je pensais qu'aujourd'hui, nous allions décorer, passer du temps en famille et nous détendre pendant notre jour de repos. Ce n'était manifestement pas le cas.

Nous avions la patinoire d'entraînement des Railers pour nous, mais je remarquai que le vestiaire avait été préparé pour nous deux, ainsi que pour Ten et Jared. Je supposais donc que Stan ou Ten avait dû organiser cela durant leur coup de fil.

— Je t'aime, dis-je avant d'embrasser le bout du nez de Stan.

— Je t'aime.

Il prit ensuite dans ses bras un Noah couinant. Notre fils avait enfilé ses minuscules patins et un maillot floqué du mot *papa* dans le dos. L'espace était bien trop petit pour faire tenir Lyamin-Gunnarsson ou Gunnarsson-Lyamin, ainsi *papa* se rapportait à nous deux. Ten tendit la main à Eva et ils sortirent. Je restai donc avec Pavel, qui vibrait manifestement d'enthousiasme, sa bouche étirée dans un grand sourire.

Je tendis la main et il la saisit, mais dès que ses patins touchèrent la glace, il s'éloigna de moi. Ses mouvements ne furent pas franchement fluides, au début, mais notre petit homme savait s'y prendre sur la glace. Je le gardai à l'œil, ainsi qu'Eva qui montrait à Ten qu'elle savait patiner en arrière, et Noah, qui était traîné sur la glace dans un petit traîneau guidé par Jared. Stan patina lentement jusqu'à moi. Je l'aimais tant que c'en était douloureux. Le voir avec Noah, et maintenant Eva et Pavel, être avec lui… c'était tout ce que je voulais pour le reste de ma vie. Dans toutes les situations, les bordéliques, les tristes, les heureuses. Pour l'amour. Je souhaitais que nous restions ensemble pour toujours. Je voulais épouser mon homme. Voir Ten et Jared arborer leurs bagues après s'être fiancés, les entendre planifier un mariage… j'en avais envie. Peut-être que le côté préparatifs ne me plaisait pas tant, mais être lié pour toujours à Stan ? Oui, c'était ce dont j'avais envie. Tout de suite.

— J'adore patiner en famille, murmura Stan.

Je m'agrippai à ses mains.

— On devrait trouver de nouveaux maillots pour les enfants, avec nos noms dessus, commençai-je.

Je m'arrêtai ensuite. Ce n'était pas ce que j'avais voulu dire, bien que cela ait paru brillant dans ma tête.

— Gunnarsson-Lyamin ou Lyamin-Gunnarsson, ajoutai-je.

— Ça fait beaucoup de lettres pour de si petits maillots, murmura Stan.

Il paraissait pensif, comme s'il essayait de comprendre comment faire tenir tout ça dans un petit espace. Mais ce n'était pas ce que j'essayais de lui dire et je n'arrivais pas à être mignon.

— De toutes petites minuscules lettres…

— Épouse-moi, Stan.

Il ouvrit la bouche et sa main se resserra autour de la mienne. Je remarquai qu'il ne trouvait pas les mots. Il m'attira ensuite contre lui, me pencha en arrière et m'embrassa comme si nous ne l'avions pas fait depuis des années.

— Oui, oui, avec beaucoup de trucs Elvis et du rouge avec du papier froissé ou du bleu, déclara-t-il. Maintenant.

Il ajouta également une flopée de mots russes. Il s'éloigna et observa les alentours, comme s'il cherchait un prêtre dans la seconde.

— Il faut qu'on plani…

— Vegas, chéri, dit-il en claquant des doigts. Pour les

péchés et les baisers de Saint-Valentin, quand on a le match à Vegas.

Nous jouions contre l'équipe de Las Vegas aux alentours du quatorze février, qui n'était que dans une semaine. Un mariage à Vegas. L'équipe. La famille. Stan.

— Oui, confirmai-je, parfait.

Chapter Onze

Stan

— Vous m'avez vu chanter trop bien ? m'enquis-je, à bout de souffle.

Je me laissai tomber sur le siège de la limousine tandis que l'air chaud de Las Vegas nous fouettait depuis le toit ouvert. Mama applaudit, tout comme les enfants. Erik me sourit comme il le faisait parfois avec Noah.

— J'ai pas loupé un seul mot de *Viva Las Vegas*, même quand une mouche est entrée dans ma bouche. Elvis doit être trop fier !

— Papa, gémit Pavel.

Il tira sur le nœud papillon rouge ornant son costume écarlate. Je contournai Galina pour le lui arranger.

— C'est quoi, Elvis ?

Ma mâchoire se décrocha. Je jetai un coup d'œil à Erik qui tenait Noah sur ses genoux. Ils arboraient tous les deux des costumes d'un rouge étincelant avec des sequins sur le col, exactement comme Pavel et moi. Elvis serait tellement fier.

— Nous avons été de très mauvais parents. Je vais t'apprendre un tas de choses sur Elvis Presley, le plus grand chanteur de rock'n'roll de l'histoire américaine. C'est pas vrai, Mama ?

— Engelbert Humperdinck est le meilleur, répondit impassiblement ma mère en s'affairant sur la robe rouge à sequins d'Eva.

Toutes les femmes portaient une jolie robe rouge à sequins assortie aux cols de nos costumes. Mama détestait la sienne et disait que cela lui donnait une allure de vieille *prostitutka*. Galina et Eva aimaient celles que j'avais achetées. Quant à Erik et les autres Railers participant au mariage, ils adoraient les costumes d'un rouge pétant que nous avions loués. Mama avait toujours un mot à redire sur tous les sujets. Je l'adorais. Je n'allais pas acheter une robe d'ange déchu pour Mama, ma sœur ou ma jolie fille.

— Mama, non, c'est faux. Pourquoi tu fais ta tête d'âne ?

— Tu veux dire *ta tête de mule*, dit Erik en faisant rebondir Noah qui n'aimait pas non plus son nœud et n'arrêtait pas de tirer dessus en fronçant les sourcils.

— Oui, tête de mule. On échange nos vœux de mariage à Las Vegas après avoir gagné un gros match hier !

J'agitai une main en direction du toit ouvrant, les vives lumières du Strip de Las Vegas luisant à l'intérieur de la limousine alors que nous nous rendions à la chapelle.

— Les gens en Amérique s'habillent bien pour venir à Las Vegas. Elvis, qui est un Dieu ici, dans la cité du blackjack et de la roulette russe…

Erik laissa échapper un bruit qui me poussa à marquer

une pause, mais il se contenta ensuite de soupirer et de me faire signe de continuer à enseigner à Mama et aux enfants quelle était la manière appropriée de s'habiller aux États-Unis et à Las Vegas.

— Il porte des pantalons flashy trop beaux ! Certains avec des oiseaux colorés dans le dos, et ils brillent de paillettes. Il a de gros diamants sur ses bagues, des bottes qui étincellent et des boucles de ceinture incrustées de million de rubis.

Les enfants me fixaient tous de leurs yeux écarquillés et s'imprégnaient de ma sagesse américaine. J'avais beaucoup appris en étudiant pour mon test de citoyenneté. Je serais le meilleur Américain qui ait jamais existé.

— Des seins flasques dans robe chic comme *prostitutka*, grommela ma mère dans un mauvais anglais.

Galina ricana tout en tressant les longs cheveux bruns d'Eva.

Je levai les yeux au ciel.

— Mama, tes seins ne sont pas si flasques. Et la robe te fait ressembler à Ann-Margaret, qui se dandine avec Elvis, aussi dans *Viva Las Vegas*.

— Pff. Mes seins sont pas comme seins d'Ann-Margaret.

Mama gloussa et me donna une claque sur les biceps.

— Est-ce que je peux souligner que je suis très mal à l'aise qu'on parle des seins de ta mère ? demanda Arvy du coin de la limousine où on l'avait installé.

Galina s'esclaffa en regardant son mari et elle lui tapota ensuite la tête comme s'il n'était pas plus vieux que Pavel, qui avait à nouveau défait son nœud papillon. Arvy était beau dans son costume rouge. J'avais hâte d'arriver à la chapelle de mariage King of Strip que j'avais réservée, et de voir le reste des invités. Erik avait été si gentil de me laisser planifier notre union, même quand je lui avais montré les costumes loués pour le mariage, bien qu'il se soit étouffé et ait recraché du café sur ses cuisses. Pas une seule fois il n'avait dit quelque chose de méchant.

— Seins flasques, ricana Pavel derrière sa main sale.

J'ignorais comment il avait réussi à se salir alors qu'il était propre quand nous étions entrés dans la limousine. C'était un truc de garçon. De la saleté mystérieuse apparaissait constamment sur eux.

— Alors, passons à un autre sujet, dit rapidement Erik alors que les enfants gloussaient. Vous êtes certains de pouvoir gérer les trois enfants, ce soir, tous les deux ?

— Bien sûr, c'est bon. On a une suite luxueuse, répondit Arvy en ébouriffant Pavel. On a préparé des jeux vidéo et des friandises. Vous pouvez faire vos trucs de jeunes mariés, *clin d'œil-coup de coude,* et nous laisser le baby-sitting, n'est-ce pas, chérie ?

— C'est vrai, on les occupera pendant que vous vous embrassez et que Mama perd toutes ses pièces de vingt-cinq cents dans les machines à sous, nous taquina Galina.

Elle entortilla les fines tresses d'Eva dans un chignon élégant au sommet de son crâne.

— Beaucoup de sous et pas de malchance ! hurla Mama en donnant un coup de poing dans le vide.

Je souris en observant ma famille alors que la limousine se garait devant la chapelle de mariage King of Strip. Notre chauffeur vint rapidement nous ouvrir la portière et aida les dames à sortir avant que les hommes les suivent. La chapelle était grande et immaculée. Une statue de douze mètres du King trônait devant. Elle avait une véritable cape qui voletait avec le vent sec du désert.

— C'est la chose la plus belle que j'ai jamais vue, murmurai-je.

J'avançai pour poser une tablette de chewing-gum aux pieds du King, puisqu'Adler m'avait dit de le faire chaque fois que je voyais quelque chose en rapport avec Elvis.

— Le King adorait le chewing-gum ! m'avait dit mon coéquipier à l'hôtel en me tendant un paquet de dix tablettes de gommes à la menthe poivrée.

Je n'avais pas eu vent de cette coutume, mais j'avais été ravi qu'Adler me mette au courant.

Prenant mon futur époux par la main, je guidai les invités à l'intérieur. La chapelle était petite, mais magnifique. Drapés de rideaux en velours rouges, les murs étaient couverts de clichés d'Elvis, de sa jeunesse jusqu'à l'époque qu'il avait passée dans cette ville du rêve. Je laissai Erik déposer une tablette de chewing-gum sous chaque portrait. Devant la dernière photo – le King en uniforme de l'armée –, mon garçon d'honneur m'appela derrière les rangées de bancs.

— Mec, qu'est-ce que tu fais ? cria Ten.

Je déposai mon chewing-gum hommage et me relevai, souriant à mon meilleur ami magnifique dans son costume rouge. Dieter, Adler, Max et Bryan étaient tout aussi beaux.

— Je rends un hommage mentholé au King, leur expliquai-je.

Je me hâtai de leur serrer fermement la main. Adler ricana. Je lui lançai un regard confus.

— Je suis allergique à la poussière du désert, me dit-il.

— Oh, non, c'est horrible. Il y a beaucoup de poussière du désert dans cette ville.

Je lui tapotai l'épaule.

— Te mouche pas dans les cols. Ils sont rêches et le

magasin de location redonne pas la caution s'il y a de la morve.

Les mecs me lancèrent un sourire tendu. Je me demandai si leurs nœuds papillon les démangeaient, comme Pavel l'avait dit. Je parcourus la petite cohue de coéquipiers et d'êtres chers avec Erik à mes côtés. Nous remerciâmes les nouveaux venus d'avoir pris l'avion pour se joindre à nous et à l'équipe. Trent fit le tour de la chapelle en balançant des paillettes, puisque, selon lui, il manquait cette merveilleuse touche queer qu'il arborait d'ailleurs sur ses paupières, sur ses lèvres, dans ses cheveux, et sur les épaules de son costume prune et jaune.

— On ne choisira carrément pas de costumes rouges à notre mariage, entendis-je Tennant chuchoter à Jared.

— Vous arrivez pas à trouver du rouge pour vos noces ? m'enquis-je.

Les yeux verts de Ten s'embrasèrent.

— Je peux vous recommander ce magasin de location de Carlisle où j'ai trouvé ceux-là.

Je tirai sur mes cols étincelants.

— Oh, waouh, c'est génial, mais… euh… Mads est allergique aux tissus rouges, le pauvre, répondit Ten avec un sourire tordu.

J'observai Jared.

— Oui. Je fais des allergies sévères aux tissus rouges, confirma promptement Mads.

— C'est trop dommage. Les gens sont allergiques à plein de choses.

Je soupirai tandis qu'Erik marmonnait quelque chose à Ten et me guidait entre les rangées de bancs. Eva marcha jusqu'à l'autel en jetant des paillettes sur la moquette épaisse. Pavel la suivit, sans son nœud papillon. Il tenait la main de Noah, qui portait un petit coussin auquel étaient attachées nos alliances. Le témoin et les garçons d'honneur marchèrent ensuite jusqu'à l'autel. Nous n'avions pas de jeunes femmes qui auraient pu marcher aux côtés de Ten et des autres jusqu'au prêtre. Il n'y avait que ma sœur, qui était la demoiselle d'honneur. Mais ce n'était pas un mariage traditionnel et ennuyeux. C'était un mariage à Las Vegas. Qui s'en préoccupait donc si nous ne suivions pas les règles ?

Erik à mon bras, je parcourus l'allée constellée. Trent se leva et nous jeta davantage de paillettes quand nous passâmes, avant de se rasseoir et de renifler dans un mouchoir violet. Je tapotai la joue lisse de Mama quand nous passâmes près d'elle. Elle aussi pleurait dans un mouchoir. Galina se tenait face à Tennant. La demoiselle d'honneur et le témoin face à face. Les enfants s'étaient assis près de Mama et de Mads au premier rang. Le reste de l'équipe s'était installé sur les bancs d'église. Ils étaient tous très pailletés. J'agitai la main en direction de mes invités. Ils gloussèrent et me répondirent d'un signe de la main. Le célébrant surgit ensuite derrière deux rideaux dorés.

Il était élégant, grand, mais enrobé. Il avait une épaisse perruque banane, des lunettes de soleil et une tenue moulante blanche sur laquelle étaient dessinées des cloches. Celles-ci étaient couvertes de sequins et reflétaient les lumières maintenant allumées. J'avais l'impression d'être sur scène avec mon idole. Je ne pus empêcher un sourire de se dessiner sur mon visage. Erik me sourit, ses beaux yeux brillants d'émotions alors que l'homme commençait à chanter sa partie de la cérémonie. Il raconta à quel point il était ravi de croire que toute relation entre deux humains devait être célébrée et affirmée publiquement. Il évoqua ensuite les souvenirs silencieux et indescriptibles, ainsi que les deux âmes qui s'unissaient dans l'amour et qui allaient partager les joies comme les peines.

— Êtes-vous prêts à échanger vos vœux ? demanda le Juge Elvis.

Nous acquiesçâmes tous les deux et nous tournâmes pour être face à face et joindre nos mains.

— Stan, je sais qu'on va faire court. Que pourrions-nous dire de plus que nous n'avons pas déjà déclaré par le passé ? Je t'aime, j'aime nos enfants et notre vie. J'honorerai nos vœux et notre amour jusqu'à ce que la mort nous sépare. Tu es ma lumière, ma vie et mon âme sœur.

Je l'embrassai.

— Nous n'en sommes pas encore là, chuchota le Juge Elvis.

Tout le public gloussa.

— Mais ses lèvres sont si jolies et ses mots m'ont ému, expliquai-je.

Je m'éloignai tout de même d'Erik un instant.

— Mes mots ne sont pas aussi raffinés que les tiens, mon chéri. Je sais seulement que dans mon cœur, mon adoration pour toi bat comme un tambour régulier. Je vais te rendre heureux tous les jours de ma vie et je veux vivre demain à tes côtés. Avec nos enfants, on restera jeunes et insouciants. Maintenant, je vais t'épouser et t'embrasser plein de fois pendant qu'on boit du champagne.

À nouveau, tout le monde s'esclaffa. Je souris. Mes vœux étaient merveilleux. Je voyais qu'Erik les avait appréciés. J'avais regardé des feuilletons américains pendant des heures – ils étaient réputés pour leur mise en scène romantique de femmes au foyer et de jumeaux disparus sortant de nulle part – afin de perfectionner mes mots.

Ten tendit les alliances au Juge Elvis. J'appris plus tard qu'il ne s'appelait pas véritablement Elvis. Il s'appelait en réalité Monsieur le Juge Avery et il était un véritable pasteur et juge à la retraite. Il voyageait dans tout le pays pour que les rêves nuptiaux des fans d'Elvis deviennent réalité. Tout comme le mien. Je glissai l'alliance au doigt d'Erik et il en fit de même avec moi. Le Juge Elvis bénit nos alliances, notre union et notre mariage.

— *Maintenant*, vous pouvez embrasser votre mari, dit-il en riant.

Je m'exécutai donc. Je pris Erik dans mes bras, le penchai dangereusement en arrière et couvris sa bouche avec la mienne. Je l'embrassai à en avoir le souffle coupé tandis que tout le monde applaudissait et jetait davantage de paillettes.

Nous fîmes signer notre contrat de mariage, payâmes le Juge Elvis/Monsieur le Juge Avery, et retournâmes ensuite à l'hôtel Venetian où nous bûmes tous beaucoup de bulles, mangeâmes des crevettes de la taille d'une bouteille d'eau, jouâmes au blackjack, nous dandinâmes avec une danseuse de music-hall qui avait des plumes dans les fesses et laissâmes les enfants avec ma sœur et son mari. Mama avait déjà pris place près d'une machine à sous, avec un seau de pièces de vingt-cinq cents ainsi qu'une bouteille de champagne. On l'entendait hurler « pas de malchance » de toutes ses forces à l'autre bout de la pièce.

Je menai Erik dans notre chambre. Il s'agissait de la

suite nuptiale et elle était excessivement luxueuse. Elle donnait sur le Strip et avait un lit rond qui vibrait et bougeait. Nos doigts étaient entrelacés, nos nœuds papillon étaient rangés dans nos poches et nos alliances brillaient sur nos annulaires. J'attirai doucement mon mari vers la fenêtre, le retournai pour qu'il soit face à moi et capturai son visage pailleté entre mes mains. Il leva les yeux et regarda au fond de mon âme.

— Je t'aime tellement, là, murmurai-je.

Je posai mes doigts sur sa mâchoire et le frottement de sa barbe de trois jours provoqua une étincelle dans mon estomac.

— Seulement *là* ?

Il mit doucement ses mains sur mes hanches.

— Hum, non, pas seulement là. Toujours. Pour toujours et l'éternité.

Je guidai sa bouche vers la mienne et l'embrassai passionnément afin de sceller les vœux que nous venions de prononcer devant Mama, nos enfants, nos coéquipiers, Dieu et Elvis.

Épilogue

Erik

J'ignorais si je devais être enthousiaste ou terrifié alors que nous attendions d'entrer sur la glace pour affronter Ottawa. Habituellement, l'envie de jouer me consumait totalement, mais j'étais titulaire et à côté de moi, se trouvait Ten. Voilà ce qui m'effrayait. Qui avait cru que ce serait une bonne idée de me mettre en première ligne afin d'être l'ailier de Ten, tout comme Lee Addison de l'autre côté ?

Et si je merdais ?

Et si je l'exposais à une cavalcade de défenseurs ayant décrété qu'il était fragile et vulnérable ? Ou pire, si je le blessais ? Et si je lui lançais un palet en pleine tête.

Je ne voulais pas dire qu'il n'aurait pas dû se trouver sur la glace. Il avait reçu l'autorisation de jouer et avait passé tous les tests. Il était en forme et prêt, et manifestement, il vibrait d'enthousiasme à l'idée de patiner.

— Veille sur lui, articulai-je silencieusement à Arvy.

Il était notre défenseur titulaire et devait essayer d'éloigner les autres joueurs de Ten. Enfin, ce n'était pas exactement son rôle, mais nous avions déjà parlé de la manière de protéger Ten, de ce qu'il ne fallait pas faire, de ce que nous devrions faire, et, à mon avis, il était sur la même longueur d'onde que moi. Je glissai sur un patin, puis l'autre et observai la grande silhouette de Stan, qui était toujours le premier à entrer sur la glace. Je donnerais tout pour avoir encore un peu de *Stanisme* sur le fait que Ten allait bien et qu'il était prêt à jouer.

— Arrête, me lança Ten.

Je clignai des yeux.

— Quoi ?

— Toi aussi, ajouta-t-il en montrant Arvy qui afficha un air innocent.

— Moi ? répondit celui-ci en tapotant son torse avec son gant.

— J'ai l'autorisation de jouer. Je vais bien.

Il n'allait pas parfaitement bien. Oui, il avait eu l'autorisation de retourner sur la glace et il était dans une forme olympique, mais il était toujours incapable de retrouver certains mots. Ça n'arrivait pas souvent, seulement quand il essayait d'utiliser de longs mots et quand il ne patinait pas. Les médecins disaient que cette séquelle serait peut-être permanente, mais qu'il apprendrait à la gérer. J'attendais un signe de vulnérabilité, ce soir-là, mais dès qu'il enfilait ses patins, il redevenait le Ten d'avant l'accident.

— On ne fait rien, mentis-je.

Ten me donna un coup de crosse dans le mollet.

— Concentre-toi sur le match, d'accord ?

Les exclamations redoublèrent dans la patinoire. C'était le premier match de Ten à domicile et dix-huit mille fans des Railers étaient présents pour être témoins de son retour. La file commença à avancer dans le tunnel et, enfin, Ten se retrouva sur la glace. Il patina jusqu'au centre, là où notre ligne se tiendrait pour l'hymne. Les fans l'avaient déjà vu en tenue, ce soir, lors de notre échauffement, mais cette image ? Elle les encouragea tous à se lever. Des centaines de pancartes indiquant *Bon retour, Ten*, furent levées, les spectateurs s'exclamèrent et hurlèrent. Je me rapprochai de mon coéquipier et lui donnai un coup d'épaule. Inutile de dire quoi que ce soit. Je remarquai une larme sur son visage et notai sa posture, si forte et déterminée. Il leva sa crosse pour saluer les fans et les applaudissements devinrent incroyablement puissants. Stan patina autour de nous et s'arrêta devant Ten. Leurs casques se heurtèrent avant que mon mari retourne dans son filet et se taise pour l'hymne.

Ensuite, nous jouâmes.

Je fus d'abord nerveux. C'était moi qui avais perdu le palet lors d'une rotation. C'était moi qui avais donné à nos rivaux leur première chance de tir dans la cage de Stan. Cette occasion fut interceptée aisément.

Je dois me concentrer sur le match. Oublie ça.

L'équipe d'Ottawa faisait de gros efforts, notre ligne restait sur la défensive et je savais que ça ne plaisait pas à Ten. Il était sur les nerfs. Je le vis à la façon dont il se laissa tomber sur le banc. Bon sang, ça ne me convenait pas non plus.

— C'est quoi ce délire ? cracha Ten.

Il ne parlait à personne d'autre que lui-même. L'expression sur son visage trahissait sa détermination. Il avait besoin de jouer. Il avait besoin d'aller vers l'avant, de marquer des buts – il était fait pour ça. Et que faisais-je pour l'aider ? Rien. Je ne faisais que merder sur son flanc. Cela devait changer. Lorsque nous rejoignîmes la glace la seconde fois, ce fut différent. Cela devait nécessairement être différent et je sentais la résolution de Ten. Addison et moi étions présents et ce fut merveilleux. Addison récupéra le palet lors d'une rotation d'Ottawa et me le passa. J'esquivai un grand défenseur, avançai difficilement, trouvai Ten et lui jetai le palet. Il le récupéra hors de la surface défensive. L'un des défenseurs d'Ottawa tomba sur les fesses et mon coéquipier me passa alors le palet dans l'espace qui s'était libéré. Je sentais venir ce but. Étonnamment, je *savais que nous allions en marquer*. Leur plus grand défenseur vint me bloquer, mais il était trop tard. Le palet avait déjà quitté ma crosse et se dirigeait vers Ten.

Celui-ci le contrôla avec son patin et, d'une main, il fit pivoter son corps afin d'éviter le défenseur qui le gênait. Il redirigea le palet et lança un revers puissant. L'angle fut imparfait et le palet heurta la cage. Je patinai rapidement pour aller le reprendre lors du rebond, mais Ten était déjà là et il dansait au milieu des défenseurs. Il reprit le palet en pleine volée, la crosse baissée pour un revers et il marqua un but, juste au-dessus de la crosse du gardien mal placé. La célébration pour ce point fut intense. Nous nous étreignîmes ardemment et lorsqu'il rejoignit le reste de l'équipe pour cogner leurs poings, son sourire fendait son visage. La foule se déchaîna, les cris, les applaudissements et les sifflets furent assourdissants et, bon sang, ils semblèrent durer éternellement.

Ten était de retour et il était en feu.

Nous remportâmes ce match, cinq buts à zéro. Stan était un mur. Ten avait marqué deux buts. Il était évident que nous allions fêter ça et nous nous entassâmes dans les vestiaires en souriant et en plaisantant. Tout le monde était sur un petit nuage. Je m'assis à côté de Stan, dont le sourire était si large qu'il devait en être douloureux.

— Ten est un Dieu, annonça-t-il.

— C'est vrai.

— Il a peur de rien, comme un bon joueur russe.

Je lui donnai un coup de coude.

— À part les ours, se corrigea-t-il en fronçant les sourcils. Tous les Russes doivent avoir peur des gros ours noirs qui grognent. C'est une bonne chose.

C'était mon Stan. Je l'aimais, avec tous ses mots, tous ses baisers et son grand cœur de Russe.

— Tu as joué au hockey comme un héros ce soir, aussi, me fit-il remarquer avant de se pencher vers moi. Noah, Eva et Pavel seront très fiers.

— Ils seront aussi fiers que tu aies été un mur, murmurai-je avant de l'embrasser sur la joue.

Il tourna la tête et me vola un rapide baiser.

— Je t'aime.

— Je t'aime aussi, mon grand homme.

Stan

Le mois de février en Pennsylvanie pouvait être très hivernal. Une grande tempête de neige avait éclaté plus tôt et Hershey, Harrisburg ainsi que le reste de l'État se retrouvaient sous quarante centimètres de poudreuse. Le match contre Pittsburgh avait été annulé et nous allions donc passer la soirée à la maison, avec notre famille. C'était le genre de soirée que je préférais.

Nous nous rejoignîmes tous dans la salle de jeu, une grande pièce au rez-de-chaussée qui était auparavant une salle à manger formelle. Pourquoi aurions-nous besoin d'une salle à manger formelle ? Nous mangions toujours dans la grande cuisine, réchauffée par le four et les merveilleux plats faits maison par Mama. La salle de jeu n'était en réalité qu'une pièce débordant de jouets et accueillant une petite table d'enfants avec des chaises assorties. Il y avait aussi un fauteuil à bascule dans le coin, pour Mama. Ce soir, elle se balançait et tricotait en fredonnant *Kalinka*, une vieille chanson russe vers laquelle elle se tournait toujours quand elle était heureuse. J'aimais aussi cette mélodie et je commençai à la chanter doucement, ce qui fit sourire Eva et Pavel, assis à la petite table avec moi. Nous faisions nos devoirs. Noah était assis avec nous, mais il gribouillait sur un papier. Eva résolvait ses problèmes de mathématiques et Pavel travaillait sur son anglais. Le professeur Pete faisait des merveilles avec eux deux et nous étions assez confiants pour les inscrire dans une école américaine à l'automne.

— *Petite baie, petite baie, ma petite baie,* chantai-je à Noah.

Son regard s'illumina et je lui touchai le bout du nez. Je recommençai ensuite à chanter en russe et notre petit lapin chanta en retour dans ma langue maternelle.

— Vous êtes des enfants si intelligents !

— Stan, est-ce que tu chantes alors que vous êtes censés étudier ? demanda Erik en entrant dans la pièce après avoir rempli le lave-vaisselle et essuyé la table.

Nous le faisions chacun à notre tour. Mama cuisinait, elle n'avait donc pas à nettoyer.

— J'attends que tu me révises, déclarai-je.

J'aurais aimé que la minuscule chaise en plastique sur laquelle j'étais assis soit plus grande. Mes jambes étaient écartées et mon dos était plié, tandis que j'essayais de répondre aux questions de mon test sur mon morceau de papier.

— Tu veux dire que je dois utiliser tes fiches de révision, répondit Erik en gloussant. À mon avis, Mama n'a pas envie que je te *révise*.

Elle sourit et se balança, le pull qu'elle tricotait pour Pavel commençant lentement à prendre forme. Elle l'aurait peut-être fini cet été.

— Oui, utilise les fiches de révision. Fais-moi réviser. J'ai beaucoup révisé.

Je m'enfonçai sur la chaise et croisai les bras sur mon torse. Eva et Pavel gigotèrent sur leurs sièges. Leur leçon les ennuyait visiblement et ils cherchaient une distraction.

— Écoutez-moi et ouvrez grand les oreilles, dis-je aux trois enfants. Voyez à quel point votre papa est prêt pour le test de citoyenneté qu'il pourra passer cet été.

Erik rapprocha un pouf de la table et se laissa tomber dessus, ce qui fit rire les petits. Lorsqu'il fut installé et eut sorti son téléphone, je m'éclaircis la gorge et lui fis un signe de tête pour qu'il commence.

— Quelle est la loi suprême du pays ?

Ses yeux bleus alternaient entre son portable et moi.

— La Constitution, répondis-je rapidement.

Erik hocha la tête. Tout le monde applaudit, même Noah, bien qu'il ne soit pas sûr de savoir pourquoi. Il n'était qu'un petit lapin joyeux qui aimait applaudir.

— Très bien. Et que fait la Constitution ? poursuivit mon mari.

Ses joues étaient roses et ses yeux brillants. Ses boucles rebondissaient particulièrement. Penser à ses boucles me donna envie de passer les doigts dedans pendant qu'il suçait ma…

— Stan ? Que fait la Constitution ?

— Oh, désolé, mon esprit divaguait. La Constitution organise et définit le gouvernement et protège les droits de base de tous les Américains.

— C'est ça, répondit Erik en me souriant.

Je baissai la tête pour accueillir les applaudissements.

— Cite-moi une raison pour laquelle les colons sont venus en Amérique.

— Il y a beaucoup de raisons : la liberté religieuse, la liberté politique, les opportunités économiques et la persécution dans leur pays.

— C'est ça, encore une fois. Tu as vraiment bien révisé. Hum…

Il parcourut les questions sur la page Internet.

— D'accord, combien y a-t-il de juges à la Cour Suprême ?

— Neuf.

— Mec, difficile de te piéger, dit Erik alors que je faisais une révérence pendant que ma famille m'applaudissait. Nomme la guerre américaine qui a opposé le Nord et le Sud.

— Trop facile. La guerre civile. La cause était le débat sur l'esclavage, qui est une très mauvaise chose, mes petits.

Ils acquiescèrent à l'unisson, même Noah et Pavel qui, j'en étais certain, ne comprenaient pas les horreurs de l'esclavage.

— Encore une question, ensuite on finit les devoirs et on va donner le bain.

Pavel grimaça. Noah dessina un cercle sur la table avec un crayon violet et Eva gloussa à cause de la tête que faisait son frère. Comme il était merveilleux de voir que mes petits ne se préoccupaient de rien d'autre que de la haine d'un petit garçon pour son bain ou du choix de la couleur du gloss qu'il fallait acheter.

— C'est vrai, on va regarder le Elvis Aloha Show, rappela Erik aux enfants.

— *Elvis Aloha en direct d'Hawaï,* le corrigeai-je gentiment.

Mon mari grimaça et Noah trouva cela extrêmement amusant.

— Encore une question.

— Quand la Déclaration d'Indépendance a-t-elle été adoptée ?

— Le 4 juillet 1776 !

— Oui ! hurla joyeusement Erik.

Je me levai d'un bond pour fêter ma victoire, mais la chaise resta coincée sur mes fesses et je ne pus m'en dégager. Les enfants et mama s'esclaffèrent alors que j'agitais mon derrière pour tenter de déloger la chaise en plastique bleu. Finalement, Erik, qui pleurait de rire, se leva et l'attrapa. Il tira fermement et libéra mes fesses.

— Mes fesses sont libres, maintenant ! braillai-je.

Je levai les bras. Les enfants sautèrent également et commencèrent à danser ainsi qu'à chanter une nouvelle chanson, dont le titre était *Papa a les fesses libres,* ce qui était assez malin, si je pouvais en juger par moi-même. Mais je n'étais certainement pas objectif. Ils coururent dans ma direction et je les pris dans mes bras en posant un genou à terre. Mes bras furent comblés par ce merveilleux coup du chapeau qui avait bouleversé ma vie.

— Venez ici. Les câlins en famille ne sont pas des câlins en famille si on n'est pas tous là, criai-je à Erik et à ma mère.

Cette dernière se fraya un chemin entre ses petits-enfants et les embrassa sur le sommet du crâne. Erik glissa un bras à ma gauche, collant Pavel contre son flanc alors qu'il levait la tête pour me sourire. Je ne pus m'en empêcher, je collai mes lèvres aux siennes, rien que pour un minuscule baiser, mais l'amour que j'avais pour lui était tout sauf minuscule. Il était immense, tout comme l'étreinte et la maison joyeuse que nous partagions tous.

FIN

Le grand jour

— HARRISBURG RAILERS 9 —

RJ SCOTT &
V.L. LOCEY

Love Lane Books

Tennant

JE PLONGEAI LA MAIN DANS LE SACHET DE CACAHUÈTES ET hochai la tête. J'acquiesçai à un rythme régulier depuis une vingtaine de minutes, désormais. J'avais essayé de parler à quelques reprises, mais mes tentatives pour me glisser dans la conversation avaient été anéanties, de la plus jolie et de la plus douce des manières.

— … ajouté cette photo de gâteau au chocolat sur trois étages au tableau d'inspiration pour le repas. Tu l'as vue ? me demanda Maman, grande prêtresse des tableaux d'inspiration Pinterest pour le mariage de Tennant et Jared.

Je soupirai en remarquant le « x » à l'extrémité du mot tableau.

Je craquai ensuite la coque de la cacahuète et hochai la tête.

— Hum, non, je ne suis pas allé sur Pinterest depuis quelques jours…

Les trois femmes participant à cette visioconférence matinale m'observèrent, bouche bée.

— *Tennant*, soupira ma mère avant de me lancer son regard disant « je-suis-un-peu-fâchée-contre-toi ».

— Peut-être qu'on pourrait choisir nos trois idées préférées pour le gâteau et te les envoyer ? Ça te conviendrait, Ten ? demanda la Lisa de Brady, l'adorable blonde avocate.

— Euh…

— Oh ! On pourrait créer un tableau de visualisation et le lui envoyer, quand on aura réduit la liste des options ! Ma copine Penny a fait ça pour son mariage et ça nous a vraiment aidés à comprendre quel cadeau on devait acheter, intervint la Lisa de Jamie, ou Lisa #2, la grande brune qui travaillait comme assistante dentaire.

Ma nièce, Sylvia, était assise sur ses genoux et lui mâchonnait les doigts, alors que ses grands yeux verts hérités des Rowe étaient écarquillés et joyeux.

— C'est une idée géniale ! s'exclamèrent Maman et Lisa #1.

Je bus une grande gorgée de chocolat chaud pour faire passer les cacahuètes avant de tenter une intervention minime au milieu des rafales de cette conversation.

— C'est quoi, un tableau de visualisation ? m'enquis-je.

Six sourcils fins s'élevèrent sur trois fronts lisses.

— *Tennant*, répéta Maman avec cette même voix.

— Pardon, quoi ? Je ne punaise pas grand-chose et je ne crée pas de tableau de visualisation. Aidez-moi, là, les suppliai-je en leur lançant un regard pitoyable.

Il fonctionna sur mes belles-sœurs, mais pas vraiment sur ma mère. Elle était bien trop habituée à voir mon visage de chien battu.

— Eh bien… Les filles, non ! Ne donnez pas ça à Bourque ! Je reviens tout de suite. Les jumelles essaient de soigner le chien avec leur mallette de médecin. Je crois qu'elles ont mis la main sur l'émollient fécal que j'ai dû prendre après la naissance de Leah et Lanie. Non ! Ne donnez *pas* ça au chien ! Bourque, non !

Waouh, d'accord. Je n'avais pas besoin d'avoir cette information sur sa période post-partum.

— Oh, je me rappelle avoir été terriblement constipée après avoir accouché de Tennant, renchérit ma mère. J'ai tellement poussé que j'ai déchiré quelques points de mon épisiotomie et j'ai dû…

— Maman ! S'il te plaît, laisse-moi respirer, tu veux bien ? la suppliai-je alors que Jared entrait dans le salon, fraîchement douché et rasé.

— Oh, je t'en prie, Tennant. Ton fiancé te met son poireau dans le baba et tu couines quand on discute un peu des points de suture sur la moule.

— *Maman* ! Oh. Mon. Dieu.

Je claquai mes mains sur mes joues rougies. Jared se précipita dans la cuisine, ce lâche. Lisa #2 riait tellement qu'elle en avait les larmes aux yeux. On entendait Lisa #1 crier au loin contre sa première paire de jumelles. La deuxième paire était encore trop jeune pour donner de l'émollient fécal au chien.

— Peut-on éviter de discuter de ce que Jared et moi faisons au lit ? Comment connais-tu le sexe anal, déjà ?

— Tennant, pour l'amour de Dieu, j'ai vécu toute sorte de choses. Ton père et moi étions assez aventureux quand nous étions jeunes. Un jour, avant la naissance de Brady, on a trouvé du lubrifiant aromatisé et…

— Et non, non, hors de question !

Je bondis, les coques de cacahuètes glissant de mes

genoux pour atterrir sur le tapis que Jared avait aspiré hier soir. Oups.

— Maman, on peut recommencer à parler de tableaux de mariage.

— Tu avais tellement l'air de t'ennuyer que je me suis dit qu'on pourrait discuter de choses qui te sont importantes, répliqua-t-elle innocemment.

Je levai les yeux au ciel, m'assis et passai quinze minutes de plus avec les femmes Rowe, qui parlaient de moi et s'adressaient parfois à moi. Finalement, quand maman mit fin à la réunion pour se rendre à son cours de tai-chi, je refermai brutalement mon Dell et geignis.

— La voie est libre ? demanda Jared en passant la tête dans l'embrasure de la porte.

Je lui fis un signe de la main.

— Poule mouillée, soufflai-je alors qu'il contournait le canapé, puis baissait les yeux vers le bazar que j'avais mis par terre. Je nettoierai ça. Viens t'asseoir avec moi, j'ai mal à la tête.

Tout amusement disparut de son visage. Il se laissa tomber à côté de moi, ses yeux bleu clair emplis d'inquiétude.

— Tu vas bien ? me demanda-t-il en me prenant la bouteille de lait chocolaté des mains. Je maintiens que ce coup que t'a asséné Peterson pendant les phases finales aurait dû être…

Je me penchai et posai mes lèvres sur les siennes. Il se radoucit alors légèrement. Rien qu'un tout petit peu.

— C'est le stress. Rien de plus. Mon cerveau va bien. Il est normal à quatre-vingt-dix-sept pour cent, ce qui est une amélioration de vingt pour cent par rapport à ce qu'il était avant ma blessure, d'après Brady, le taquinai-je en déposant d'infimes baisers sur sa mâchoire lisse avant de lui mordiller l'oreille. C'est le stress dû au mariage.

— Ah, les femmes.

Je fondis contre lui telle une barre chocolatée sur un tableau de bord.

— Les femmes. Oh mon Dieu, on croirait qu'elles n'ont jamais organisé de mariage par le passé.

— Eh bien, elles n'ont jamais planifié de mariage pour deux hommes. Elles veulent que tout soit parfait. Et tu *es* le bébé, donc…

— Hum, murmurai-je en gigotant pour me blottir sous son bras, ma joue collée contre son épaule.

J'inhalai l'odeur de son gel douche Dior Homme et sentis la crispation de mon cou se relâcher.

— Je me fiche de la décoration du gâteau, de la couleur des barrettes dans les cheveux des demoiselles d'honneur, ou des épices utilisées pour la truite grillée. Je veux juste t'épouser et m'en aller quelques semaines pour qu'on s'envoie en l'air au point de tomber dans le coma.

— Tu es un homme si simple, dit-il en gloussant et en passant les doigts dans mes cheveux.

— Un homme simple qui a des besoins simples. C'est quoi, du tulle, d'abord ? Et pourquoi pensent-elles que j'ai une opinion à ce sujet ?

Il éclata de rire. Je sentis mes os ramollir alors que nous nous câlinions sur le canapé.

— Elles veulent bien faire, expliqua-t-il en continuant de jouer avec mes cheveux. Et on doit passer quelques coups de fil pour régler certaines choses. On a trois semaines.

— C'est vrai, ouais, je sais. Je ne comprends rien à tout

ça. Est-ce qu'on devrait engager un organisateur de mariage ?

— On le pourrait, j'imagine. Tu en connais ?

— Moi ? Euh, non.

Je gloussai et tendis la main vers mon portable.

— Je peux demander aux mecs dans le groupe de discussion. Beaucoup sont mariés. Peut-être qu'ils connaissent quelqu'un ?

— D'accord, vas-y. Peut-être que si on passe par un professionnel, il ou elle pourra canaliser les femmes Rowe.

Il inclina ma tête en arrière en tirant légèrement sur mes cheveux. Je remontai de cinq centimètres pour profiter du long baiser mouillé. Jared empoigna mes cheveux quand je roulai des hanches et un grognement rauque m'échappa. En désirant plus, je me glissai jusqu'à me retrouver sur lui, mes hanches ondulant contre les siennes, mon portable chutant sur le sol. Les organisateurs de mariage étaient oubliés.

Mon stupide téléphone sonna alors. Je geignis à cause de la chanson d'Elvis qui résonnait, celle que mon meilleur ami m'avait installée pour que je sache quand c'était lui qui m'appelait.

— Ignore-le, lança Jared en glissant les mains sur mon short pour saisir mes fesses.

Elvis chanta encore et encore et encore. J'appuyai mon membre contre celui de mon fiancé, tentant d'ignorer *That's All Right Mama*, mais en vain.

— Laisse-moi juste… désolé, attention à tes boules.

Je gigotai sur le canapé, récupérai mon portable et le claquai contre mon oreille.

— Stan, mon gars, qu'y a-t-il ?

— Pourquoi mon téléphone sonne soixante-douze fois ?

Ton cerveau va pas bien ? J'appelle la police après quatre-vingts sonneries, alors j'étais inquiet et j'ai pris autre téléphone pour envoyer la police, qu'elle vérifie ta tête.

— Mec, ma tête va bien. Je n'ai pas décroché parce qu'on se mettait dans l'ambiance, avec Jared.

Ce dernier émit un bruit impatient. Je partageais son sentiment.

— Dans quelle ambiance ?

— Tu sais… *dans l'ambiance* ?

— Dans l'ambulance ?

— Non, Stan, on ne montait pas dans une ambulance. Il s'apprêtait à me montrer son Jésus.

Jared ricana.

— Mais on n'est pas dimanche, on n'est que vendredi. Il y a un truc pour Jésus, le vendredi ?

Sa réponse me fit éclater de rire.

— Mec, non, on allait baiser.

— Ah, baiser, oui, *ça*, je connais ! Eh bien, tu peux aller baiser avec son Jésus dans une minute. Je travaille sur mon discours pour le dîner du mariage, comme je suis ton meilleur ami. Mes mots sont bien, mais je suis pas sûr que la phrase est correcte. Tu veux bien m'aider ? Erik est en burnout et ses mots ne sont pas corrects, pour l'instant.

— Il est en burnout ? demandai-je en jetant un coup d'œil confus à Jared qui se contenta de hausser les épaules.

— Il a passé une très mauvaise journée avec les enfants. Eva est dans sa période de femme et elle a pleuré parce que Pavel a mangé toute la glace au caramel. Pavel et Noah ont peint la cabine de douche. Je sais pas vraiment comment ils ont pu trouver la peinture dans le garage, ouvrir le pot et porter de la peinture rose jusqu'à la douche de Mama, mais maintenant, on dirait des oisillons couverts de jus de fruits. Même les cheveux sont roses. Alors Erik et moi, on a lavé les enfants pendant qu'Eva pleurait et que Mama faisait une bonne soupe qu'aucun enfant ne va manger parce qu'elle est à la betterave. Beaucoup de cris et de pleurs. Et maintenant, Erik est en burnout et je cherche quelqu'un pour m'aider à trouver bons mots avec le discours pour mariage de mon meilleur ami.

— D'accord, donne-moi une minute, dis-je avant de baisser les yeux vers Jared. Erik est en burnout et les enfants sont agités. On peut reprendre dans une dizaine de minutes ?

— Bien sûr. Apporte les fraises quand tu viens te coucher.

Il m'embrassa dans une promesse impétueuse avant de glisser hors du canapé, son sexe étirant son pantalon de survêtement.

Je m'humidifiai les lèvres, posai ma paume sur mon érection et me concentrai sur Stan ainsi que son discours pour le mariage. Quarante minutes plus tard, je pus raccrocher. Ma tête palpitait. Démêler de l'anglais déformé tout en essayant de comprendre ce que Stan essayait de coucher sur papier avait été comme tenter de résoudre une équation algébrique compliquée. Les maths auraient même été moins épuisantes. Nous n'avions pas été très loin.

J'envoyai un bref message dans notre groupe Pokémon pour dire que je n'allais pas m'entraîner, ce soir, et je levai les yeux au ciel en voyant le commentaire déplacé d'Adler qui affirmait que j'étais un vieux schnock marié. Je posai ensuite la question concernant l'organisateur de mariage avant de laisser mon portable sur la table basse et de poser mes pieds nus sur le tapis. Je passai alors dix minutes à récupérer, puis à aspirer les restes de cacahuètes sur le sol, avec ce petit aspirateur à main que Jared aimait tant.

Près d'une heure après que Jared s'était mis au lit pour m'attendre, je me hâtai dans la chambre, avec un bol de fraises rouges juteuses à la main et mon sexe palpitant. Je trouvai mon fiancé en train de ronfler légèrement, ses lunettes sur son nez et le livre écrit par un maire gay de l'Indiana ouvert contre son torse.

Un soupir d'épuisement vida mes poumons. Rejoignant mon côté sur la pointe des pieds, je posai les fraises sur ma table de nuit, retirai mon short et me glissai sous les doux draps imprimés. L'attrait de mon homme me poussa à m'installer au milieu du lit, une fois que j'eus éteint la lumière de mon côté. Le sien flamboyait toujours d'une douce lumière blanche. Allongé là, à le regarder, je ressentis un millier de choses à la fois. De l'amour, bien sûr, une tonne d'amour, mais également de la fierté, du désir, du bonheur, de la joie, de l'espoir, de l'inspiration, de la satisfaction, de l'amusement et de l'émerveillement. J'étais encore époustouflé qu'un homme comme Jared Madsen aime un gars comme moi. Mis à part mes quelques talents avec une crosse et un palet, je ne comprenais pas ce qu'il trouvait si attirant, chez moi et mes neurones pas entièrement normaux.

— J'ai toujours aimé les Studebaker, marmonna Jared avant de se réveiller en clignant des yeux.

Son regard se posa sur moi, alors que j'étais allongé à ses côtés.

— Ah, merde, ça n'avait aucun sens, hein ?

— Pas vraiment, non.

Je gloussai quand il referma son livre.

— Ce roman se déroule à South Bend, où ils

fabriquaient les Studebakers. Mon grand-père en avait une vieille. Elle était noire et blanche, avec une boîte de vitesse manuelle et une radio en AM.

Il se décrocha la mâchoire en bâillant, alors que ses paupières étaient alourdies par le sommeil.

— J'ai appris à conduire avec cette vieille voiture. J'avais douze ans. Je t'ennuie ?

— Pas du tout.

Il m'attira contre lui avant de s'endormir. Une fois qu'il fut parfaitement assoupi, je me dégageai de son bras lourd, retirai ses lunettes de DILF et les posai sur sa lecture actuelle sur la table de nuit. Mes doigts heurtèrent le bol en plastique contenant les fraises. Je souris lorsqu'il me prit en cuillère, un instant plus tard, son torse se collant à mon dos tandis qu'il passait un bras au-dessus de ma hanche. La lumière était toujours allumée de son côté, mais quand je claquai des mains – oui, nous étions ce genre de couple – elle s'éteignit. Je me demandai si je devrais remettre les fraises au frigo, mais à vrai dire, Jared se réveilla avec quelques idées succulentes incluant ces fruits réchauffés. Une fois qu'il m'eut arraché un orgasme époustouflant en n'utilisant que les fraises, ses doigts et le bout de sa langue, je me rendormis, satisfait et poisseux.

Jared me secoua pour me réveiller un moment après le festival de l'amour et du fruit.

— Trent est au téléphone. Il est légèrement… euh, eh bien, comment le décrirais-tu ?

— Il est légèrement Trent ? dis-je d'une voix rauque et ralentie par mon sommeil.

— Ça fonctionne.

Il me tendit son portable. Je m'assis, alors que des morceaux de fraises étaient toujours collés à mes testicules et à mon dos, puis je fis rouler mon cou. Plusieurs trucs craquèrent à l'intérieur.

— Est-ce qu'il est légèrement Trent ou totalement Trent ? demandai-je en coinçant le portable sous mon aisselle pour étouffer ma conversation avec Jared.

— On se rapproche du « totalement », chuchota-t-il avant de se lever du lit en pagaille et de marcher vers la salle de bain, une petite queue de fraise collée sur ses jolies fesses.

Je souris intérieurement. Heureusement, car le patineur artistique à l'autre bout du fil était en mode « totalement Trent », ce qu'on ne devrait pas avoir à gérer sans avoir pris une douche et bu un café.

— Salut, Trent, quoi de neuf ? demandai-je d'une voix rocailleuse.

— *Tu demandes un organisateur de mariage à trois semaines du grand jour !?*

— On pensait pouvoir se débrouiller seuls.

— *Nom d'un chien !*

Ouais, j'avais terriblement besoin d'un café.

DEUX

Jared

———

Je trouvai Ten exactement où je m'y attendais. Il se planquait.

— Je te jure que si tu me laisses seul avec lui… avertis-je mon fiancé, qui eut au moins la décence d'avoir l'air honteux.

— Jared, s'il te plaît, ne m'y oblige pas, geignit-il avant de s'enfoncer un peu plus dans notre salle de bain et de ranger son portable dans sa poche. Je n'en peux plus.

Je fermai la porte et la verrouillai, avant de croiser les bras et de lui lancer mon regard breveté de coach. Il n'arriva pas à le soutenir et il fixa plutôt le sol en glissant son orteil sur le carrelage crème.

— Tu nous as dit que tu allais aux toilettes, lui fis-je remarquer.

Ten me sourit, avant de me désigner l'ensemble de la pièce.

— Et j'y suis.

— Non, tu as sous-entendu que tu allais utiliser les toilettes et revenir directement.

Il plissa le nez, ce que je trouvais habituellement adorable. Mais à cet instant, alors que j'étais sacrément stressé, ce geste m'agaçait.

— J'ai dit que j'allais aux toilettes. Je n'ai jamais dit que j'allais revenir.

— Tennant Rowe, ramène ton cul dans le salon. Tu vas écouter Trent, tu vas hocher la tête devant lui et tu ne me quitteras plus pendant une heure.

— Une heure !

Ten avait recommencé à geindre d'une voix rauque, tout en laissant ses épaules retomber.

— Mais qui a des roses vertes, déjà ? demanda-t-il d'une voix si mélancolique que je faillis céder.

— Le vert est assorti à tes yeux. Trent l'a expliqué.

— Mais il a passé vingt minutes à parler des différentes variétés. Vingt longues minutes qui ont détruit mon âme et à cause desquelles je jure que mon cerveau a coulé par mes oreilles.

Il appuya ses doigts contre ses tempes et me lança un regard calculateur.

— Peut-être que ce serait mauvais pour mon cerveau, suggéra-t-il.

Il semblait presque heureux d'avoir trouvé une idée qui l'excuserait.

— Oh, non, tu ne vas pas te servir de ta blessure à la tête comme d'une défense.

On frappa à la porte, ce qui nous fit sursauter tous les deux.

— Laissez-moi entrer, chuchota quelqu'un.

Enfin, pas *quelqu'un*. Nous savions tous les deux de qui il s'agissait. J'ouvris prudemment la porte au cas où il s'agirait d'un piège. Il n'y avait aucun signe de Trent. Je laissai donc entrer un Dieter Lehmann pathétique et reconnaissant dans la salle de bain avant de fermer la porte et de la verrouiller. Nous avions une grande salle de bain, assez grande pour que Ten et moi puissions vivre des moments sexy, avec une grande douche à l'italienne et une baignoire en coin. Mais quand on ajoutait un autre joueur de hockey, qui semblait légèrement inquiet, l'espace devenait un peu restreint.

— Vous devez me sauver, nous implora-t-il. Demandez-moi d'aller acheter à manger ou quelque chose d'autre. Je peux aller récupérer des plats chinois ou aller dans ce restaurant italien. Je vous promets que je reviendrai tout de suite après.

Je le vis échanger un regard avec Ten. Dieter était le seul qui pouvait nous aider à chasser Trent.

On frappa à nouveau à la porte et nous nous retournâmes pour la regarder d'un air coupable.

— Les garçons, à moins que vous soyez en plein ménage à trois, auquel cas je veux entrer, vous devez tous sortir vos culs d'ici, *maintenant*, lança Trent d'un air déterminé.

— Je ne peux pas, murmura Ten.

— Moi non plus, renchérit Dieter d'une voix légèrement gémissante.

— Ne m'y oblige pas, ajouta mon fiancé.

Dieter avança vers la fenêtre.

— On est où ? Au deuxième ? Je peux sauter.

Ten se joignit à lui et ils observèrent tous les deux le patio sous notre fenêtre.

La situation dégénérait, et même si je voulais la trouver amusante, j'étais tendu et commençais à avoir mal à la tête. Je n'avais qu'une envie : me blottir avec Ten sur notre canapé et regarder des films nuls sur Netflix. J'ouvris la porte avec une élégance théâtrale et Trent manqua de tomber à l'intérieur. Je réussis à le rattraper lorsqu'il chuta depuis le battant de la porte sur lequel il était appuyé, et je me retrouvai avec les bras chargés de soie et de satin. Ten et Dieter étaient figés près de la fenêtre et j'avais Trent dans les bras. Nous restâmes à nous fixer, les uns les autres.

— Qu'est-ce que vous faites ?

Trent se redressa avant de m'épousseter pour chasser les paillettes de mon pull des Railers. Il regarda autour de lui, se demandant quoi faire des particules argentées. Il les écrasa finalement sur son haut.

Ten ne dit rien. Dieter ne dit rien. Il ne restait que moi.

— Je suis venu chercher Ten. Il se cachait.

— J'ai mal à la tête…

— Il fallait que j'aille aux toilettes…

Dieter et Ten prirent la parole au même moment et je les laissai se débrouiller tous les trois. Je retournai dans l'endroit qui, auparavant, était notre salon avec des canapés confortables et une télévision à écran plat. À présent, il s'agissait du QG du mariage, ou du moins, c'était ainsi que Trent l'appelait. Il avait installé des tableaux blancs, dont trois étaient placés devant la télé : l'un pour le lieu, le second pour les invités et le dernier pour ce qu'il appelait les détails. L'un d'eux concernait les roses vertes, assorties aux yeux de Ten. Ou quelque chose du genre.

Je traversai la pièce et partis dans la cuisine, pour récupérer autant de bières que possible, ainsi qu'une bonne dose de friandises mauvaises pour la santé. Je m'assis sur le canapé.

Ten réapparut en premier. Il entra dans la pièce d'une démarche chaloupée avant de s'asseoir à côté de moi.

— Tu m'as abandonné, m'accusa-t-il avant de plonger la main dans le paquet de Cheetos pour en ressortir une poignée pleine de miettes qu'il mit dans sa bouche.

— Tu croyais vraiment que tu allais pouvoir rester dans la salle de bain aussi longtemps ?

Il bouda adorablement, la bouche pleine de Cheetos.

— J'ai réussi à tenir dix minutes. Ça se passait bien.

— Onze minutes et trente-deux secondes.

Je désignai ma montre, qui affichait le temps avec des chiffres néon.

— Je t'ai chronométré dès la seconde où tu as quitté le canapé.

— Je crois que je te déteste, marmonna-t-il.

Une réplique cinglante était sur le bout de ma langue, mais ce fut au tour de Dieter de revenir dans la pièce d'un pas feutré. En passant devant moi, il saisit la moitié des bières et des friandises, avant de les emporter vers le fauteuil près de la fenêtre.

— Si je meurs d'ennui, je veux au moins être bourré, déclara-t-il en avalant presque cul sec le contenu d'une bouteille.

Heureusement, la saison était terminée – voilà la seule chose à laquelle je pensai en le regardant boire.

Finalement, Trent fut de retour, avec un regard déterminé. Il pensa qu'il était important de résumer ce que nous avions, jusqu'à maintenant.

J'arrêtai d'écouter après la quatre-vingt-dix-septième mention des roses.

Un tremblement de terre interrompit ensuite mon joli rêve dans lequel j'étais assis sur un banc, dans un endroit chaud. Je me réveillai en sursaut et me rendis compte que c'était Ten, qui me secouait.

— Qu'est-ce que tu en penses ?

Je clignai des yeux en le regardant, avant de me focaliser sur Trent.

— Est-ce que tu peux euuuuh… résumer ?

— La dégustation de gâteaux aura lieu mardi. J'aimerais la caler avec votre essayage pour les costumes.

— Attends. J'ai déjà un costume. Celui que j'ai porté lors de la soirée casino.

Je tournai la tête pour regarder Ten, qui avait écarquillé les yeux comme pour me prévenir de quelque chose.

— Tu te souviens, chéri ? Tu as adoré ce costume.

— Un costume d'occasion pour ton mariage ? riposta Trent d'une voix étonnamment calme. Ensuite, tu vas me dire que tu veux que j'achète un gâteau au supermarché et que j'enlève l'inscription « joyeux anniversaire » pour ton grand jour.

— Bien sûr que non, rétropédalai-je. Pour le gâteau… et… euh… Un nouveau costume. Évidemment. Je ne faisais que plaisanter.

Trent baissa les yeux vers son poignet, comme s'il consultait une montre, ce qui n'était pas le cas, car il n'en avait pas, mais son regard était vraiment insistant.

— Deux semaines et six jours, Jared, nous n'avons pas le temps de plaisanter.

— Non, Monsieur, répondis-je impassiblement.

Il haussa l'un de ses sourcils parfaits. J'avais affronté les meilleurs joueurs de la ligue, mais ce simple haussement de sourcil de la part de Trent fut suffisant pour que je me recroqueville et fasse comme s'il était vital que je choisisse exactement le Cheeto parfait dans le sachet.

— Alors, on est d'accord pour la date, pour le gâteau et le costume. Je vais ajouter ça à l'emploi du temps et vous envoyer le mot de passe.

Des emplois du temps avec des mots de passe ? J'avais clairement loupé des informations importantes, et je ne pouvais qu'espérer que Ten ait pris des notes.

Quand Trent partit, ou plutôt, quand Dieter réussit enfin à le persuader que Ten et moi avions besoin de temps pour réfléchir à nos options, le silence dans la pièce fut assourdissant.

— Je ne sais pas… ce que… ouais… réussis-je à dire.

— Il y a pire, marmonna Ten avant de me montrer son portable.

Il s'agissait d'une conversation de groupe et je lus son intitulé à voix haute.

— Sexe, drogues, groupies, etc. Qu'est-ce que c'est ?

— C'est une discussion pour notre enterrement de vie de garçon.

— Ça n'a pas du tout l'air de mauvais augure.

— Ouais, eh bien, les mecs ont décidé qui organiserait notre week-end d'enterrement de vie de garçon.

— Quel week-end d'enterrement de vie de garçon ?

Je n'avais aucun souvenir d'un week-end. La dernière fois que nous en avions discuté, cette fête ne consistait qu'en un repas sympathique, avec du vin et de la bière, bien sûr, dans un restaurant du coin. Du moins, c'était *mon* idée. Nous allions probablement faire les choses en grand et réserver toute une salle, mais voilà tout.

— Stan voulait que ça se passe à Vegas… annonça Ten en faisant défiler la conversation. Mais Connor lui a fait remarquer que s'il restait des gars de l'équipe de Vegas là-bas et qu'ils nous remarquaient…

Il ne m'en expliqua pas davantage, mais je pus compléter sa phrase.

— Alors ensuite, c'est arrivé.

Il fit à nouveau défiler la conversation et me tendit le téléphone. Je lus le commentaire.

Puis je le relus.

Nous savions avec certitude qu'un joueur de l'équipe des Railers pouvait causer le chaos, mettre le bordel, parler de façon inappropriée et être, en général, un emmerdeur avec tout le monde.

— Non, grognai-je.

— Si, répondit Ten.

— S'il te plaît, ne me dis pas que c'est Adler Lockhart qui organise notre enterrement de vie de garçon.

— Il s'est porté volontaire et personne ne l'en a empêché, m'expliqua Ten.

Je grognai avant de me frotter les yeux. Je me rendis alors compte d'une chose.

— Quand est-ce que c'est devenu un week-end entier ?

— Je n'en sais rien. Appelle-le et dis-lui qu'on ne veut qu'une soirée, dans un endroit près d'ici, et uniquement avec les amis. En privé.

— Dis-lui, toi, rétorquai-je.

Je faisais tout mon possible pour éviter d'interagir avec Adler sur le plan social, par peur d'être la prochaine victime de l'une de ses stupides blagues.

— C'est toi qui as mon téléphone, répondit Ten en s'enfonçant sur le canapé, s'asseyant sur ses mains et fermant les yeux avant de soupirer. Fais-le, toi.

J'allais insister, mais Ten avait l'air épuisé. Cette

inquiétude le concernant me mordillait constamment, au fond de mon esprit.

— D'accord, dis-je en tapant un bref message.

Une soirée, non négociable, pas de week-end, pas de drogue, pas de sexe et pas de groupies. Je signai de mon nom, pour qu'ils sachent qu'il ne s'agissait pas de Ten, mais à la dernière seconde, j'ajoutai également son nom. Après tout, nous étions tous les deux impliqués.

Le groupe de discussion s'enflamma immédiatement. Stan rabâcha son idée d'aller à Vegas, Adler affirma que nous gâchions tout ce qu'il prévoyait de marrant, Layton tenta de le canaliser, Erik proposa Toronto au lieu de Vegas, Ben suggéra que nous organisions ça dans son chenil, et enfin, Max approuva l'idée d'Erik, mais aussi celle de Ben. Je désactivai les notifications de la discussion et enfonçai le téléphone entre les coussins avant de m'affaler à côté de Ten.

— Mais qu'est-ce qu'on fait ?

Dans un mouvement fluide, Ten chevaucha mes cuisses. Il était bien plus guilleret que quelques secondes plus tôt, ce qui était suspicieux. Il prit mon visage en coupe et m'embrassa. Toutefois, j'étais stressé, fatigué et dépassé.

Il s'assit sur mes genoux et inclina la tête.

— Laisse-les s'emballer. Tant que nous sommes ensemble, que nous déclarons nos vœux, que nous sommes *nous-mêmes*, alors le reste n'est qu'un bruit de fond, affirma-t-il avant de se pencher pour m'embrasser à nouveau.

Cette fois-ci, je lui répondis, gigotant légèrement pour qu'il tienne parfaitement sur mes cuisses.

— Mais imagine si on s'enfuyait sur une plage. Avec l'océan, le ciel à perte de vue et des hamacs.

— Le ciel serait de la même couleur que tes yeux, murmura Ten avant de m'embrasser. Et je nous imagine en train de boire des cocktails fruités avec de minuscules ombrelles.

— On pourrait encore le faire.

Ten gloussa au fond de sa gorge.

— Ma famille aurait le cœur brisé, Ryker me tuerait, Trent contacterait le FBI et, dans tous les cas, tout ça n'est pas *si* mal. Ensemble, on peut gérer, et notre journée sera spéciale et parfaite.

Il m'embrassa à nouveau, et cette fois-ci, je commençai à bander, lui aussi, et je voyais bien ce moment dériver vers des ébats sur le canapé.

Son portable vibra, profondément enfoncé entre les coussins, et il ne pouvait s'agir du groupe de discussion, comme j'avais désactivé les notifications de ce bazar. Il tendit instinctivement la main et jeta un coup d'œil à l'écran avant de grimacer.

— Qui est-ce ? demandai-je alors qu'il décrochait.

Il secoua la tête.

— Oui, Brady ?

J'entendis une partie de la réponse de son frère, mais pas suffisamment pour la comprendre. Ten ferma les yeux et laissa échapper un vif soupir.

— Non, je vous veux tous les deux. Oui, Adler s'occupe de l'enterrement de vie de garçon et non, ça ne va pas durer un week-end entier. C'était ça, le problème ?

Il soupira à nouveau. Ce que Brady lui disait ressemblait probablement au discours habituel d'un grand frère et Ten y était habitué, à présent.

— Quoi ? demanda Ten avant de se redresser sur mes genoux, de glisser sur le côté et de me lancer un regard qui signifiait « c'est quoi ce délire ».

— Quoi ? articulai-je silencieusement.

— Sérieusement, Brady ? rétorqua Ten au téléphone avant de mettre le haut-parleur pour que j'entende.

— … et ils ont dit que l'interview serait informelle, qu'ils nous voulaient tous les trois, pour faire un portrait. J'ai dit que j'étais certain que ça ne te dérangerait pas d'être le phénomène gay du hockey.

Brady rit à sa propre blague.

— Tu sais que Jamie et toi, vous allez finir par vous retourner contre moi et me faire passer pour un mec stupide.

— Évidemment, répliqua Brady. C'est notre boulot. Et si tu te défiles alors qu'on a dit oui, tu passeras pour le petit frère pourri gâté et pleurnichard.

— Va te faire foutre, Brady, lança Ten sans aucune animosité.

— Ils veulent que tu fasses les gros titres. Je ne sais pas pourquoi. Après tout, c'est moi qui joue pour l'une des six équipes originelles…

Il gloussa, car c'était sa réplique habituelle quand on lui rappelait que Ten jouait pour les Railers.

Ten fixa son portable du regard.

— Une des six équipes originelles qui n'arrive pas à battre les Railers.

Brady ne répondit pas à cette provocation.

— Bien, alors c'est d'accord. Samedi, chez maman.

— Et si on est occupés, samedi ?

Ten me lança un regard plein d'espoir, mais je n'avais

rien à suggérer. Ce week-end était libre. Nous n'avions qu'à faire en sorte d'esquiver Trent.

— Ouais, bien sûr, comme si deux mecs sans enfant pouvaient faire autre chose que de se la couler douce dans leur lit. Je t'enverrai les détails et on se verra là-bas. Salut, loser.

Ten regarda son portable une fois que l'appel prit fin, et le posa ensuite sur la table basse.

— *Harrisburg Hockey Now* veut une interview des frères Rowe.

Il n'avait pas besoin de m'expliquer, j'avais déjà fait le rapprochement.

— Bon, ça n'a pas l'air si mal. On peut appeler Layton et il nous donnera quelques tuyaux pour que tu évoques le mariage.

Ten grimpa à nouveau sur mes cuisses.

— Après, dit-il avant de m'embrasser. On peut parler à Layton. Après.

Embrasser Ten était bien plus divertissant que de planifier un mariage, que d'accorder des interviews, et que d'assister à un enterrement de vie de garçon.

C'était infiniment plus marrant.

TROIS

Tennant

———

— ... DEMANDER MON AVIS SUR LES SERVIETTES. LES BORDS devraient-ils être argentés ou bleus ? Ou devrions-nous simplement opter pour une bordure en couture blanche ? Franchement, qui pense à ces trucs-là ?

— Quelqu'un qui planifie un mariage ? rétorqua Gatlin d'un ton impassible.

— Ah, ouais, bon, je te l'accorde, mais pas moi. Tu as déjà débattu sur la bordure d'une serviette ?

— Il y a des jours où j'ai de la chance si je n'oublie pas d'en *utiliser* une.

Je ricanai, amusé.

— Sérieusement.

— Tu vas bien ?

— Ouais, je vais bien. C'est sympa de pouvoir se détendre et de parler de choses et d'autres.

— Préviens-moi si tu as besoin de t'étirer.

Je levai les pouces avant d'ouvrir les yeux. Gatlin me sourit, son pistolet à tatouage tout juste trempé dans une belle et riche couleur dorée.

— On en a encore pour deux heures environ et on m'a ordonné de faire en sorte que tu n'aies pas la nuque raide.

Je levai les yeux au ciel, les accords déchaînés de *Master of Puppets* par Metallica plongeaient le salon de tatouage de Gat dans une ambiance rock.

— Il est pire que ma mère. Ne lui dis pas que je t'ai dit ça, marmonnai-je en m'étirant légèrement sur la table bien rembourrée.

Profitant de la pause offerte par les finitions du contour de mon lion, je m'étirai légèrement, les bras au-dessus de ma tête et les jambes tendues. Mon cou était endolori, mais ce n'était pas grave. Il était temps de couvrir cette cicatrice et de dissimuler toute preuve de la soirée qui avait failli mettre fin à ma carrière.

— Ah, Jared t'aime. Je m'inquiète constamment pour Bryan. Vous, les enfants, vous pensez toujours que vous êtes invincibles.

Il ajusta les lunettes sur son nez avec son auriculaire couvert de latex violet. J'adorais qu'un mec qui ressemblait à Gatlin – tatoué de la tête aux pieds – porte des gants médicaux aux couleurs de l'arc-en-ciel.

— Tu veux boire quelque chose ? Faire une pause pipi ?

— Non. Prends une heure pour le remplissage et ensuite on fera cinq minutes de pause.

— D'accord, mais si ça devient trop intense…

— Mec, c'est bon. C'est guéri. Tu as vu le mot que le chirurgien m'a transmis.

— Ouais, ouais, je sais. Mais quand même, si c'est trop difficile, dis-le.

— Je le ferai.

Je fermai les yeux et posai la tête sur le petit coussin avant d'offrir mon cou à Gatlin. Il se rapprocha sur son tabouret roulant et commença à colorer le lion doré. La bête royale du blason des Rowe serait encrée pour toujours dans ma peau, debout sur ses pattes arrière et tenant une épée argentée. Une élégante couronne dorée était posée sur sa tête. Il s'agissait non seulement du symbole des racines anglaises de la famille Rowe, mais également de mon courage, de ma bravoure et de ma force, lorsque j'avais récupéré après ma lésion cérébrale. Ces mots fleuris avaient été ceux de Gatlin, pas les miens. Je voulais que cette horrible cicatrice soit couverte afin qu'elle cesse de nous rappeler, à moi et à tous ceux qui la voyaient, que j'étais passé à deux doigts de la mort.

La vibration du pistolet à tatouage était régulière et, ouais, à plusieurs reprises pendant ce rendez-vous de trois heures, je grimaçai et jurai, mais lorsque cela fut terminé, cette petite gêne en avait vraiment valu la peine.

— Alors, tu aimes ? demanda Gatlin en arrivant derrière moi avec ses lunettes sur sa tête pendant que j'admirais le magnifique lion anglais qu'il avait tatoué sur le côté de mon cou.

— Mec, c'est carrément *bestial* !

Je relevai le menton et tournai la tête sur le côté. Le lion Rowe bougea en même temps que moi, sa gueule s'ouvrant comme pour laisser échapper un puissant rugissement.

— Ouais, ça donne encore mieux que je ne l'avais imaginé.

Il me sourit par-dessus mon épaule. Le téléphone de la boutique sonna.

— Retrouve-moi à la caisse pour les instructions post-tatouage.

Il me donna une claque sur l'épaule avant de s'en aller d'un pas pressé pour décrocher.

Je restai planté là une ou deux minutes supplémentaires, admirant l'œuvre d'art, même si la peau en dessous et autour était toujours rouge et gonflée. Le lion semblait prêt à rugir. Je savais que c'était mon cas. Il existait un certain Raptor, dont le numéro serait tatoué de façon permanente dans mon esprit, comme le gros félin qui était désormais encré sur ma peau. Nous jouerions à nouveau contre l'équipe d'Arizona. Je serais rétabli et en forme. Je serais en quête de représailles pour les trois pour cent de fonctions cérébrales qui m'avaient été enlevés.

— Ten, tu admires toujours ta belle gueule ? cria Gatlin.

Je gloussai, attrapai ma casquette Railers sous la table et allai payer l'homme qui m'avait quasiment permis de laisser derrière moi cette époque sombre une fois pour toutes.

LE LENDEMAIN ÉTAIT un vendredi ensoleillé, et ma famille se réunit à la table de cuisine de mes parents aux alentours de midi. Jared était assis devant l'îlot central et sirotait son café, tentant de rester hors de portée de vue des caméras. Brady et Jamie avaient insisté pour qu'il participe, même si leurs femmes étaient dans leurs villes respectives. Toutefois, cela ne me dérangeait pas d'avoir de la compagnie pendant le vol. Quelques heures à tenir la main de mon homme, sans qu'un patineur artistique s'agite autour de nous, étaient un soulagement.

— Vous êtes prêts ? demanda Joy Pak.

Elle était l'unique femme asiatique journaliste dans le

nombre infini de demandes d'interview avec la famille Rowe. Layton l'avait choisie spécifiquement pour sa sensibilité sociale et parce qu'elle avait tendance à être mise de côté par les hommes blancs, journalistes sportifs. Je hochai la tête lorsqu'un ingénieur du son tritura le micro attaché à mon débardeur.

Une fois l'équipe technique hors du champ de la caméra, les lumières furent allumées, tout comme la caméra, et ce fut l'heure du spectacle. Joy s'assit à côté de mon père et à la gauche de Brady.

— Bonjour et bienvenue pour l'interview spéciale d'*Harrisburg Hockey Now* avec la famille royale du hockey, les Rowe, lança Joy en souriant à la caméra. Dites-nous comment c'était, de grandir ici, à Myrtle Beach. Les spectateurs n'associent généralement pas le hockey sur glace avec le sable et les palmiers.

— C'est génial d'avoir grandi ici, répondit Brady en prenant le contrôle de l'entretien, car... eh bien, c'était Brady. Le hockey se fait lentement une place sous la ligne de Mason-Dixon et rencontre pas mal de succès. Il y a de la place à la fois pour les patins et pour les crampons des joueurs de football dans le cœur de la plupart des fans, au sud du pays.

Nous hochâmes tous la tête lorsque l'aîné des Rowe s'exprima.

— Qui a le meilleur lancer ? demanda Joy avec une douce innocence qui contrastait avec le pétillement malicieux de son regard.

— Probablement Tennant, admit Jamie.

— Seulement parce qu'on lui a appris à bien tirer, ajouta rapidement Brady.

Tout le monde gloussa. Jared m'adressa un clin d'œil

alors que je jouais le jeu et paraissais aussi humble que possible. C'était vrai. Je tirais mieux que mes deux frères, mais la vantardise n'était pas dans les habitudes des joueurs de hockey. Jamais.

— Qu'avez-vous ressenti quand Tennant a fait son coming-out ? demanda Joy en chassant l'ambiance joviale pour passer à un sujet plus sérieux.

— J'étais fier. Incroyablement fier, déclara mon père.

Mes frères hochèrent la tête. Maman était assise là, avec sa tasse de thé et ses yeux légèrement embués. Elle fixait silencieusement mon cou.

— Qui marquera le plus de buts, cette année ? demanda ensuite Joy en nous éloignant avec une habilité experte des sujets profonds afin que nous ne nous morfondions pas sur les politiques d'égalité dont tant de fans se plaignaient.

— Oh, moi, c'est certain, se vanta Brady.

Jamie s'étouffa avec son café. Jared ricana dans sa tasse et je haussai les sourcils en regardant le grand défenseur.

— Mec, tu as marqué six buts l'année dernière, lui fis-je remarquer.

Jamie récita ensuite les statistiques de points de Brady sur ses quatre dernières années. Il était bon dernier dans le compte des frères Rowe.

— Les défenseurs n'ont pas le temps de marquer des buts. On fait le boulot pour que vous, les superstars, vous ne soyez pas fauchés chaque fois que vos patins touchent la glace. N'est-ce pas, Jared ?

Brady se tourna vers mon fiancé.

Celui-ci leva une main quand la caméra zooma sur lui.

— Ne m'implique pas dans cette conversation. Je ne suis que votre futur beau-frère.

— Comment se passent les préparatifs du mariage, Ten ? demanda Joy.

Je souris à la caméra et inventai quelques déclarations mielleuses pour dire que les choses se mettaient en place. Ce n'était pas comme si je pouvais dire que les plans du mariage étaient désastreux et chaotiques.

— Jared et vous, prévoyez-vous d'avoir des enfants, un jour ?

La cuisine devint horriblement silencieuse. C'était un sujet que maman n'avait pas osé aborder avec moi, même si elle avait exprimé ses inquiétudes auprès des Lisa, qui m'en avaient informé en douce.

— Eh bien, j'aurai un fils, Ryker, quand je dirai « oui », alors, c'est assez pratique, lançai-je.

L'ambiance s'allégea légèrement. Nous discutâmes nonchalamment de Ryker et du hockey universitaire. Joy posa ensuite une nouvelle question qui était tout sauf légère.

— J'ai une question pour Brady et Jamie. Qu'avez-vous ressenti en voyant Tennant gagner la coupe ?

Je me tournai vers Brady, qui me fixa.

— C'était probablement l'un des moments les plus grisants de ma vie.

Quelque chose se passa et je vis l'amour dans ses yeux, même si je l'oubliais parfois. Brady pouvait être l'un des plus gros salauds que j'avais jamais connus, il était également l'un de mes plus grands supporters.

Maman renifla dans son thé. Papa donna une claque sur l'épaule de Brady et Jamie m'étreignit d'un bras.

— Lequel d'entre vous est le plus effrayant lors des échappées ? demanda ensuite Joy.

Notre émotion s'estompa alors et nous replongeâmes dans le monde de la compétition fraternelle.

— Jamie, dis-je.

Il gonfla le torse.

— C'est vrai, mais Ten est doué. Brady est trop vieux et trop lent pour éblouir quiconque lors d'une échappée, déclara Jamie avant que notre frère le taquine en lui assénant un coup dans le bras.

Suite à cela, nous discutâmes indolemment de hockey et de ce que nous imaginions pour nos équipes, lors de la prochaine saison. Joy nous remercia une fois que les lumières furent remballées et nous la saluâmes dans le jardin.

— Vous n'imaginez pas ce que ça signifie pour moi d'avoir été choisie.

Elle me serra fermement la main. Un large sourire se dessina sur son visage et le vent chaud qui soufflait autour de la maison ordonnée de mes parents ébouriffa ses longs cheveux noirs.

— Encore merci.

— Avec plaisir.

Je m'appuyai contre Jared et fis un signe de la main au van qui emportait l'équipe technique loin de notre adorable petite rue digne de la classe moyenne.

— Elle était sympa, dis-je.

— Jolie, aussi, ajouta Jared.

Je lui jetai un bref coup d'œil, comme pour lui dire : *oh, sérieusement*. Il m'embrassa sur la tempe.

— Mais pas aussi jolie que toi.

— Pfff, ouais, c'est ça.

Je ris et lui pris la main avant de le mener dans la pièce climatisée. Le gang était toujours dans la cuisine, lavant les tasses à café et nettoyant les miettes de gâteaux qui jonchaient la table.

— Je dois aller à la boutique, dit Papa en me pinçant l'épaule et en serrant la main de Jared. Je vous verrai pour le grand jour. Essayez de ne pas être trop nerveux. Si vous choisissez la bonne personne, le mariage est une joie.

— Bien joué, mon chéri, dit Maman en mettant les tasses dans le lave-vaisselle.

Papa nous fit un clin d'œil avant de partir au travail. Jamie et Brady devaient passer au magasin du coin pour acheter quelque chose, et je me retrouvai donc à essuyer la table de la cuisine tandis que Jared s'éclipsait pour appeler le fleuriste puisque Trent était « *carrément trop sous l'eau pour passer un coup de fil concernant les fleurs* » !

— Ne fais pas tomber les miettes par terre, Tennant, me cria maman de l'autre côté de la pièce.

Comment pouvait-elle le savoir ?

— Le Roomba les attrapera, répliquai-je.

Elle s'exclama avant de commencer à pleurer. Mon cerveau dérailla légèrement. Le Roomba était-il mort ? Pourquoi serait-elle aussi bouleversée à cause de ça ?

— Maman ?

Je lançai la lavette dans l'évier avant de me précipiter vers ma mère.

— Qu'est-ce qui ne va pas ? Je te promets que je ne mettrai plus jamais de miettes par terre.

— Oh, chéri.

Elle toussa, avant de tendre ses mains minuscules pour prendre mon visage en coupe.

— Ce ne sont pas les miettes, c'est… oh, ce fichu lion.

— Tu n'aimes pas le tatouage ?

— Tennant, j'adore qu'il couvre la cicatrice. Je sais à

quel point tu la détestais. Simplement, quand je regarde ce lion, je te vois, allongé sur la glace… tout ce sang…

— Ah, maman, chhhut.

Je la serrai contre moi.

— N'y pense pas. Je suis là, je vais bien et tu auras ton premier petit-fils, Ryker.

Elle toussa et renifla contre mon torse.

— Nous avons failli te perdre.

— Non, loin de là, chuchotai-je en tentant de la rassurer.

— Tu ne sais pas mentir, Tennant. Tu n'as jamais su le faire, mais merci.

Elle recula, tapota mes joues et se libéra afin de pouvoir ouvrir le robinet et d'éclabousser son visage d'eau froide. Je pris quelques feuilles d'essuie-tout sur le support et les lui tendis.

— Je suis désolé. Je ne suis qu'une bécasse. Les mariages me font cet effet-là.

— Ouais, je sais.

Je gloussai en me rappelant à quel point elle avait été émue au mariage de ses autres fils.

— Mais le tien est encore plus spécial. Il a… il est plus significatif, parce que tu as dû te battre pour l'avoir. Tu as dû te battre si férocement pour avoir le droit d'épouser la personne que tu aimes. Brady, Jamie, ton père et moi, nous avons pris ce droit pour acquis.

— J'adore que tu sois la meilleure alliée des LGBTQ dans le quartier, la taquinai-je.

Elle gloussa dans la feuille d'essuie-tout froissée.

— Dans le quartier, n'importe quoi ! Dans tout le pays !

— Je t'aime, murmuré-je.

— Moi aussi, je t'aime, Tennant. Mon Dieu, je suis dans un sale état.

Elle se tapota les yeux. Jared entra dans la pièce, le portable collé à son oreille, et il écarquilla les yeux, trahissant son inquiétude.

— Je pleure pour le mariage, lui expliqua rapidement Maman avant de froncer les sourcils. Alors, vous voulez du pain de viande ou des rigatoni pour le dîner ?

Nous n'eûmes pas l'occasion de répondre à cette question, car mes frères réapparurent et nous kidnappèrent. Alors que nous avions nos sacs à la main, Brady et Jamie nous poussèrent, Jared et moi, hors de la maison de mes parents afin de nous faire monter dans une voiture de location quelconque.

— Si tu m'emmènes pour me tuer à cause de ce commentaire selon lequel je suis plus menaçant sur les échappées…

Brady s'esclaffa tandis que les palmiers défilaient de l'autre côté de la vitre. Nous nous garâmes à l'aéroport international de Myrtle Beach. Jared et moi échangeâmes des coups d'œil inquiets.

— Euh, commença-t-il avant d'être poussé vers l'aéroport.

Cinq minutes plus tard, nous étions à nouveau chassés dehors, le soleil chauffant le sommet de nos crânes tandis que Jamie me guidait vers un jet privé fuselé.

— Mais qu'est-ce qu'il se passe ? hurlai-je à mon frère.

Il m'incita seulement à monter. Brady en faisait de même avec Jared. Comme ils entrèrent en premier, je n'eus d'autres choix que de rejoindre tout ce luxe. Une dizaine de sièges blancs et quatre adorables hôtesses de l'air nous attendaient.

— Bienvenue à bord du nouveau jet privé de Lockhart Avionics, le Lockhart Legion CX 400. Veuillez vous asseoir et boucler vos ceintures. Nous avons l'autorisation pour partir immédiatement, m'annonça une blonde fine qui ressemblait à une mannequin.

Elle fit un signe de la main vers les sièges en cuir, comme si elle était Victoria Silvstedt faisant apparaître une voyelle.

— Euh, partir pour *où* ? s'enquit Jared en se laissant tomber sur un siège.

— Inutile de vous inquiéter pour ça, dit Brady en mettant nos sacs dans les bras de l'hôtesse. Buvez un verre, profitez du vol et arrêtez d'être si coincés.

— Pouvez-vous juste me renseigner ? demandai-je en bouclant ma ceinture.

Bientôt, le signe indiquant que nous devions attacher notre ceinture s'alluma et le jet commença à rouler sur la piste. Mon hôtesse personnelle, une belle rousse avec un visage Rubenesque acquiesça en me donnant un oreiller.

— Vous avez dit Lockhart Avionics. Comme dans Adler Lockhart ?

— Oui. Monsieur Adler a tout réglé personnellement, répondit-elle avec un léger accent britannique. Détendez-vous. Lorsque nous serons à notre altitude de croisière, nous servirons à boire et à manger.

Oh-oh. *Détendez-vous*, qu'elle me dit. Jared et moi venions d'être kidnappés et obligés de monter dans un avion en partance pour Dieu seul savait où, et Adler Lockhart était derrière tout ça. Bien sûr. Me détendre. Certainement.

Pas.

QUATRE

Jared

—

— CHARLESTON ? DIS-JE DÈS QUE NOTRE DESTINATION DEVINT évidente.

Je n'arrivais pas à faire le rapprochement entre Charleston et Vegas, où se serait déroulé l'enterrement de vie de garçon infernal que j'avais imaginé.

Était-ce une bonne chose ? Charleston n'était-elle pas une ville raffinée, avec ses manières sudistes, ses plages, et sa dignité un peu démodée typique de la Caroline du Sud ? Cela signifiait-il que notre enterrement de vie de garçon serait un événement de bon goût, sous le signe de la dignité ?

Souviens-toi, c'est Adler qui l'organise.

— Je ne suis jamais allé à Charleston, songea Ten en regardant par le hublot.

Je n'arrivais pas à le comprendre, étant donné que la ville se trouvait à moins de deux heures de Myrtle Beach, le foyer de la dynastie Rowe.

— Si, tu y es déjà allé, répondit Brady avant de sourire et d'échanger un regard avec Jamie. Tu avais deux ans et je me souviens précisément de toi, assis par terre, en train de brailler parce que la barbe à papa, ce n'est pas bon quand ça remonte.

— Oh mon Dieu, ouais, intervint Jamie. Il est tombé malade à la fête foraine.

— Tous les gamins peuvent tomber malades à la fête foraine, le défendis-je.

Ten secoua la tête, m'avertissant de me taire. Parfois, avec ses frères, il valait mieux rester en dehors de la discussion.

— Il était malade parce que je l'avais tenu par les pieds.

Brandy nous lança un nouveau sourire narquois, comme s'il était fier de sa bêtise.

— Cette petite merde m'avait volé mon bonbon. Papa m'a pris à l'écart et m'a expliqué que tenir mon frère par les pieds pour retrouver le bonbon disparu n'était *pas* une bonne chose. Ensuite, j'ai dû rester avec Ten pour le reste de la visite. (Il soupira.) C'était une bonne journée.

Il regarda par le hublot et son sourire taquin devint plus affectueux lorsqu'il se tourna vers Ten.

— Tu m'as pardonné si vite. Tu t'en moquais. Tu me suivais partout.

Le silence s'abattit un instant, alors que nous encaissions tous le fait que Brady venait de dire quelque chose de réfléchi et presque gentil. Jamie fit ensuite semblant d'avoir des haut-le-cœur et de s'évanouir. Ten ricana. Brady asséna une claque à Jamie, sur l'arrière du crâne.

Le monde des Rowe était revenu à la normale.

Nous atterrîmes dans un aérodrome privé, un grand espace vide jonché de hangars. Une limousine attendait le groupe et nous mena en un rien de temps dans le quartier d'Ellis Oaks de James Island. Du moins, le chauffeur l'appela ainsi lorsqu'il ralentit et arriva devant une résidence protégée par un portail, avant de marquer une pause pour taper un code et se garer ensuite devant une immense maison contemporaine qui s'étirait de tous les côtés et était protégée par des arbustes cachant la route.

— Waouh, murmura Jamie.

Aucun de nous ne manquait d'argent, mais cet endroit était spécial. Il n'était pas en acier rutilant ou en bloc de briques, il s'agissait d'un magnifique bâtiment couvert de bois.

— Surprise ! cria Adler depuis la porte.

Derrière lui, Layton souriait, aux côtés de Stan qui, pour une raison inexplicable, était seulement enroulé dans une serviette, et d'Erik qui était au téléphone et nous tournait le dos.

— *Syurpriz* ! *Syurpriz* ! cria Stan en levant les mains.

Sa serviette glissa. Il sembla s'en rendre compte à la dernière minute, mais cela ne l'empêcha pas de m'étreindre fermement lorsque nous entrâmes dans la maison heureusement climatisée.

Jamie recula.

— Si tu crois que je vais faire un câlin à un gardien de but russe tout nu…

Il n'eut pas l'occasion de finir sa phrase, car Stan l'étreignit tout de même. Erik raccrocha et échangea silencieusement avec Stan. Je me dis que cela devait avoir un rapport avec les enfants. Stan souleva Ten et le fit tourbillonner. J'ignorais comment la serviette pouvait rester en place.

— C'est l'une de nos plus petites maisons. Ce n'est pas l'idéal pour une vingtaine de gars. Certains vont devoir partager une chambre, dit Adler en entrelaçant ses mains, comme s'il était agité. Mais c'était l'unique propriété Lockhart vacante qui…

Layton se plaça devant lui et lui donna une claque sur les épaules.

— Ads.

Adler ignora instantanément son trouble pour redevenir calme.

— Désolé, dit-il.

Il attrapa ensuite la main de Ten, chose qu'il ne ferait pas sur la glace. Manifestement, comme il s'agissait de notre week-end d'enterrement de vie de garçon, tout était permis. Il attira mon fiancé dans un couloir et je les suivis, tentant d'écouter alors qu'il décrivait la maison. Je ne compris que quelques mots, mais Adler n'avait pas besoin d'expliquer ce qui se trouvait là. Je le voyais bien. La cuisine était magnifique, les meubles semblaient chers, discrets et de bon goût. C'était une maison témoin. Non, pas une maison. Une bâtisse témoin. Je savais que la famille Lockhart avait de l'argent, mais je dus me demander si Adler avait déjà eu une *maison* avant de rencontrer Layton.

Génial, je m'implique carrément trop pour quelqu'un qui profite de son week-end d'enterrement de vie de garçon.

Nous terminâmes par une pièce caverneuse dont les portes s'ouvraient sur un jardin paysager, complété par une piscine et un patio abritant des chaises longues ainsi qu'un barbecue.

— C'est votre chambre, nous annonça Adler avant d'englober la pièce d'un geste. Il y a une salle de bain, avec une baignoire vraiment cool que vous devez essayer. Elle est assez grande pour deux. J'ai mis des préservatifs et du lubrifiant dans le placard, parce que Layton et moi avons…

— Ads ! l'interrompit Layton.

— Désolé, répondit-il vivement.

Il n'était nullement perturbé par Layton qui l'avait pourtant interrompu. À mon avis, il y était habitué – beaucoup de gens coupaient ses phrases.

Je dus me décaler quand Stan poussa Ten sans cérémonie sur l'immense lit, puis Layton guida tout le monde vers la porte. Il avait presque réussi à la fermer, mais Adler continuait de parler.

— On vous donne quinze minutes, les gars. Connor m'a envoyé un message pour me dire qu'il était presque arrivé. Alors si vous avez besoin de quoi que ce soit, vous n'avez qu'à…

Layton ferma la porte. Ce n'était sûrement pas pour nous garder à l'intérieur, mais plutôt pour interrompre la diarrhée verbale d'Adler.

Je me retournai pour voir comment allait Ten, car la manière dont Stan l'avait fait tomber ne me plaisait pas, mais il n'était visiblement pas blessé. À vrai dire, il me souriait et je ne pus alors m'en empêcher. Je *fus obligé de* l'embrasser. Je grimpai sur le lit et le coinçai avec mes bras, avant de l'embrasser et de le laisser m'attirer vers le bas jusqu'à ce que je sois allongé sur lui.

— À ton avis, combien de mecs de l'équipe viendront ? demanda-t-il entre nos baisers.

Je secouai la tête.

— On parle d'Adler, là. Il pourrait y avoir toute la NHL, pour ce qu'on en sait.

— Tu crois qu'il s'est arrangé pour que Ryker soit présent ?

— Il ne pourrait pas venir. Je sais qu'il fait du bénévolat avec Jacob. C'est la période la plus chargée pour la ferme et il voulait aider, donc il est impossible qu'il soit au courant pour la fête surprise. Ce n'est pas grave.

Je ne mentais qu'à moitié en disant que ça n'était pas grave. J'aurais aimé qu'il soit là, mais je comprenais que nos vies devaient prendre des directions différentes.

Ten m'embrassa et nous fit rouler pour se retrouver au-dessus. Il leva la tête pour me regarder.

— Il sera au mariage, m'assura-t-il avant de m'embrasser à nouveau.

— Mettez votre pantalon. J'entre ! cria quelqu'un.

La porte s'ouvrit dans un claquement pour révéler Connor.

— Salut !

Notre capitaine portait le T-shirt le plus rose que j'avais jamais vu et, derrière lui, Adler était suivi par les nouveaux arrivants : Max, Ben, Bryan et Gatlin. Maintenant que toute l'équipe, ou presque, était dans notre chambre, Ten et moi nous assîmes sur le lit et Ads reprit les commandes.

— Nous avons un programme, commença-t-il avant de compter sur ses doigts. Golf, repas, plage, repas arrosé, bar, boîte de nuit, peut-être club de strip-tease, puis on reviendra ici pour nager et un traiteur nous apportera à manger.

Je grommelai intérieurement, surtout à cause de tous les repas mentionnés et de cette histoire de club de strip-tease. Cependant, rien de tout ça ne déconcerta l'équipe. Ils partirent récupérer leur tenue, ce qui n'était pas de très bon augure. Ten et moi fûmes alors seuls avec Adler et un Layton d'une patience à toute épreuve à ses côtés.

— Ils sont pour vous, annonça Adler en me jetant un sac en plastique. Enfilez-les. Vous avez dix minutes, les voitures nous attendent.

Lorsque nous fûmes seuls, je sortis les T-shirts qu'Adler nous avait jetés et en levai un. Ils étaient colorés d'un mélange impressionnant de cerise et de violet, avec des accents de citron vert. L'arc-en-ciel et la licorne étaient lumineux et les inscriptions « Marié 1 » et « Marié 2 » étaient imprimées en lettres orange fluo au centre.

— Je suis aveugle ! s'écria Ten en se couvrant les yeux pour feindre son choc.

Il jeta ensuite un coup d'œil derrière ses mains.

— Il veut sérieusement qu'on porte ça ?

— Tu vas devoir faire avec, Marié 2, dis-je en lui en lançant un.

— Attends une minute. Pourquoi je suis le Marié 2 ? Parce que tu es super vieux, maintenant ?

Ten tenta d'adopter une voix innocente, mais il ne put se contenir.

— Salopard, marmonnai-je en lissant mon T-shirt du Marié 1. C'est toi qui vas avoir trente ans.

— Ouais, dans un million d'années.

Il retira sa chemise bleue élégante et enfila la monstruosité qu'était le T-shirt officiel de notre enterrement de vie de garçon. Il se tourna d'un côté, puis de l'autre devant le miroir et grimaça.

J'arrivai derrière lui, passai les bras autour de sa taille et m'agrippai.

— Tu n'as jamais été aussi sexy, le taquinai-je.

Mais je ne mentais pas. Ses cheveux étaient soyeux et tombaient en mèches fluides sur ses sourcils, ses lèvres étaient pulpeuses après avoir été embrassées, et j'étais terriblement heureux. J'étais en paix.

— Je ne peux dire à quel point je t'aime.

Il croisa mon regard dans le miroir et pivota dans mes bras, entrelaçant ses mains derrière ma tête.

— Pareil.

— J'espère qu'on réglera ça avant d'échanger nos vœux, le taquiné-je.

Il m'embrassa alors.

— Tout ce dont nous avons besoin, c'est de nous embrasser.

En short et T-shirt, nous partîmes vers la porte d'entrée. Nous fûmes alors frappés par une splendeur en Technicolor. Stan portait du rouge écarlate. À sa gauche, Erik était tout d'orange vêtu et cela se poursuivait jusqu'à Ben qui portait du violet. Les mecs étaient un arc-en-ciel et leurs T-shirts arboraient le message « *La bande des mariés* ».

— Il vous manque le jaune, dis-je, car je ne savais quoi dire d'autre.

Les mecs s'écartèrent alors, entre l'orange et le vert, et Ryker fit un pas en avant.

Je réagis instantanément et l'attirai contre moi, entraînant par la même occasion un Jacob confus dans mon étreinte, ainsi que Ten, qui voulait participer. Cet enterrement de vie de garçon n'avait même pas encore commencé, mais avec la présence de mon fils, c'était déjà l'un des plus beaux jours de ma vie.

Nous partîmes vers le Golf Océan, sur Kiawah Island, où Adler avait apparemment réservé un après-midi pour nous, ce qui était tant mieux, car nous faisions du bruit. Beaucoup de bruit. Je jure que jouer au golf était la chose la plus amusante que j'avais jamais faite, surtout parce que nous étions horriblement mauvais.

— Le trou est de ce côté-là, expliqua patiemment Erik à Stan.

Pour lui, le concept du golf était d'envoyer la balle comme s'il tirait dans un palet. Bien sûr, il y avait donc des divots dans l'herbe, vingt-deux balles perdues lors du dernier décompte, et nous autres, nous étions pliés en deux tant nous riions. Connor dit même que nous allions finir par nous rendre malades.

À mon avis, nous le serions probablement plus à cause des pizzas gigantesques que nous avions mangées dans les limousines en venant ici.

— Moi, je ris pas beaucoup, dit Stan d'un air concentré.

Supposant qu'il avait la bonne posture, il s'élança, mais à la dernière seconde, son club s'enfonça dans la terre et la balle roula sur cinq centimètres.

C'en fut trop, le groupe entier s'esclaffa tant qu'un manager arriva.

— Messieurs, je vous suggérerais d'arrêter de boire.

— On boit pas beaucoup, tonna Stan.

Étant donné qu'il détruisait la haie avec son club de golf, j'étais certain que le manager ne le croyait pas.

— Nous avons reçu des plaintes.

Je voyais déjà les gros titres : *La superstar gay du hockey, son fiancé gay et son équipe gay passent le temps comme des gays dans un golf pour hétéros et boivent comme des gays*. À mon avis, Layton visualisait la même chose, puisqu'il intervint pour calmer la situation. À vrai dire, personne n'avait bu une goutte d'alcool. Nous étions simplement euphoriques. Nous riions, chahutions et nous taquinions sous le soleil de la Caroline du Sud.

Layton tenta d'arranger le tout avec une excuse, des places en catégorie premium lors du prochain match des Railers en Caroline, ainsi que la promesse de payer la pose d'un nouveau gazon. Le manager n'en fut nullement impressionné et croisa les bras.

— Je me demande si vous ne voudriez pas poursuivre votre fête en dehors du Golf Océan, déclara-t-il d'un ton neutre.

Après une décision mutuelle, nous partîmes après le dixième trou sur dix-huit, car Layton insistait pour que nous comprenions la situation. Ten avait gagné le parcours. Du moins, je crois que c'était le cas, puisque nous avions tous perdu le fil. Nous étions presque tous d'accord pour dire qu'étant donné qu'il était un phénomène du hockey, il devait être meilleur que nous tous. Fièrement, je me rendis compte que Ryker était apparemment arrivé deuxième. *C'est mon garçon.* Je choisis d'ignorer le fait que j'avais presque été aussi mauvais que Stan. Je jouais au hockey, par le passé. J'étais doué pour ça. Mais je n'avais jamais joué au golf de toute ma vie.

Nous partîmes à la plage alors que la nuit tombait et nous finîmes dans un endroit privé, sans doute une propriété de la famille Lockhart. Il était décoré de torches Tiki et de la musique résonnait en fond. La nourriture était abondante, tout comme les rires, et je pus danser avec Ten, dans l'obscurité, et le serrer contre moi.

Apparemment, il avait été prévu que nous allions dans un bar, après notre sortie sur la plage, mais suite à quelques discussions houleuses, axées sur le fait que nous étions assez éméchés pour la soirée, nous rentrâmes. Seulement, quand la limousine descendit Bay Street, Ten et moi fûmes bousculés pour aller boire un dernier verre et danser encore un peu. Lorsque nous rentrâmes à la maison, il était deux heures du matin, et je me tracassai en me demandant où Ryker et Jacob allaient dormir. Finalement, ils optèrent pour l'une des petites chambres du pool house, qui était bien mieux que la chambre partagée par Brady et Jamie.

— Des lits superposés.

— Je prends celui du haut !

Brady se rua pour passer devant l'autre frère Rowe, mais dans un mouvement complexe qui engagea leurs genoux et leurs coudes, Jamie finit par grimper triomphalement sur le lit du dessus.

Je jure qu'ils étaient pires que des gamins.

Quant à Ten et moi, nous ouvrîmes les portes du patio privé et nous assîmes sous les étoiles en nous tenant la main.

— J'adore nos amis, murmura-t-il après un moment.

— Moi aussi. Même Adler. J'adore que Ryker soit là.

Ten se leva et s'étira, son T-shirt fluo remontant et les couleurs tape-à-l'œil pétillant dans l'obscurité. Il tendit une main et je la saisis, tombant naturellement contre lui et plongeant mon visage dans son cou.

— Tu es fatigué ? chuchota-t-il.

Je bâillai comme s'il m'en avait donné l'ordre.

— Ouais, tu crois que je suis trop vieux pour ça ?

Ten me mordilla l'oreille et descendit jusqu'à ma mâchoire, prenant mon visage en coupe.

— Non, je ne crois pas. Maintenant, sois honnête avec moi, mon vieux. Est-ce que tu es *trop* fatigué pour me laisser te faire l'amour ?

Toute fatigue s'estompa dans l'instant.

— Quand je dis que je suis vieux, je ne veux pas dire *si* vieux que ça.

CINQ

Tennant

Il était le vieil homme le plus sexy de la planète. Il devait nécessairement être nu pour bander dans ma main, comme la veille.

— Laisse-moi te débarrasser de cet horrible truc, dis-je en me libérant de ses bras pour saisir l'ourlet de cette catastrophe tie-dye.

Il leva les bras quand ce fut nécessaire. Je jetai le T-shirt quelque part derrière moi, avant de me jeter sur ses douces lèvres. Nos langues se mêlèrent doucement, le goût des boissons fruitées que nous avions bues s'y attardait. Il me laissa prendre les rênes, grognant doucement contre ma bouche lorsque ma main glissa entre son ventre musclé et l'élastique de son short. Le coton effleura mes articulations lorsque je mis la main dans son boxer.

— Tennant, grogna-t-il d'une voix essoufflée lorsque j'empoignai son érection.

— Hmm, répondis-je en embrassant le coin de sa bouche avant de frotter ma joue contre la sienne comme un chat en manque d'amour.

Son sexe palpita dans ma paume. Je le caressai comme il l'aimait, fermement, mais en roulant lentement ma main à l'extrémité. La douce griffure de sa barbe me rendit fou. Je commençai à pousser contre lui, à le tourner vers le grand lit, avec son membre chaud et durci dans ma main.

— Tu voulais dire quelque chose avant que j'avale ta queue ?

— Seigneur, souffla-t-il.

Sa réponse me fit sourire. Tout comme l'impatience avec laquelle il repoussa son short et son boxer autour de ses chevilles, une fois que ses mollets touchèrent le matelas.

— Assieds-toi. Écarte les jambes. Laisse-moi t'aimer.

Je lui mordillai le menton et pinçai ses tétons durcis. Il se laissa mollement tomber sur le lit, ses fesses trouvant tout juste le bord du matelas ferme.

— Mec, ne tombe pas par terre. On ne voudrait pas qu'une hanche cassée gâche notre escapade avant le mariage.

— Petit malin.

Il gloussa, m'attrapa par les épaules, puis m'attira contre lui dans une étreinte ferme. Je me laissai faire délibérément, même avidement. Le fait que je sois entièrement habillé alors qu'il était nu me rendait nerveux.

— Je veux jouir sur tes lèvres. Juste ici.

Il glissa le pouce sur ma lèvre inférieure et tira dessus avant de la relâcher. Mon membre palpita. Je pressai mon érection avec ma paume, espérant apaiser la douleur.

— Hé, le vieux, c'est moi qui ai le contrôle, ici. Tu jouiras quand je te dirai de jouir.

Ses pupilles se dilatèrent, obscurcissant le beau bleu ciel que j'aimais tant.

— Tu commences déjà à parler comme un époux autoritaire.

— Et tu adores ça, ripostai-je en m'agenouillant entre ses jambes puissantes.

Je posai les mains sur ses cuisses et baissai les yeux vers son sexe. Une épaisse goutte de liquide préséminal pendait à l'extrémité. Je me penchai pour la récupérer, mais elle tomba sur les draps.

— Mon Dieu, oui, j'adore, confia-t-il en cambrant les hanches.

Son sexe rebondit sur ma joue, laissant une marque mouillée. Je tournai suffisamment la tête pour m'agripper à son épais gland. Les hanches de Jared ondulèrent et un grondement rauque suivit son aveu. Il passa les bras derrière sa tête et me regarda, ses yeux brûlants ne me quittant jamais alors que je glissais sa longueur jusqu'au fond de ma gorge.

— Merde, Tennant, tu es beau avec ma queue en bouche.

Je fredonnai pour marquer mon approbation. Ses yeux roulèrent dans leurs orbites et je continuai, fredonnant et suçant, saisissant ses doux testicules, caressant les globes avant d'appuyer un doigt contre son entrée. Il recula et posa un talon sur le lit, me donnant un accès dont je profitai rapidement. Rien ne faisait exploser cet homme plus vite que quelques doigts heurtant sa prostate pendant qu'on lui faisait une fellation. Enfin, il aimait aussi quand une verge assaillait cette boule de nerfs, mais nous nous étions bêtement promis huit jours, sept heures et vingt-quatre minutes plus tôt qu'il n'y aurait pas de pénétration avant la lune de miel. Non pas que je comptais. Mon cul n'avait aucunement besoin de son sexe. Non. Stupide promesse. J'aurais dû savoir qu'il valait mieux ne pas écouter mes deux belles-sœurs. Bien sûr, cela paraissait romantique, mais chaque instant où nous ne faisions pas l'amour était *cruel*.

— Tennant.

Jared gémit et j'appuyai un doigt couvert de salive en lui, tout en léchant négligemment le creux de sa jambe avant de retourner sur son membre glorieux.

— Ah, parfait. Merde ! Tu es si parfait…

Le grand homme frissonna. La salive recouvrait mon menton, mes lèvres, ses testicules et ses fesses. Il commença à marmonner, ses grognements rauques se mêlant à ses déclarations sur la douceur de ma bouche.

— Ten, s'il te plaît… je ne suis plus très loin.

Je retirai ma bouche et mon doigt, avant de me lever. Jared, appuyé sur ses coudes, les paupières mi-closes et la peau couverte d'une fine pellicule de sueur me fixa, confus.

— On jouit ensemble, dis-je en arrachant mes vêtements avant de les jeter aux quatre vents.

Il sourit en croisant les bras et en laissant son dos retomber sur le matelas. Un vent doux et chaud balaya les voilages devant les portes coulissantes et l'odeur de cette nuit entra, le parfum sucré et citronné des magnolias se mariant à celui de l'homme et des ébats. Je le chevauchai avant de le bloquer avec mes mains, d'abaisser ma bouche vers la sienne, de lécher l'intérieur et de donner un coup de langue sur ses dents tandis qu'il décrivait des va-et-vient obscènes pour recouvrir ma hanche de jets de liquide préséminal à la fois sucré et salé.

— Prends le lubrifiant, grogna-t-il en m'attrapant par les hanches.

— Non, m'exclamai-je quand il se cambra et que son membre glissa sur mon orifice. Oh merde.

Je me penchai en arrière et serrai sa verge entre mes fesses transpirantes. Jared me mordit l'épaule, ce qui était un moyen efficace de me faire jouir.

— La promesse…

— Elle est stupide, haleta-t-il en se frottant contre moi.

Son gland se balança d'avant en arrière, d'avant en arrière, d'avant en arrière contre mes fesses.

— Stupide promesse.

— Ouais, je suis d'accord, soufflai-je en trouvant un soupçon de raison auquel m'accrocher.

Je glissai en arrière jusqu'à ce que son membre soit à côté du mien et que les deux soient coincés entre nos ventres mouillés.

— Je te veux tellement, dis-je d'une voix chargée de désir. J'aime tellement ça.

Je pris nos verges d'une seule main. Il la recouvrit de ses grands doigts et les glissa jusqu'à ce que nos membres soient emprisonnés dans un étau poisseux et rude.

— Plus fort, grogna Jared avant d'entamer ses va-et-vient.

Une infime partie de mon cerveau dérailla et me plongea dans le monde des sensations. Rien d'autre ne comptait, à part la perception de nos pénis glissant dans et hors de nos mains.

— Merde, merde, merde, criai-je avant d'exploser et de recouvrir nos doigts.

Jared nous relâcha et me poussa sur le dos. Je m'exécutai volontiers.

— Viens ici, soufflai-je en l'attirant avec mes mains avides jusqu'à ce que son sexe soit contre mon nez.

Il ne fallut que deux violentes caresses. Il jouit intensément, recouvrant mes joues, mon menton et mes lèvres de rubans nacrés. Je me léchai les lèvres et il jouit à nouveau. Le grognement rauque de plaisir fut le seul bruit qu'il émit. Sa semence jaillit, d'épais filets tombant dans mes sourcils, dans mes cheveux, sur mon nez, mon oreille et ma bouche. Il posa son membre sur ma lèvre inférieure tandis que le sperme continuait de suinter et j'en léchai chaque goutte.

— C'est le bazar.

Il gloussa lorsqu'il put reprendre la parole.

— C'est un beau bazar, mais ça reste un bazar.

— On dit que le sperme est bon pour la peau, murmurai-je en retirant la semence de mes cheveux avant de goûter mes doigts. Le tien est délicieux.

Il s'éloigna, prenant soin de ne pas cogner ma tête avec son genou. Il se plaça ensuite au pied du lit, son sexe pendant contre sa cuisse, et me tendit une main. Je claquai ma paume contre la sienne et fus relevé, avant d'être attiré dans ses bras. Il posa sa bouche contre la mienne, me coupant le souffle. J'empoignai ses courts cheveux blonds en étalant notre goût dans nos bouches.

— Tu veux aller voir la douche ? J'ai entendu dire qu'elle était gargantuesque, chuchota-t-il contre mes lèvres salées.

La douche était assez grande pour quatre joueurs de hockey et même un ours polaire. Lorsque nous tombâmes sur notre lit, plus tard, grandement satisfaits par les masturbations sous la douche, je bâillai tant que ma mâchoire craqua.

— Tu veux fermer la porte coulissante ? demanda Jared d'une voix endormie.

Je me blottis contre son dos et répondis quelque chose, mais la porte ne fut jamais fermée.

Je me réveillai sur le flanc, face à la porte coulissante. Jared était derrière moi, ses fesses collées contre les miennes, et il ronflait légèrement. J'entendis quelqu'un parler dehors et tendis la main vers mon portable. Il était un peu plus de sept heures du matin. Qui diable se réveillerait si tôt après la nuit que nous avions tous passée ?

La curiosité prit le dessus et je me glissai hors du lit, attrapant par terre le short que j'avais porté hier pour le passer sur mes fesses nues. M'élançant dans cette nouvelle journée, je grimaçai à cause du soleil qui filtrait à travers les arbres, puis je regardai autour de moi. Là, dans le patio, autour d'une piscine enterrée de taille olympique, se trouvait un homme avec un peignoir vert éclatant et des lunettes de soleil rose. Apollo Vasquez me regarda, leva son verre et me fit un signe de la main vers l'immense table couverte de nourriture. Mon estomac gronda. Je pris donc un vieux T-shirt des Sabres de Jared avant de griffonner un petit mot pour mon fiancé endormi et de sortir.

— Bonjour, entendis-je en sortant.

Je souris à Apollo. Le jeune homme mince, meilleur ami d'Adler, semblait reposé et frais.

— Tu es là depuis longtemps ?

— Je suis arrivé il y a une heure. C'était l'anniversaire de ma mère, hier. Je crois que j'ai loupé tout le fun, dit-il en souriant dans son verre. Tu as l'air débauché.

Il sirota son mimosa à la framboise avant d'agiter son

minuscule pied nu d'avant en arrière pendant que je rougissais jusqu'à la racine de mes cheveux.

— Je crois que j'ai besoin de boire un verre, marmonnai-je en contournant la piscine à pas feutrés jusqu'à la table.

Des cafetières en acier inoxydable étaient déjà prêtes. Des sachets de lait, de sucre, de thé et des couverts en argent attendaient les invités.

— Les plats chauds arrivent, m'informa Apollo alors que je me servais un chocolat chaud. Alors, dis-moi, quelqu'un s'est envoyé en l'air ? À part toi, bien sûr.

Il me tapota l'épaule quand je m'assis à côté de lui. La marque de morsure de Jared était légèrement douloureuse, ce matin.

— Il y a eu une orgie ? Mon Dieu, j'ai tellement besoin qu'un joueur de hockey me laisse des marques d'amour sur le corps.

C'était un très bel homme, mince, assez féminin et il se comportait comme une reine. Trent passait pour une nonne, en comparaison, mais ouais, Apollo était un beau Latino gay qui aurait dû attirer le regard de n'importe qui, sportif ou non.

— Je crois que tous les membres de notre arc-en-ciel sont pris, mais si j'entends parler de quelqu'un…

Il me gratifia d'un sourire étincelant.

— Envoie-le-moi. J'adore les grands sportifs. Alors, le mariage. Tu es nerveux ?

— Hum, ouais, un peu.

Je bus une gorgée de chocolat. Il était riche et épais, assez sucré pour provoquer un coma diabétique et parfait pour lézarder un dimanche matin avec un ami.

— Tu viens, n'est-ce pas ? Au mariage ?

— Si je trouve un rencard, répondit-il en baissant légèrement ses lunettes de soleil lorsqu'Erik sortit en titubant, avec ses boucles emmêlées. Encore un mec marié.

Apollo soupira d'un air dramatique avant de me jeter un coup d'œil par-dessus ses lunettes de soleil roses.

— C'est quoi le problème de cette équipe ? Vous buvez tous dans une bouteille d'eau de la marque *Ils vécurent heureux* ? Franchement, vous voulez bien nous laisser des miettes ?

Il gloussa à sa propre plaisanterie et je ris également. Erik nous fit un signe de la main, à moitié endormi. Un suçon sur ses côtes contrastait grandement avec sa peau pâle.

— Le grand est déjà debout ? criai-je à Erik pour être entendu malgré le clapotis du filtre de la piscine et le chant familier d'un troglodyte de Caroline.

— Il est dans la douche, répondit Erik en se laissant tomber à côté d'Apollo, un café à la main.

Il s'assoupit promptement sous les doux rayons du soleil doré.

Apollo rit et retira la tasse des doigts d'Erik.

— Il faut peut-être que je commence à regarder le baseball…

Je m'apprêtais à répondre que nous avions une équipe à Carlisle et qu'il devrait se renseigner, lorsque la prêtresse de l'organisation de mariage arriva. Trent me lança un regard amer avant d'avancer, sa tête enveloppée dans un turban violet assorti à son peignoir fluide.

— Salut, cacahuète, dit Trent à Apollo quand ils se firent la bise. Tu as l'air frais.

Apollo acquiesça avant de siroter son mimosa à la framboise quand Trent reporta son attention sur moi.

— Toi, en revanche, tu es dans un aussi mauvais état que lui, dit-il en agitant la main en direction d'Erik qui était allongé sur sa chaise et ronflait. J'ai frappé à votre porte pour vous parler à tous les deux, parce qu'on est en pleine crise ! Mon Dieu, moi aussi, j'ai besoin d'un mimosa.

Apollo tendit le sien à Trent. Celui-ci le remercia exagérément avant de boire d'un air théâtral.

— Alors, ton fiancé m'a dit d'attendre ici pendant que Néron joue du violon !

Il but une autre gorgée.

— Honnêtement, comment pouvez-vous être si nonchalants alors que votre lieu de réception a fermé ? Ça me dépasse !

Il but une autre petite gorgée.

Attendez. Le lieu de réception ?

— Quoi ? demandai-je.

Trent soupira avant de finir le mimosa d'Apollo.

— Comment ça, le lieu de réception a fermé ?

— Il y avait apparemment un risque d'incendie. C'était le dernier endroit assez grand pour accueillir tous les convives dans un délai si court. Et maintenant, c'est foutu. *Foutu* !

Il se pâma gracieusement dans la chaise à ma droite, son turban restant en place et le verre de mimosa entre ses longs doigts fins.

— Où organiserons-nous le mariage et la réception, alors ? m'enquis-je, car j'avais l'impression que c'était une information capitale. Il ne nous reste qu'une dizaine de jours.

— Il nous en reste onze, mais qui compte ? murmura

Trent avant de recommencer à se pâmer sur les jolis meubles du patio.

— Vous organiserez grand mariage dans ma maison ! annonça Stan depuis les doubles portes qui étaient restées ouvertes.

Erik se réveilla en sursaut. Trent s'assit, son malaise oublié. Apollo haussa un sourcil en observant le grand Stan, puis soupira tristement quand le soleil se refléta sur l'alliance de ce dernier.

— Mec, on ne peut pas t'imposer une telle chose.

Trent agita une main devant mon visage.

— Tais-toi. Bien sûr qu'on le peut. Quand tu dis « grand mariage », ton jardin fait quelle taille ?

— Euh, il y a beaucoup d'herbe. Peut-être quatre hectares ?

Stan avança pour se placer derrière Trent.

— J'ai beaucoup de place. Grands jardins avec herbe toute douce. Et une fontaine !

— Ooh, une fontaine ! Tu as des jardiniers ? s'enquit Trent.

Apollo se redressa, toute tristesse s'étant évanouie sur ses lèvres boudeuses. Je tentai de parler, mais fus déblayé comme la neige de l'hiver dernier.

— Beaucoup de jardins. Ils font de jolis parterres de fleurs. Nous faisons mariage à la maison. Erik fait beaucoup de bruits contents pour nos chers amis. Ou alors, on va à Vegas et on demande à Elvis de faire mariage comme le mien.

— *Non* ! cria Trent en même temps que moi.

— Alors c'est décidé. Nous faisons grand mariage sur ma pelouse.

Stan m'asséna une si grande claque sur l'épaule que mes entrailles frémirent.

— Bien sûr, ouais, ça m'a l'air bien, marmonnai-je en affichant un sourire qui disparut de mon visage lorsque je vis Jared se faufiler par les doubles portes.

Il allait tellement payer le fait de m'avoir jeté dans la gueule de ces loups organisateurs de mariage.

SIX

Jared

———————

LE PLANNING ÉTAIT SERRÉ ET, SELON MOI, IL ÉTAIT ORGANISÉ À l'envers. Nous avions la dégustation de gâteaux à dix heures, suivie par l'essayage des costumes à treize heures. Les costumes devraient certainement passer avant le gâteau. J'avais déjà vu Ten en manger et il était capable d'ingurgiter une *grande quantité* de mélange sucré et poisseux.

— Et rappelez-moi, c'est…

Ten s'était immédiatement bien entendu avec Jenny de *Cakes Designs Exclusifs de Jenny*, car cette femme semblait *adorer* les mariages gay. J'avais envie de lui rappeler que ce n'était qu'un mariage, mais à mon avis, elle était du genre à croire que les gays étaient mignons, et Ten ne la détrompait pas. Probablement parce que Trent nous avait avertis qu'il s'agissait de l'unique endroit acceptable dans toute la Pennsylvanie qui avait la capacité de préparer notre dessert.

De plus, Ten prenait très au sérieux cette décision concernant le gâteau.

— Chocolat avec une crème au beurre *dulce de leche*.

J'ignorais totalement ce qu'était le *dulce de leche*. Tout ce que je savais, c'était que Ten fermait les yeux et laissait échapper des gémissements immoraux en mordant dans le gâteau. Ce bruit n'était habituellement produit que lorsque je le suçais.

— Goûte-le, exigea-t-il avant de me tendre un minuscule morceau de gâteau au chocolat avec du dolce-je-sais-pas-quoi.

Je m'exécutai, comme depuis le début des préparatifs pour notre grand jour.

— Caramel, dis-je, lorsque la douceur parvint sur mes papilles.

Jenny m'observa patiemment et échangea un coup d'œil avec Ten.

— Oui, dulce de leche. Vous pouvez avoir la même crème au beurre dans un gâteau à la vanille. Mais vous pouvez vous lâcher un peu et avoir une ganache au chocolat, une couche sur deux.

Seigneur, combien y a-t-il d'étages dans ce gâteau ?

J'avais dû le dire à voix haute, car Jenny commença à bouder et Ten réprima son rire.

Elle leva les mains.

— J'imagine au moins cinq couches, avec une alternance de crème au beurre, et le tout sera couvert d'une pâte à sucre exquise. Des roses descendront d'un côté pour rejoindre l'avant du gâteau dans une courbe.

Je savais qu'elle parlait, car des bruits sortaient de sa bouche, mais Ten et moi n'étions-nous pas déjà venus avec notre *vision* du dessert qui serait servi à *notre* mariage ?

— Nous voulions simplement un palet, dis-je quand

Ten baissa les yeux vers son assiette et observa les échantillons de gâteau de la taille d'une bouchée.

Jenny arrêta de parler et exprima toute sa confusion.

— Un palet ?

Je fis un geste pour imiter un tir avec une crosse de hockey.

— Vous savez, un palet. Cent soixante-dix grammes de gomme vulcanisée, le truc qui entre dans les buts parce que Ten est un joueur de hockey.

J'attendis qu'au moins l'une de ces descriptions soit comprise et la vis frissonner.

— Les palets sont noirs, annonça-t-elle avec une grande autorité avant de regarder Ten pour qu'il la soutienne.

Il s'enfonça davantage sur sa chaise et me laissa m'occuper de toute la conversation. Le salaud. À mon avis, il ne m'avait jamais pardonné d'avoir esquivé la discussion avec Stan sur Vegas et son jardin, alors qu'il avait dû la supporter, lui. Il me rendait la monnaie de ma pièce. Je rejetai les épaules en arrière. Jenny était une petite chose toute riquiqui, elle avait probablement besoin d'un tabouret pour atteindre la table sur laquelle elle travaillait. Moi, j'étais un ancien défenseur de la NHL. Je pouvais l'affronter. Peut-être.

— Nous aimerions qu'il soit de la forme d'un palet, commençai-je avec confiance. Mais deux couches, pour deux palets, nous conviendraient. Il ne sera pas nécessairement noir. Il pourrait être…

Je cherchai une alternative au noir et me rappelai le palet que j'avais reçu de mon ancienne équipe quand j'avais pris ma retraite après mon opération du cœur.

— Argenté. Il peut être argenté. Vous savez faire ça ?

— Argenté, répéta-t-elle d'une petite voix avant de s'asseoir sur la chaise la plus proche.

— Oui, répondis-je d'une voix plus chaleureuse. Et peut-être que vous pourriez mettre le logo de notre équipe sur l'un des palets. J'ai trouvé un endroit qui imprime des logos sur des disques de glaçage comestible, donc vous n'auriez pas à le dessiner en ne partant de rien.

J'avais le sentiment d'être terriblement serviable. Je crois même lui avoir souri.

— Monsieur Madsen, je crée des gâteaux *haute couture*, dit-elle en récupérant le prospectus avec les options que nous étions censés cocher, pour s'éventer avec. J'ai gagné plusieurs prix de cake design et j'ai travaillé pour les meilleurs traiteurs de mariage. D'autres cakes designers tueraient pour ça.

— Excellent, la félicitai-je, comme tout cela me paraissait bien.

Selon moi, elle n'aurait aucun problème à créer un gâteau en forme de palet. Enfin, les palets sont ronds, cela devrait être facile. N'est-ce pas ?

— Non, vous ne comprenez pas…

La porte s'ouvrit et une petite cloche tinta joliment et discrètement.

— Je suis vraiment navré d'être en retard, dit Trent en arrivant d'un pas décontracté.

Ses lunettes de soleil à monture rouge étaient relevées sur ses cheveux et révélaient son maquillage arc-en-ciel.

— Stan veut une patinoire temporaire pour faire du hockey de rue avec les enfants, et j'ai dû lui expliquer que nous avions besoin de la place pour le quatuor à cordes. Alors je lui ai dit…

— Monsieur Hanson, l'interrompit Jenny avant de

bondir. Monsieur Madsen souhaite un gâteau en forme de palet de hockey. Argenté.

Trent ouvrit la bouche avant de secouer la tête.

— Ça n'ira pas.

Je regardai Ten, à la recherche de soutien, mais à un moment de la discussion, il avait mangé toute son assiette de bouchées. Je savais que nous aurions dû nous occuper d'abord des costumes. Je n'obtiendrais aucune aide de mon fiancé, il fallait donc que je règle ce problème moi-même, visiblement.

— Attends une minute, Trent…

— L'argenté n'est pas dans le thème, m'interrompit-il. Il faudrait que je change les couleurs et je viens juste de trouver les roses vertes idéales.

Il bouda, pensif, avant de claquer dans ses mains.

— Mais si on optait pour le bleu Railers ? Ça fonctionnerait avec un gâteau argenté. Jenny, qu'en pensez-vous ?

À mon avis, elle avait envie de dire que le monde devenait fou et qu'il était hors de question qu'elle s'abaisse à créer un gâteau argenté de la forme d'un palet. Elle n'en dit rien.

— Merveilleux, rétorqua-t-elle à travers ses dents serrées.

Ten décida alors de prendre part à la conversation.

— La couche inférieure sera au chocolat avec le caramel et la couche supérieure à la vanille avec la ganache. Le tout argenté. Avec de petits renfoncements tout autour et au-dessus, nous voulons des crosses de hockey croisées et les mots « Mr. & Mr. ».

J'avais l'impression que Jenny était sur le point d'exiger que nous sortions de sa boutique, mais si son planning était assez léger pour qu'elle nous prépare un gâteau de dernière minute, alors elle ne devait pas être très occupée.

— Absolument, monsieur Rowe, dit-elle en ajoutant quelque chose qui contenait manifestement les mots *putain, vision* et *n'importe quoi.*

Nous réglâmes ce qu'elle demanda. Je ne vérifiai même pas le montant et elle ne perdit pas son sourire, qui resta dessiné sur son visage jusqu'à ce que nous partions. Lorsque je jetai un coup d'œil par-dessus mon épaule, elle était devant son comptoir, la tête renversée comme si elle priait le dieu de la crème dulce et de la ganache chocolat afin qu'il lui donne plus de patience.

— Tu as très bien géré, me dit Ten en retirant des miettes sur son maillot des Railers.

Je le poussai contre le mur le plus proche et le coinçai là, plissant les yeux alors qu'il me lançait un sourire narquois.

— Tu as mangé tout le gâteau, dis-je d'une voix sombre en essayant d'être menaçant.

Il éclata de rire, avant de m'attirer pour un baiser plein de miettes.

Je décrétai que c'était agréable, et j'aurais continué si Trent ne nous avait pas séparés et ne nous avait pas prévenus qu'il ne nous restait que dix minutes pour arriver au magasin de costumes.

Je me demandai s'il y avait des cabines d'essayage privées, auquel cas je pourrais me mettre à genoux…

— Il n'y aura pas de parties de jambes en l'air dans les cabines d'essayage de Lethe Taylors, déclara Trent.

Je fis de mon mieux pour avoir l'air innocent, mais le fait que je dus m'ajuster très discrètement fut suffisant pour me trahir.

Fichu Trent Hanson.

– JE N'AURAIS PAS DÛ MANGER TOUT ce gâteau, dit Ten après l'essayage du cinquième costume.

— Tu as bien raison, confirmai-je en regardant mon reflet.

Je me demandai comment diable j'allais m'asseoir avec ce pantalon si moulant.

— Que dirais-tu de te marier en survêtement Railers ? songea-t-il.

Je lui donnai un coup de coude.

— Bien que je sois d'accord avec toi et que ce soit une excellente idée, tu imagines la crise de nerfs de Trent ? Sans parler de Stan, qui a dit qu'il porterait quelque chose de spécial.

Trent secoua la tête.

— J'ai entendu dire qu'il y avait des froufrous. Adler a dit que nous pourrions toujours retoucher les photos.

— Ce ne serait pas Stan s'il n'avait pas le costume de style Elvis le plus voyant.

— Tu sais quoi ? commença Ten avant d'arrêter de jouer avec la veste qui lui allait comme un gant. Je trouve qu'on est plutôt canon avec ces costumes-là.

Nous ne portions pas de tenues assorties. Son costume était d'un beau gris pâle, tandis que je contrastais avec mes vêtements bleu marine. Il me les avait choisis à l'instant où nous étions entrés, disant que je devrais porter une chemise bleue assortie à mes yeux. Comment trouvait-il toujours les mots parfaits ?

— Tu es si beau, murmurai-je alors que nous nous penchions pour nous embrasser.

Nous étions à deux doigts d'y arriver.

— J'entre ! annonça Trent à tue-tête avant d'arriver avec les mains sur les yeux. C'est bon ?

Il ne posa la question que pour la forme, car il laissa sa main retomber et nous regarda directement. Il perdit alors toute sa flamboyance Trentesque et je crus qu'il allait pleurer. Ses yeux brillaient d'émotions.

— Oh, mes stars, dit-il. Vous êtes tous les deux…

Il se pinça les lèvres et hocha ensuite la tête comme s'il avait un genre de discussion privée dans sa tête.

— Parfait, résuma-t-il. Parfois, j'aimerais que Dieter…

Il se tut avant de se ragaillardir.

— On continue. Nous attendons Ryker, Jamie et Brady pour leurs essayages. Maintenant qu'on a coché vos noms sur la liste, vous êtes libres jusqu'au dîner de répétitions demain soir.

C'était la première fois que j'entendais parler d'un dîner de répétitions, mais je me fichais de ce que nous faisions, à présent, car j'avais vraiment l'impression d'avoir atteint ce moment de l'événement où il n'y avait plus que Ten et moi. L'expression de Trent fit enfler l'amour et l'affection en moi. Une tendresse pour lui, pour sa grande générosité, pour son émotion, pour les beaux costumes et les couturiers obligeants, et pour le gâteau en forme de palet. Mais surtout pour Ten.

Trent nota dans son journal déjà bien rempli d'informations l'heure à laquelle passer nous prendre, puis nous partîmes dans des directions opposées. Ce soir, Ryker et Jacob dormaient à la maison, et j'avais prévu tout un tas de choses, de la pizza au pop-corn en passant par les jeux, les films et les discussions concernant le hockey.

. . .

– PAPA ? On peut discuter ?

Ryker s'accroupit à côté de moi, près du lave-vaisselle. Les jeux et les films avaient été interrompus par Ten, qui avait sombré dans un coma de gâteaux et de pizzas sur le canapé, et Jacob l'avait même rejoint pour le soutenir. Le jeune homme était resté debout toute la nuit avec une vache, ou quelque chose de ce genre et, pour être honnête, il paraissait épuisé. Ryker, d'un autre côté, était bien réveillé et agité. À mon avis, je savais de quoi il s'agissait. Après le mariage, il emménageait dans l'Arizona. Non seulement c'était *très* loin de chez Jacob, mais il allait aussi rejoindre une équipe qu'il redoutait. Je connaissais mon fils et voyais ce nuage noir au-dessus de sa tête.

Je fermai le lave-vaisselle et l'enclenchai avant de m'essuyer les mains sur le torchon le plus proche.

— Allons tirer quelques palets.

Il me suivit dehors pour notre traditionnelle discussion papa/Ryker post-dîner lors de laquelle nous tirions des palets. Dès son plus jeune âge, mon fils ne parlait que de hockey et nous avions mis en place cette routine grâce à laquelle nous marquions des buts et discutions quand nous le pouvions.

Je n'entamai pas la conversation. Je laissai mes muscles s'échauffer et visai le centre du filet dans notre jardin, voyant les mouvements rythmiques de mon fils apaiser peu à peu son agitation.

Il s'arrêta enfin et récupéra son palet sur sa crosse, le faisant rebondir alors qu'il me racontait ce qu'il avait sur le cœur.

— La rumeur dit que les Raptors vont annoncer une

restructuration. Je l'ai appris de Matt. Tu te souviens de Matt Lewis ?

— Ouais. Choisi au premier tour, Calgary, tire à gauche, dis-je en énonçant les statistiques du petit Lewis de mémoire.

Je voulais savoir quel genre de joueurs mon fils rencontrerait sur la glace et j'avais espéré que les Railers le choisiraient. Il était un avant puissant. Bien sûr, j'avais espéré que nous choisissions Ryker aussi, mais ça n'était pas arrivé.

— L'oncle de Matt est coach assistant à Dallas et il est ami avec un mec, un journaliste de hockey…

Il prit une profonde inspiration avant de soupirer lourdement.

— C'est une longue histoire, mais ouais, j'ai l'impression que j'ai été sélectionné par une équipe qui, non seulement, est en train de couler, mais qui prévoit en plus d'annoncer une foutue restructuration.

Je devais avancer prudemment.

— Il n'y a rien de mal à restructurer, Ry. Toutes les équipes passent par là, à un moment ou un autre. Ça peut arriver parce qu'aucun jeune joueur ne sort de l'équipe de réserve ou parce que des joueurs majeurs sont perdus lors des échanges. Bon sang, ça peut simplement être à cause de l'endroit où ils jouent ou du planning qu'ils doivent suivre et qui les met dans de beaux draps.

Ryker arrêta de marquer des buts et lança le palet en l'air, le regardant monter, puis retomber pour le propulser dans le filet comme une balle de baseball. Mon fils avait de grands talents, si je pouvais en juger par moi-même.

— Et si je me perds dans tout ce mélange ?

Il avait exprimé ses préoccupations concernant les

Raptors à plusieurs reprises et, chaque fois, je lui avais expliqué que s'inquiéter était une perte de temps, qu'il devait garder la tête baissée, se servir de son éthique de travail et jouer du mieux possible. Cela avait peut-être un rapport avec le mariage, la pizza, les costumes ou même ce fichu gâteau, mais mon sentiment était différent, ce soir. Ryker avait besoin que je sois le plus fier des papas, actuellement. Il méritait également mon honnêteté et pas simplement des déclarations toutes faites.

J'appuyai ma crosse contre le filet et m'agrippai à ses épaules, le regardant dans ses yeux qui avaient la même teinte que les miens.

— Ryker, fils, ça pourrait être le merdier. Tu intègres une équipe notoirement instable et un vestiaire qui ne sera certainement pas empli d'espoir. Mais tu sais quoi ? Tu peux changer ça. À chacun de tes passages, chacun de tes entraînements, tu peux exercer la magie Ryker et faire une différence. Je t'aime, Ryker, et je ne suis pas du tout objectif, mais tu vas devenir une star et tu vas emmener cette équipe qui se débat et qui chouine vers un nouveau style de jeu. Je sais que tu vas le faire et je suis si fier de toi.

Mon fils réfléchit avant de me lancer un sourire prudent.

— Merci, papa.

— De rien.

Je récupérai la crosse, mais Ten s'interposa et passa un bras autour de ma taille.

— Que font mon fiancé et mon beau-fils préféré, ici ? demanda-t-il.

Il sourit et tendit une main vers l'une des crosses que nous rangions dans la remise.

— On se bande les yeux et on voit qui arrive à mettre

vingt buts en premier ?

Il nous lança ce défi à tous les deux, mais je reculai et les laissai faire, heureux de regarder les deux personnes les plus importantes de ma vie depuis le banc. Je ne me décalai que lorsque Jacob s'assit à mes côtés.

— Pourquoi ont-ils noué un T-shirt autour de leurs yeux ? demanda Jacob avant de bâiller derrière sa main.

Je ris.

— Avec eux ? Il vaut mieux ne pas demander.

SEPT

Tennant

_____

MON AMOUR POUR TOI EST COMME LES RIVIÈRES DE L'AMOUR
qui serpentent à travers mon cœur.

Je fixai cette phrase que j'avais écrite sur ma tablette.

— Tennant, c'est craignos, marmonnai-je avant
d'effacer cette déclaration stupide.

Le vent soufflait dans Reservoir Park, transportant de
fines particules d'eau depuis la source de la fontaine
jusqu'à mon visage et mes bras nus. Je levai les yeux vers
ma page Word désormais vierge. Mes yeux protégés par la
casquette des Railers enfoncée jusqu'à mes sourcils,
j'observai la statue représentant des parents en train de
jouer avec leurs jeunes enfants. C'était une belle journée, à
Harrisburg. Il faisait presque une trentaine de degrés, il y
avait peu d'humidité et le ciel était aussi bleu que les yeux
de mon fiancé. Jared. L'homme que j'aimais et que j'allais
épouser dans cinq jours. Cinq. Jours. Et je n'avais écrit
aucun vœu.

— Aide-moi, statue de maman. Tu es mon unique
espoir, geignis-je avant de m'affaler sur le banc du parc.

J'avais cru que sortir de la maison m'aiderait. Franchement, notre foyer était l'épicentre de la folie du mariage. Trent nous réveillait tous les jours à sept heures – comme j'aimerais qu'il retourne à Philadelphie – avec une exubérance incroyable et une liste aussi longue que les écharpes vaporeuses qu'il portait. Impossible de le canaliser. Nous avions essayé. Nous avions supplié Dieter de garder son petit ami chez lui jusqu'à huit ou neuf heures, au moins. Big D avait répondu qu'il était impossible de garder Trent où que ce soit quand il avait un événement à préparer. Voilà la raison pour laquelle quand il faisait encore des compétitions, il se retrouvait sur la glace à cinq heures tous les matins. Il était réellement dévoué. Néanmoins, personne n'aurait été dérangé s'il avait été un peu moins dévoué à ce mariage parfait. Alors, ouais, j'étais sorti en douce, laissant Jared avec Trent et ma mère pour qu'ils s'occupent du plan de table. Je paierais cet abandon plus tard, j'en étais certain.

— Bon, dis-je à voix haute pour arrêter de rêvasser à propos de vengeances sexuelles.

Mon amour pour toi est comme une cascade qui coule sous les cailloux de mon cœur.

Je relus cette phrase.

— Elle est encore pire que la première, geignis-je avant de l'effacer avec une violence injustifiée. Génial. C'est juste génial.

Je visualisais la scène : moi, face à Jared, après la lecture de son discours épique et romantique, rempli de mots d'amour et d'engagement, je lui répondrais quelque chose comme « *carrément, mec, je te retourne le compliment* ».

Quelqu'un s'assit à côté de moi et cogna mon coude avec le sien. Je jetai un coup d'œil à ce gars et me rendis compte qu'il ne s'agissait que d'un enfant. Un jeune garçon, de dix ans environ. Il fronçait autant les sourcils que moi, seulement, sa morosité était dirigée vers son portable et non une tablette.

— Désolé, dit le garçon en me regardant avant d'écarquiller les yeux. Vous êtes Tennant Rowe !

Toute sa mauvaise humeur s'estompa.

— Ouais, c'est moi, répondis-je avant de lui tendre la main. Et tu es ?

— Kyle Reynolds.

Nous nous serrâmes la main et je signai sa chaussure gauche.

— C'est incroyable, dit-il en passant un doigt sur ma signature sur le côté de sa Converse montante. Vous traînez souvent dans le coin ?

— Non, je suis là pour essayer d'écrire mes vœux de mariage, mais de toi à moi… (Je me penchai sur le côté comme pour lui dire un secret.) Je ne suis pas doué pour ce genre de choses. Ma mère a dû me donner des cours particuliers d'anglais quand j'étais en seconde et même comme ça, je n'ai réussi à décrocher qu'un C.

— Pas de chance. Peut-être que votre maman pourrait vous aider avec vos vœux pour le coach Madsen ?

Il haussa les épaules avant d'écarter ses cheveux blonds ébouriffés de son visage.

— Probablement, mais je voulais y arriver tout seul. Qu'est-ce qui te met de mauvaise humeur ?

Il soupira d'un air théâtral.

— J'essaie de chasser un shiny…

Je tendis l'oreille.

—Un Pokémon shiny ?

— Ouais. Vous connaissez les Pokémon ? demanda prudemment Kyle.

— *Sérieusement* ?

Je rangeai ma tablette dans le minuscule sac à dos que j'avais apporté et sortis mon téléphone. Tu as essayé les raids sur les gymnases ? J'en ai trouvé deux de cette manière. Oh ! Et n'oublie pas de faire éclore les œufs.

Kyle et moi partîmes à la chasse dans le parc pour lui trouver un Pokémon shiny. Malheureusement, nous n'en trouvâmes aucun. Ils *étaient* rares, mais il captura tout de même un Élekid en liberté qu'il n'avait jamais attrapé avant. Dans l'ensemble, la chasse fut donc un succès pour lui. Lorsque nous en eûmes terminé, nous fîmes une pause à l'ombre d'un vieux chêne imposant avec vue sur le kiosque à musique Levitt Pavilion. Un concert y était programmé pour ce soir et Jared et moi envisagions d'y aller.

— C'était marrant, dit Kyle avec un large sourire. On peut refaire un selfie ?

— Bien sûr.

Je passai un bras autour de ses épaules et il prit quelques clichés.

— D'accord, comme tu m'as aidé à trouver un Élekid, peut-être que je peux t'aider avec tes vœux ?

— Oh, bon sang, j'aimerais *tellement* que tu le puisses. Tu vois, ce n'est pas comme si j'ignorais ce qu'il se passait en moi.

Je cognai mon torse avec mon poing. Une abeille bourdonna devant nous avec la ferme intention d'aller butiner les buissons qui s'agitaient au vent.

— J'ai tant d'amour pour lui, en moi, tu vois ? Il est l'homme parfait pour moi. Il me permet de garder les pieds sur terre quand j'en ai besoin et me laisse m'envoler quand j'ai besoin de liberté. Il rit avec moi et se moque de moi, il me prend dans ses bras quand les choses dégénèrent et il danse avec moi quand tout va bien. Il est mon monde. J'aimerais simplement lui dire tout ça de manière poétique.

— Qui dit que tes vœux doivent être poétiques ? Explique simplement au coach Madsen ce que tu ressens.

J'ouvris la bouche, la refermai, puis regardai lentement le garçon de dix ans qui sirotait une briquette de jus de cerise achetée après notre grande chasse aux Pokémon. La vérité sort de la bouche des enfants.

— Kyle, mon petit, donne-moi ton adresse e-mail. Je veux t'offrir, à toi et à ta famille, des billets pour la prochaine saison. Je crois que tu viens de me sauver la vie.

– … écoutez ! Tout le monde ! *Tout le monde* !

Le bourdonnement assourdissant qui s'élevait dans l'immense salle à manger de Stan se tut quand Trent, debout sur une chaise, frappa vivement dans ses mains.

— Mon Dieu, c'est pire que d'essayer de faire comprendre à un groupe d'enfants de six ans comment réaliser une crête mohawk.

Je souris à notre organisateur de mariage. J'ignorais totalement de quoi il parlait. Quel était le rapport avec les Amérindiens ?

— On écoute bien, maintenant, cria Stan au fond de la pièce avec son fils Pavel sur ses larges épaules.

— Merci, Stan. Bon, je sais que nous venons tout juste de vivre des répétitions mouvementées, mais j'ai une *grande confiance en vous*, et demain, vous saurez tous *où vous placer*. Messieurs les ouvreurs, s'il vous plaît, assurez-vous d'arriver une heure avant le mariage afin de pouvoir installer les premiers invités.

Plusieurs Railers marmonnèrent une réponse. Trent ajusta le béret bordeaux qui ornait sa tête dans une élégance désinvolte.

— De plus, nous devrons être certains que la demoiselle qui lance les pétales et le petit qui apporte les alliances seront là et seront bien propres.

— Ce ne sera pas un problème, cria Erik.

Jared glissa un bras autour de ma taille. Je me penchai vers lui.

— Eva et Noah seront à l'heure et seront aussi propres que possible.

— Papa !

— Il sera. Il sera aussi propre que possible, se corrigea promptement Erik avant d'embrasser le sommet du crâne de sa fille.

— *Merveilleux* ! On m'a également signalé que ceux qui participent au mariage en lui-même doivent arriver plus tôt pour que leur photo soit postée sur les réseaux sociaux. Layton veut rappeler à tout le monde qu'aucune information et/ou image kitsch ou délurée ne doit être partagée en ligne. Le monde regardera le premier joueur de hockey ouvertement gay épouser l'homme de ses rêves. Nous allons jouer la carte de l'élégance, de la bienséance et de la courtoisie. Tous les regards seront rivés sur Tennant et Jared, dans l'attente qu'ils agissent d'une manière qui alimentera les feux de l'intolérance des homophobes. Alors, *s'il vous plaît*, pas de commentaires Instagram malpolis ou de tweets de mauvais goût. Nous n'aurons qu'une seule chance de faire briller ce mariage, alors pour citer Mama Ru : « Bonne chance et ne merdez pas » !

Tout le monde applaudit. Jared tendit la main pour aider Trent à descendre de la chaise. Ce dernier nous embrassa tous les deux sur la joue, puis alla se blottir contre Dieter.

— Bien, je ne ressens *aucune* pression après tout ce discours d'encouragement, dis-je à Jared.

Il gloussa légèrement avant de me prendre la main et d'entrelacer ses doigts avec les miens et de me guider vers le jardin où le traiteur installait les tables du buffet. Stan prenait très au sérieux son rôle d'ami et d'hôte. Et jusqu'ici, il n'y avait eu aucun signe de paillettes ou de coupe de cheveux en banane.

— Quand tu penses enfin que tu n'as plus la frousse, l'organisateur de mariage te rappelle que le monde entier et même les caniches surveilleront tes moindres mouvements.

Il me guida entre les employés qui se hâtaient de placer des assiettes et des couverts sur les tables.

— Tu ne m'aides pas, grognai-je.

La douce odeur de rose, parvenant des parterres de fleurs parfaitement taillés, me submergea et je pris une profonde inspiration.

— Je n'ai jamais voulu être le représentant gay du hockey. Je voulais juste…

— Tu voulais juste pratiquer le sport que tu adores et aimer qui tu veux, conclut Jared pour moi.

Je gloussai lorsque nous passâmes devant une petite fontaine qui nous éclaboussait gaiement.

— Combien de nouvelles fontaines a-t-il achetées ?

— Ne pose pas la question, commenta sèchement Jared

en me menant de l'autre côté d'un petit monticule puis sous une arche – nouvelle également – sous laquelle nous passerions demain.

Les fleurs seraient posées sur la structure le lendemain, tôt dans la matinée, par des fleuristes. Des roses vertes et des gypsophiles, ou quelque chose de ce genre. Les détails commençaient à s'embrouiller. Nous restâmes à côté de l'arche, main dans la main, et observâmes la pelouse luxuriante sur laquelle, dans moins de vingt-quatre heures, lui et moi deviendrons mari et mari.

— Il nous sauve la vie.

— Oh, sans aucun doute, mais il n'avait pas besoin de dépenser autant pour le lieu et le dîner. Enfin, nous offrir cet endroit était déjà suffisant.

— Rien n'est trop bien pour meilleur ami Ten, répondit Jared avec sa meilleure voix de baryton pour imiter Stan.

— Ah, bon sang, c'est le meilleur.

Nous nous attardâmes là, appuyés l'un contre l'autre alors que le soleil se couchait déjà, même si la nuit était encore loin. Des bourdons et des colibris passaient d'un parterre de fleurs aux couleurs vibrantes à un autre, et les sons étouffés des invités sortant pour manger flottaient jusqu'à l'endroit où nous volions quelques instants à deux. Ces deux derniers jours avaient été ponctués de rendez-vous, de drame, d'essayages, de boucle d'oreille perdue, de gamins de mauvaise humeur, d'arrivées de membres de nos familles, de journalistes qui nous suivaient et de discussions fraternelles. Il se passait bien trop de choses. Nous avions à peine eu le temps de nous dire bonjour.

— Bon, n'aie pas une mauvaise opinion de moi, parce que je les adore tous, ainsi que leurs efforts pour notre mariage, mais j'ai hâte de monter dans cet avion, demain soir, et de m'envoler jusqu'en Grèce.

— Hum, ouais. J'ai hâte de te faire l'amour sous un coucher de soleil grec alors que les vagues de la Méditerranée lécheront nos orteils.

Je me tournai vers lui, impatient de coller mon corps contre le sien tandis qu'il me chuchotait de petits mots doux concernant notre voyage imminent.

— On fera le tour des villages tout blancs, puis on verra les antiques merveilles d'Athènes.

— On s'enverra en l'air dans des villas luxueuses avec vue sur Santorin et Delphes.

Il me lécha les lèvres et glissa les mains vers mes fesses.

— On visitera des musées.

— On baisera sous les étoiles en faisant une croisière dans le golfe de Salamine.

— Trois semaines suffiront-elles ?

Il laissa sa langue pénétrer ma bouche, interrompant ma réponse avec un baiser qui me fit bander et me coupa le souffle.

— Non, ronronnai-je en lui attrapant les cheveux. Aucune durée ne sera suffisante. Je t'aime tant que je… les mots me manquent. Dommage.

Il déposa de minuscules baisers sur mon visage.

— Je sais exactement ce que tu ressens. T'imaginer comme mon mari me fait aussi perdre mes mots.

— Les voilà, ils sont en train de s'emballer sous l'arche !

Je me raidis en entendant le rugissement de mon frère aîné.

— Il ne vous reste plus longtemps, les gars. Gardez-la dans votre pantalon.

Brady claqua sa main si fort contre le dos de Jared que

j'en ressentis les vibrations. Jamie arriva ensuite, suivi d'Adler, de Stan, de deux chiens, de mon père, de ma mère, des deux Lisa et d'un bébé en train de pleurer. Le moment d'intimité était officiellement terminé. J'avais douloureusement envie de Jared, alors même que j'étais conduit vers le haut de la colline par mes frères et que je me joignais à la file pour récupérer un sandwich à l'effiloché de porc et de la salade de pommes de terre.

Je jetai un coup d'œil derrière moi. Jared était entre ma mère et Galina, une assiette à la main, et souriait pendant que les deux femmes discutaient avec lui. Son regard croisa le mien. Je sentis l'élan d'amour et de passion jusqu'à mes orteils. Il me tardait que nous échangions nos vœux et que nous montions dans cet avion.

HUIT

Jared

_____

Si faire les cent pas était un sport olympique, alors j'aurais déjà gagné la médaille d'or.

— Mec, tu me donnes le tournis, dit Adler qui était assis sur une chaise près de la porte.

Il y était installé depuis qu'il avait été décidé que je devais être dans une autre pièce que Ten. J'ignorais si on lui avait demandé de m'empêcher de quitter cette pièce ou si cette chaise était juste très confortable, mais je jure qu'à un moment, j'eus l'impression qu'il allait s'endormir.

— C'est stupide, marmonnai-je avant de pivoter rapidement devant le mur et de faire demi-tour sur le parquet de la salle à manger de Stan et Erik.

La pièce était très jolie, avec un mélange d'ancien et de neuf. Des tableaux peints par le petit ami d'un membre de notre équipe secondaire ornaient les murs tandis que deux immenses candélabres étaient posés aux deux extrémités de la grande table. Huit chaises l'entouraient. Enfin, plutôt sept, car Adler avait fait glisser la huitième jusqu'à la porte quand on lui avait demandé de s'occuper de moi.

— Entraînement de haute intensité, lui fis-je remarquer quand il tenta de m'intercepter.

Je n'avais jamais vu quelqu'un retirer sa main si rapidement.

— Tu auras oublié cette menace quand on sera de retour sur la glace, me dit Adler avant de me lancer un sourire narquois.

Je m'arrêtai délibérément devant lui et baissai les yeux vers lui.

— Je me souviens de *tout*.

Il gigota légèrement avant de baisser les yeux, mais ne quitta pas sa chaise. J'aimais bien intimider Adler, ou n'importe qui dans l'équipe, et la menace ultime était le pire entraînement qu'ils pourraient imaginer. L'entraînement de haute intensité consistait à faire des exercices sur la glace lors desquels le coach poussait les joueurs à bout, jusqu'à ce qu'ils aient suffisamment souffert. J'avais de nombreuses idées de supplices à faire subir à Adler et j'espérais qu'il le comprenait grâce à ma posture et mes bras croisés.

— Je ne te laisserai quand même pas sortir, dit-il en relevant le menton d'un air de défi. Jamie a dit qu'il me tuerait si tu sortais.

Je haussai un sourcil.

— Jamie n'est pas un des coachs des Railers, lui rappelai-je.

— Ouais, mais tu as vu ce mec lors de ses mises en échec ? demanda Adler en frissonnant.

Il ne retira pas son pied de la porte et je me contentai de me morfondre à la fenêtre.

D'ici, je voyais toute l'installation pour le mariage. Cent vingt chaises, réparties en deux groupes de soixante séparés par une allée, et à l'extrémité, l'arche sous laquelle Ten et moi échangerions nos vœux. J'observai un gros chat poilu se faufiler entre les chaises avant de bondir sur l'arche et d'y poser ses fesses duveteuses et de regarder l'une des fontaines de Stan. Le soleil se reflétait sur la fontaine et, au-delà, je savais que de minuscules lumières avaient été disséminées dans les arbres. Stan et Erik en avaient fait des tonnes pour chaque suggestion de Trent et je les aimais pour ça. Je voulais que Ten passe la meilleure des journées, mais je voulais aussi que la fête commence.

— Encore quinze minutes, me dit Adler comme s'il avait lu dans mon esprit.

Ce serait le plus long quart d'heure de ma vie. Ce serait encore plus long que lorsque Ryker était né avec le cordon ombilical autour du cou. Le temps sembla effectivement se figer lorsque je vis les invités commencer à arriver. La mère de Ryker fut la première, avec son mari et ses filles dans son sillage. Il y eut ensuite les membres de l'équipe qui n'avaient aucun rôle à jouer lors du mariage, les managers, des amis du hockey, encore de la famille et enfin les belles-sœurs de Ten. C'était un kaléidoscope de couleurs et tout le monde était placé selon un plan élaboré par Trent. Je fus surpris qu'il n'ait pas demandé aux invités de coordonner leurs tenues dans un genre d'arc-en-ciel.

La porte s'ouvrit. Quelqu'un jura en russe et Adler faillit s'envoler de sa chaise.

— Adler, on met pas le pied comme en prison. Il est l'heure de se marier.

Je sortis de la pièce, telle une fusée, et fonçai dans Ryker qui arrivait dans la direction opposée. Il me stabilisa avant de sourire.

— Tu es pressé, Papa ?

— Peut-être.

Il m'observa de haut en bas.

— D'accord, alors, dernières vérifications. Quelque chose de vieux, quelque chose de neuf, quelque chose d'emprunté et quelque chose de bleu.

Il ajusta ma cravate.

— Tu as une cravate bleue donc ça, c'est bon. Le costume est neuf.

Il épousseta le col de ma veste bleu marine.

— Quelque chose de vieux ? Tu n'en as pas besoin… tu es déjà vieux, toi-même.

— Ouais, ouais.

Je soupirai bruyamment. Comme je n'étais qu'un adolescent lorsqu'il était venu au monde, je n'étais pas *si* vieux, mais il adorait dire ce genre de choses.

Bien sûr, j'étais aussi plus âgé que Ten.

Suis-je trop vieux ? Pourquoi suis-je en train de penser à ça ? Qu'est-ce qui ne va pas chez moi ? C'est moi ou il fait chaud ici ? Je veux épouser Ten. On peut commencer, maintenant ? Pourquoi je… ?

— La Terre à Papa ?

Ryker me secoua et je sortis de ma spirale.

— Je parie que tu n'as rien d'emprunté.

— Je n'ai pas… Je n'avais pas pensé…

— Détends-toi. Maman m'a donné ça pour toi.

Casey lui avait donné quelque chose pour moi ?

Il tendit la main et, au creux de sa paume, se trouvait un galet. Lisse et rond, il s'agissait du galet que Ryker avait trouvé lors de son premier séjour à la plage. Il n'avait que trois ans et avait été fier de sa trouvaille, encore plus quand Casey y avait collé des yeux et l'avait appelé Fred. Lorsque nous nous étions séparés, c'était l'une des choses qui lui étaient revenues.

— Mais elle veut le récupérer.

Je pris Fred, avec ses yeux en plastique, et souris quand les souvenirs de Ryker, lorsqu'il était petit garçon, déchaîné et rigolo, me submergèrent. Je m'étais séparé en bons termes avec Casey, du moins, aussi harmonieusement que possible puisqu'il y avait mon salopard d'ex-beau-père. Pendant tout ce temps, nous avions voulu offrir à Ryker une éducation heureuse et stable. À mon avis, nous avions fait ce qu'il fallait.

— On s'en est bien sortis ? demandai-je avant que ma bouche ne suive mon cerveau.

Ryker me regarda, attendant la suite.

— Avec toi. Est-ce qu'on t'a toujours fait savoir qu'on t'aimait ?

Les yeux de Ryker s'illuminèrent et il déglutit difficilement.

— Toujours, Papa, toujours.

Nous nous enlaçâmes et lorsqu'il recula, il souriait terriblement.

— Bien, allons-y.

Nous retrouvâmes Ten devant les larges portes du patio et il tendit la main vers la mienne en me voyant.

— Salut, chuchota-t-il.

Je rangeai Fred et ses yeux exorbités dans ma poche avant de prendre la main de mon fiancé.

— Salut.

Nous ne nous embrassâmes pas, mais nos doigts s'entrelacèrent parfaitement. Et d'une manière étrange, comme une procession, nous avançâmes vers le chemin qui nous menait à l'allée.

Ten s'accroupit pour regarder Pavel dans les yeux.

— Tu vas bien, petit gars ?

Pavel gonfla fièrement le torse.

— J'ai pas perdu les bagues, annonça-t-il avant de secouer le minuscule coussin sur lequel elles étaient posées.

Heureusement, elles étaient maintenues par un ruban. Autrement, elles auraient fini dans l'herbe. Ten se tourna ensuite vers Eva, qui était si mignonne avec sa robe de demoiselle d'honneur.

— Waouh, dit Ten avant de siffler. Regarde-toi, ma belle.

Elle rougit et plissa le nez. Elle adorait Ten et il l'adorait également. Peut-être qu'un jour, nous aurions nos propres enfants et une plus grande maison. Nous construirions une petite patinoire et engendrerions toute une franchise de joueurs.

Waouh, ça venait d'où, ça ?

— Merci, oncle Ten, murmura-t-elle.

Les épaules en arrière, elle suivit Pavel sur le chemin en jetant des pétales de rose. Il ne resta plus que Ten, moi et nos témoins. Ten avait ses frères, j'avais Ryker, et le groupe formait un petit cercle. Je nous imaginai nous serrer la main étrangement avant de crier un « on y va, la team » à la fin. Mais Brady prit son rôle de grand frère.

— Il n'est pas trop tard pour changer d'avis, feignit-il de chuchoter à Ten. Nous avons une voiture de sport garée devant, et on est prêts à fuir.

— Brady, sois sérieux, murmura Jamie en retour.

— C'est un conseil fraternel, répondit-il avec un sourire narquois quand il sut que je le regardais.

Il devint alors sérieux et se tourna pour être face à moi.

— Si tu lui fais du mal, je te pourchasserai, me menaça-t-il d'un air terriblement sérieux.

— Je ne lui ferai jamais de mal, lui promis-je.

Nous nous serrâmes la main.

Ce fut ensuite au tour de Jamie.

— Brady te pourchassera peut-être, mais ce sera moi, qui aurai la boîte et la pelle.

— Noté, dis-je en lui serrant la main.

Jamie s'éclaircit la gorge.

— On se voit sous l'arche.

Ils suivirent Pavel et Eva et ce fut ensuite le tour de Ryker. Il m'étreignit, me déposa un baiser sur la joue et en fit de même avec Ten.

— Allez vous marier, pour que je puisse dire que j'ai deux papas, lança-t-il d'un air impassible.

Il suivit les frères de Ten. Finalement, nous nous retrouvâmes tous les deux et entrelaçâmes nos doigts. Trent avait trouvé un tas d'idées merveilleuses sur notre façon de rejoindre l'arche, mais finalement, nous avions décidé d'arriver ensemble.

La courte distance sembla durer une éternité. Les invités souriaient, prenaient des photos, certains discutaient quand nous passâmes, et je vis Stan porter le chat qui était assis précédemment sur l'arche. Le ciel était du plus brillant des bleus saphir. Un léger vent charriait l'odeur des fleurs que Trent avait disposées. Tout ce que nous avions traversé pour en arriver là se cristallisa à cet instant.

J'épousais l'homme que j'aimais.

Tout le monde s'assit lorsque nous arrivâmes au bout du chemin. Jamie et Brady se placèrent derrière Ten et Ryker en fit de même à quelques pas de moi. J'observai les invités venus ici pour faire la fête avec nous et mes yeux se posèrent sur Casey. Elle me sourit avant de décrire deux cercles avec ses doigts et de les placer autour de ses yeux, comme Fred. Elle serait toujours mon amie et, ensemble, nous étions la maman et le papa de Ryker.

Bon sang, je deviens trop sensible.

Des mots furent prononcés, l'officiant expliqua ce que signifiait le mariage, mais la cérémonie fut en grande partie confuse, tel un splendide brouillard rempli d'amour. Il fut alors temps pour moi de parler. Nous nous étions mis d'accord pour que je passe en premier. Au moment où nous en avions discuté, je n'avais pas pensé que les mots que je voulais dire à Ten à cet instant seraient les plus difficiles que je n'avais jamais prononcés. Je savais qu'il avait écrit quelque chose et qu'il avait longuement, ardemment réfléchi à ce qu'il voulait dire. Je pariais que ses vœux seraient merveilleusement formulés et m'exprimeraient son amour de manière bien plus poétique que je ne le pourrais. Mais je voulais parler avec le cœur et commençai donc par là.

Je me mis face à lui et lui pris les mains. Ma respiration s'apaisa et les doux bruits de cette belle journée d'été s'estompèrent.

— Quand je suis tombé sur la glace, c'est parce que mon cœur s'est brisé. Je refusais d'accepter que la seule chose sur laquelle je me reposais me laisse tomber. Quand j'ai commencé à guérir, je me suis rendu compte que j'avais Ryker dans mon cœur, en plus de cette partie brisée, et quand je l'imaginais avec moi, je me calmais, je me sentais en paix. Je pouvais affronter le monde entier, si je pouvais seulement rendre Ryker fier.

Ten se mordit la lèvre et me regarda attentivement. Ce que je racontais avait-il un sens ?

— Ensuite, je t'ai rencontré et les autres parties de mon cœur blessé ont lentement commencé à guérir. Il ne m'a pas fallu longtemps pour tomber amoureux de toi. Je suis l'homme le plus chanceux du monde parce que tu m'as remarqué et désiré en retour. Bon sang, je me souviens de cette première matinée, quand tu étais derrière la vitre et que tu accordais une interview, dans ton pull des Railers flambant neuf. Tu étais un phénomène du hockey, l'un des meilleurs de ta génération et, dans le vestiaire, nous savions que si tu trouvais ta place parmi nous, les Railers grandiraient en tant qu'équipe. C'est ainsi que j'étais censé te voir, comme un joueur, comme un mec sur des patins. Mais je crois que depuis le premier jour, je te perçois autrement, et seule mon obstination m'a empêché de le comprendre plus tôt.

Je marquai une nouvelle pause. Je n'étais pas censé parler de Ten et de sa bonne intégration chez les Railers. Mais je restais convaincu qu'il devait le savoir.

— Je suis tombé amoureux si rapidement, si rudement, et du moment où l'on s'est faufilés dans des cabanes jusqu'à celui où ton frère m'a frappé, tu as été la meilleure chose qui me soit jamais arrivée. Ten, je t'ai dans mon cœur, juste à côté de Ryker. Tu le sais, n'est-ce pas ?

Il me sourit. Ses yeux brillèrent et je me dis donc que mes déclarations devaient avoir une certaine logique. Il n'avait pas besoin de répondre. Je voyais son sourire.

— Et puis tu es tombé sur la glace.

Ma voix s'étrangla et je déglutis pour m'éclaircir la gorge.

— Mon être tout entier a souffert quand ils t'ont

récupéré et t'ont emmené. Je n'imagine pas une vie sans toi, alors s'il te plaît, sache que si tu retombes *un jour* sur la glace, je serai toujours là pour toi et je te ramènerai à la maison, là où est ta place.

Je m'agrippai davantage à ses mains. Je voulais encore dire une dernière chose.

— Je t'aime, Ten, de tout mon cœur.

Le bonheur incroyable qui s'entortilla en moi me fit tourner la tête. J'avais envie de prendre Ten dans mes bras, de le serrer contre moi et de ne plus jamais le relâcher.

J'avais trouvé mon éternité et nous avions une vie entière à partager.

Ce fut alors son tour et je ne savais pas comment j'allais me retenir de pleurer.

NEUF

Tennant

CERTAINS DE NOS SOUVENIRS SORTENT DU LOT.

La première fois sur des patins, le premier but, le premier baiser, le premier amour, la prise de conscience que le premier baiser partagé avec Becky Addison, la voisine, n'était rien en comparaison avec celui partagé avec Dylan Doyle, l'arrière de l'équipe de football du lycée. La première signature de contrat avec une équipe professionnelle. Le premier échange professionnel. La première fois qu'on soulève la coupe.

Toutes ces premières fois étaient spéciales et importantes. Ces choses-là sortaient du lot et avaient fait de moi l'homme que j'étais actuellement. Mais rien ne pouvait être comparé au souvenir de ce que serait ce jour, ce *moment*. Rien ne serait semblable au fait de savoir que j'avais trouvé mon âme sœur et qu'il attendait, ainsi que toutes les personnes assises dans ce jardin méticuleusement sculpté, que je prononce des vœux mémorables. Je serrai les doigts qui étaient entrelacés avec les miens. Son regard caressa mon visage.

— Il y a une semaine, je jouais à Pokémon Go avec un gamin qui s'appelle Kyle, débutai-je.

Le regard de Jared s'illumina légèrement. Quelqu'un, qui avait la voix d'Adler Lockhart, hurla. Ce cri me fit tout de même sourire et apaisa la tension qui étouffait ma poitrine.

— Il cherchait une créature en particulier et n'avait pas encore eu la chance de la trouver. Vous voyez, elle est rare.

Jared hocha la tête, bien qu'il soit confus. J'eus envie de l'embrasser pour qu'il cesse de froncer les sourcils.

— Parfois, il faut chercher longtemps avant de trouver des trésors rares. Quelquefois, on cherche encore et encore, on marche sur des kilomètres et des kilomètres, on traverse des océans puissants et on escalade d'incroyables montagnes pour trouver cette pierre précieuse remarquable. Parfois, on creuse au plus profond de la terre et on s'élève dans le ciel pour trouver cette richesse. Et puis il arrive qu'on donne une interview, qu'on se retourne et qu'on trouve cette splendeur convoitée de l'autre côté de la vitre.

Il prit une inspiration tremblante. J'entendis ma mère tousser discrètement. Un oiseau chanta dans un chêne non loin.

— J'ai eu de la chance. Je n'ai pas eu besoin de traverser le globe ou la jungle pour trouver ce trésor que beaucoup cherchent… le véritable amour. Il était juste là, en train de me regarder, et j'ai su à cet instant que même si je ne gagnais jamais de championnat, que je ne signais jamais de contrat à un milliard ou que je ne portais jamais l'une de ces grosses bagues bling-bling, je serais tout de même démesurément riche, parce que je t'avais trouvé. Notre amour est un trésor. C'est la chose la plus précieuse dans ma vie. Comment ai-je pu avoir la chance d'avoir trouvé notre amour si tôt ? Comment ai-je pu avoir la chance d'exposer notre adoration comme un roi expose les joyaux de sa couronne ? Comment ai-je pu avoir la chance de te trouver, Jared Madsen ? Et comment puis-je avoir la chance de t'appeler mon mari, mon amant et mon meilleur ami ? Je t'aime.

Sur ces mots, je pressai mes lèvres contre les siennes.

— Nous n'en sommes pas encore à cette partie de la cérémonie, souligna l'officiant avec humour.

— Je sais, mais ça devait être fait, répondis-je en posant les yeux sur le visage de Jared.

— Il est toujours impatient, chuchota-t-il avant d'embrasser ma main.

Le reste de la cérémonie défila rapidement, les mots se troublant légèrement jusqu'à ce que nous arrivions à « par les pouvoirs qui me sont conférés », « je vous déclare maintenant mari et mari » et « vous pouvez vous embrasser ».

Jared m'attira dans ses bras, baissa la tête et m'embrassa avec tant d'amour et de passion que je le ressentis jusque dans mes orteils. Des applaudissements s'élevèrent dans l'air estival. Nous continuâmes de nous embrasser. Des cris et des exclamations s'élevèrent. Nous continuâmes de nous embrasser. Des rires retentirent et, oui, nous continuâmes de nous embrasser.

— Bon, gardez-en pour la lune de miel, dit Brady.

Cette déclaration apaisa légèrement notre désir. Rien qu'un peu. Reculant de quelques centimètres, je souris à mon mari. Il me sourit en retour. Les invités nous arrosèrent de graines et nous inondèrent de félicitations alors que nous passions devant eux, main dans la main.

— On l'a fait, haletai-je en guidant Jared vers l'arbre le plus proche pour l'embrasser à nouveau.

Ses mains glissèrent dans mon dos pour coller mon corps au sien.

— On l'a fait. On s'est mariés. Ce serait malpoli d'esquiver le repas, la danse et les boissons pour se lancer dans nos ébats de lune de miel ? Je pose la question pour un ami. Il s'appelle Pénis.

— Crétin, répondit Jared en riant avant d'appuyer ses lèvres contre les miennes l'espace d'un autre instant.

Malheureusement, cela ne dura pas plus, car la fête commença et l'organisateur arriva, tout comme le photographe. Le joyeux couple dut alors se tenir ici, puis là, puis là-bas au moins quarante-deux mille fois. Je ne cessai de jeter des coups d'œil vers le grand chapiteau blanc qui gonflait avec le vent chaud, sachant que la nourriture et le groupe nous attendaient. Nous ne quitterions pas la fête avant *au moins* six heures, alors être obnubilé par l'idée de déshabiller Jared ne me servirait pas à grand-chose, à part me contenter d'une demi-molle. Au lieu de devoir gérer une érection pendant toute la réception, je me jetai dans la frénésie du moment et laissai Trent me traîner dans tous les coins comme un carlin qu'il aurait gagné et qu'il promènerait en laisse pailletée.

— La mère du marié ! Nous avons besoin de la mère du marié, ici, près des azalées ! cria Trent en frappant des mains pour être entendu malgré le groupe qui s'échauffait à quelques dizaines de mètres de là.

— Quel marié ? hurla Jared en retour.

Nous gloussâmes tous.

Trent le fit taire d'un geste de la main avant d'enrouler artistiquement son écharpe en taffetas, ornée de carreaux noir et blanc, autour de son cou. Tout ce que je portais comme décoration sur mon costume, moi, c'était une boutonnière avec une rose verte.

Je pris la pose avec ma mère, avec mon père, puis avec mes parents réunis, avec mes frères, mes belles-sœurs, mes nièces, mon mari, mon mari et Ryker, et enfin mon meilleur ami. Oh, et Jared et moi posâmes ensuite avec l'équipe. Layton s'affairait autour de nous, prenant des photos pour les pages Twitter, Facebook et Instagram officielles des Railers. Trent voletait autour de nous comme un colibri bien habillé et sirotait un genre de boisson sucrée, couleur melon, dans une flûte effilée. Il ne retira pas une seule fois sa capeline, malgré quelques bonnes bourrasques.

— Il s'est agrafé ce chapeau sur la tête ? demandai-je à Dieter alors que nous attendions que les invités rejoignent la tente repas/bar – le grand chapiteau, donc – afin que nous puissions faire notre entrée et que Stan fasse son discours de meilleur ami.

— Il a des astuces, répondit Dieter en haussant les épaules. Beaucoup de produits visqueux pour les cheveux et des pinces, je crois ? Je ne sais pas vraiment. Je laisse juste beaucoup de place à tous ces trucs sur le lavabo. La dernière fois que j'ai essayé une de ces pommades à la con, mes cheveux se sont retrouvés comme cimentés en un bloc solide qu'il a fallu retirer avec un genre de défrisant et une paire de cisailles.

— Oh, bon sang, je me souviens de cette fois où tu t'es rasé la tête !

— Ouais, c'était pour cette raison. Bien sûr, il m'a fait la leçon sur l'abus de sa pommade de luxe et sur le fait que seuls ceux qui sont doués pour la coiffure devraient utiliser des produits capillaires si pointus, expliqua chaleureusement Dieter.

Son amour pour Trent était évident, car il cherchait toujours son homme dans la foule et son regard s'adoucissait quand il le contemplait.

— Bon, tout le monde, le groupe est prêt et les apéritifs vont être servis. J'ai besoin des ouvreurs et de ceux qui s'occupent du mariage au premier plan. Oh, très bien, joli. Faites venir les femmes et les petits !

Jared se glissa à côté de moi, blottit son nez contre mon cou et m'attrapa la main. Ma famille et la sienne s'entassèrent dans l'immense tente au son des applaudissements.

Lorsque le groupe commença à jouer *Crazy in Love* de Beyoncé et Jay-Z, nous fûmes propulsés vers l'avant. Tout le monde se leva et frappa des mains quand nous entrâmes en dansant sous le chapiteau. J'étais ravi de constater que Trent avait utilisé la liste de chansons que nous lui avions demandée. Il n'avait pas suivi la plupart de nos suggestions, mais ces morceaux étaient des indispensables, pour moi. De plus, je devais bien avouer que Jared savait secouer ses fesses mieux que quiconque. Ce n'était pas désagréable à regarder.

Après quelques révérences, nous avançâmes vers la table d'honneur. Elle était longue, drapée d'une nappe blanche, et ponctuée d'immenses urnes en verre contenant des fleurs bleues, argentées et blanches tous les mètres cinquante, environ. Les autres tables avaient un vase au milieu, tout comme celles du buffet et le bar, qui était toujours bondé, et la scène pour le groupe à notre gauche.

Stan se leva de sa chaise, à côté de moi. Il m'étreignit, m'embrassa sur les joues, puis en fit de même avec Jared avant de nous faire signe de nous asseoir. Nous nous exécutâmes et on nous servit des flûtes de champagne rosé pétillant.

Stan leva son verre avant de tousser une unique fois. Le silence s'abattit. À mon avis, personne n'avait envie de taper sur les nerfs de notre doux géant. Il *connaissait des gens*, après tout.

— C'est grand honneur pour moi d'avoir été choisi comme meilleur ami officiel pour le mariage de Tennant et Jared, déclara-t-il d'une voix tonitruante qui portait si loin qu'il n'avait pas besoin du micro posé sur la table. Mon discours est bon. J'ai travaillé dur avec mon bien-aimé et mes enfants Eva, Pavel et Noah pour faire le meilleur discours pour mariage.

Les enfants se réunirent autour de leurs pères. Eva rougit quand je lui jetai un coup d'œil tandis que Pavel grimpa sur les genoux d'Erik et que Noah alla sous la table afin de rejoindre les jumelles de Brady pour une partie de cache-cache. Personne ne les cherchait, mais ils se cachaient en gloussant.

— Quand j'ai fait le discours, j'ai découvert que beaucoup de sentiments débordent de mon mur d'émotions. Comme l'eau pendant grosses tempêtes, mes sentiments débordent en haut et inondent villages en dessous. J'ai pensé parler de beaucoup de choses et de la raison pour laquelle ça inonde. Tennant a été la première personne de l'équipe à être ami avec moi, vrai ami. On a mangé beaucoup de Big Macs ensemble et il m'a montré comment capturer des Pokémon. Tennant m'a pas seulement donné l'impression de faire partie d'équipe, mais aussi de faire partie de famille. J'étais pas un russe étranger qui regardait de l'extérieur, j'étais là et j'étais assis à la table des populaires.

J'eus alors les larmes aux yeux en me souvenant à quel point l'amitié de Stan avait été importante pour moi, également, lorsque j'étais arrivé à Harrisburg. Notre lien n'avait fait que se renforcer au fil des années et désormais, il était plutôt comme un troisième frère, ses enfants étaient comme mes filleuls, et nos maisons ainsi que nos vies étaient mêlées dans un bazar, comme chez les vraies familles.

— … parfois, il me raconte des choses juteuses sur ses moments romantiques avec Jared et je peux pas répéter maintenant, parce qu'il y a des petites oreilles qui écoutent le discours.

Je clignai des yeux. Ah, bon sang, qu'avais-je manqué ? Si j'en croyais les gloussements sous le chapiteau, c'était du pur Stan.

— Je suis heureux de donner mon ami Tennant à mon autre ami Jared. C'est un beau couple, aimant et sincère, qui s'élève au-dessus de la haine et est un exemple pour autres joueurs gay, bisexuels ou transgenres qui peuvent parler et faire leur coming-out, s'ils veulent. Le courage emplit leur cœur et la fierté emplit le mien. Je suis honoré de les appeler « frères ». Maintenant, on boit ! Levez vos verres bien haut !

Il se tourna vers nous. Les paillettes sur les revers de son costume scintillaient vivement.

— Que les étoiles du destin qui nous réunissent brillent pour toujours sur cette union heureuse et bénie. Que vous et vos futurs enfants soyez heureux, riches et en bonne santé. Que le grand amour vous porte pendant les bons et mauvais moments, et vous tienne chaud pendant nuits plus froides. Buvons à l'amour. Gorka! Aux jeunes mariés!

Nous sourîmes à nos invités lorsqu'ils burent en l'honneur de notre union.

— Ah! C'est bien. Maintenant, on mange! tonna Stan.

Les serveurs, dans leur chemise bleue, leur pantalon noir et leur tablier blanc élégant commencèrent à déambuler entre les invités pour permettre à une table, puis l'autre de se rendre au buffet, mais seulement quand notre table se fut servie en premier. Nos assiettes étaient emplies de morceaux de bœuf braisés sur des nouilles chinoises, de poulet aux herbes, de purée de pommes de terre, de cabillaud au citron et de plusieurs plats de légumes. Il y avait également des petits pains, du beurre et une soupe rouge foncé que Stan dégusta bruyamment en exprimant toute son approbation. Le groupe joua pendant que nous mangions, surtout des ballades rock.

Lorsque le buffet fut débarrassé, nous fîmes quelque chose que les Russes appelaient « le pain et le sel ». Notre gardien de but avait insisté pour que cela fasse partie des festivités. Une immense miche de pain nous fut présentée, à Jared et moi. Nous prîmes tous les deux un morceau de ce pain croustillant et moelleux. Celui qui avait le plus gros morceau devenait le patron, ou quelque chose de ce genre.

Le gâteau en forme de palet fut ensuite apporté. Jared et moi sourîmes en voyant le « Mr. & Mr. » au-dessus des crosses de hockey croisées. Nous coupâmes une tranche, la main de Jared au-dessus de la mienne, et la situation devint chaotique. Toute convenance fut oubliée. J'écrasai ma part contre son visage, il en fit de même sur mon nez. Tout le monde rit et applaudit alors que nous nous essuyions, avant de partager un doux baiser sucré au goût de glaçage.

Le dessert fut servi aux invités. Tout le monde discuta et rit, en lançant d'aimables moqueries dans notre direction. C'était parfait.

— Oui !

La voix fit écho sous le chapiteau, plus fort que le brouhaha des conversations, et je regardai en direction de Dieter, à genoux, ou du moins, avec un genou à terre. C'était Trent, qui avait crié ce oui, et l'onde de félicitations commença à se propager jusqu'à nous.

— Je crois que Dieter vient de faire sa demande, murmura Jared en saisissant ma main.

— Je crois que tu as raison.

Dieter se leva et attira Trent dans un baiser passionné qui sembla se prolonger infiniment. Puis, dans un mouvement fluide, il prit son homme dans ses bras et sortit de la tente au son des applaudissements.

— Tu sais ce qu'on devrait faire ? songea Jared. On devrait organiser le mariage de Trent.

Je le regardai, horrifié.

— Tu plaisantes ?

Il ricana.

— À mon avis, il serait sur les nerfs si on réservait une île, rien que pour eux deux, et qu'on commandait un gâteau en forme de palet.

Une fois le dessert débarrassé, le bar fut bondé et le groupe continua de jouer. Jared me mena vers la piste de danse, une immense estrade en bois qui avait été posée sur l'herbe verte luxuriante. Je me plaçai entre ses bras tandis que le chanteur entamait joliment *Walk with Me*, l'une de nos chansons préférées de Matt Alber.

— Quelqu'un attend sa danse, me murmura Jared à l'oreille.

Je hochai la tête, l'embrassai sur la joue et avançai vers ma mère.

Les larmes lui montèrent aux yeux quand je lui tendis la main.

— Mon petit garçon, dit-elle si doucement que personne à part nous ne put l'entendre.

Elle posa la tête sur mon épaule, et l'arôme fleuri de son parfum m'enveloppa de son amour et de son réconfort. Elle fredonna *You'll Be in My Heart* alors que je la guidais vers la piste de danse.

— Tennant, je suis tellement heureuse que tu aies trouvé Jared.

Je l'embrassai sur la joue avant de jeter un coup d'œil à mon mari.

— Moi aussi, Maman. Moi aussi.

DIX

Jared

Nous passâmes la majeure partie du vol de Harrisburg vers Philadelphie avec nos casquettes enfoncées sur nos têtes. Il y avait bien trop de maillots orange sur ce vol à notre goût. Enfin, il y en avait au moins deux. Pour ce trajet assez court, il n'y avait pas de première classe dans laquelle nous pouvions nous cacher, et Ten était *le* Tennant Rowe, le phénomène du hockey, bla, bla. Il était également mon mari, et le mariage avait été dévoilé sur les réseaux sociaux quelques heures plus tôt.

Les enfants sur les sièges devant nous ne cessaient de nous jeter des coups d'œil, et même si le vol ne durait que cinquante minutes, à la fin, tous les passagers autour de nous avaient bien conscience qu'un joueur de hockey se trouvait à la place 23A. Non seulement ça, mais il jouait aussi pour l'une des plus grandes rivales de Philly.

— On aurait dû prendre la voiture, dis-je en m'enfonçant davantage sur mon siège côté allée.

Ten avait le hublot, et j'étais comme une barrière entre lui et quiconque décrétait que c'était entièrement sa faute si nous avions gagné nos quatre matchs contre Philadelphie cette saison.

Ce qui était vrai, bien sûr. Quelque chose, dans ces matchs nationaux, faisait monter la mauvaise humeur et Ten avait excellé lors de chacun d'eux.

Lorsque nous eûmes achevé cette première partie du voyage, Ten avait apposé sa signature sur tout ce qui existait entre des maillots de Philadelphie et l'épaule d'une femme. Je fus au moins reconnaissant qu'elle n'ait pas baissé davantage son haut élastique pour lui demander un autographe sur le sein. Manifestement, elle allait se faire tatouer cette signature. Elle partit, ravie, une fois qu'il lui eut recommandé d'aller chez Gatlin.

L'aéroport de Philadelphie exigeait également que nous fassions profil bas et nous passâmes donc une grande partie de nos trois heures d'attente pour notre vol long-courrier en première classe jusqu'en Grèce, dans un salon VIP.

— Monsieur Rowe ?

Je m'étais laissé bercé par une fausse impression de sécurité quand une femme s'arrêta juste devant Ten.

Lui et moi échangeâmes un regard et il s'assit, s'attendant à ce qu'on lui demande une photo ou un autographe. Il avait l'habitude. Il ne cherchait pas à attirer l'attention, mais acceptait chaque demande avec bonhomie. Il était devenu un ambassadeur de notre sport et discutait avec tout le monde, tant que la personne qui s'adressait à lui n'était pas l'un de ces bons vieux gars qui pensaient que, puisque Ten était un joueur gay de hockey, il devrait être radié des Railers.

— Madsen-Rowe, la corrigea simplement Ten.

Je me redressai dans un sursaut. J'avais toujours

supposé que nous changerions nos noms de famille et que nous les fusionnerions en un, Rowe-Madsen ou Madsen-Rowe, mais l'entendre dans la bouche de Ten était à la fois torride et émouvant.

— Veuillez m'excuser, dit-elle en vérifiant le papier qu'elle avait à la main. Monsieur Madsen-Rowe, je me demandais si vous pouviez m'accorder quelques minutes.

— Y a-t-il un problème ? m'enquis-je en reprenant mon rôle de garde du corps protecteur.

Elle me sourit.

— Ce n'est pas vraiment un problème, mais un jeune homme vous a vu entrer ici, il a dit qu'il était sur le vol depuis Harrisburg, mais ne souhaitait pas vous déranger. Il se demande si vous pourriez lui accorder quelques instants, mais il comprendrait si vous ne le pouviez pas.

Ten n'hésita nullement. Il se leva et la suivit. Il était hors de question que je le laisse seul. Comment cela se faisait-il que dans une patinoire, devant dix-huit mille fans, je savais qu'il était en sécurité, mais qu'à la minute où il en sortait, je voyais le danger partout ?

Elle nous fit entrer dans une petite pièce adjacente, avec des baies vitrées, des canapés moelleux et une vue sur le hall. Seul, l'air perdu et tout petit, se trouvait un gamin d'environ quatorze ans. Il était maigre, portait des baskets éraflées et un pull des Railers, et était assis au bord de l'un des fauteuils près de la porte. Il bondit dès que nous entrâmes, avant de regarder Ten et de rester bouche bée.

— Salut, je m'appelle Ten, dit mon mari en tendant la main.

Le garçon la saisit et la serra brièvement.

— Je sais, enfin, oh mon Dieu, je suis… Joe. Je m'appelle Joe Reeves. Merci d'avoir accepté de me voir.

Ten s'assit sur un canapé et je jetai un coup d'œil à l'horloge sur le mur. Nous avions encore une heure avant de devoir embarquer pour notre vol vers Athènes.

— Tout va bien ? demanda Ten avec désinvolture, comme si ce n'était pas la question la plus importante qu'il devait poser.

Joe hocha la tête avant de s'interrompre et de finalement la secouer pour dire non. Il tendit la main et tira sur sa manche où un tatouage du nombre 97 apparaissait sous le logo des Railers. Ce gamin était-il assez âgé pour avoir un tatouage ? *Nom de Dieu, pourquoi je deviens comme mon père ?*

— Maman et papa ne voulaient pas que je vous dérange, mais ils ne comprennent pas. Ce sont les meilleurs, ils m'aiment, mais ils veulent me protéger. Ils se sont mis d'accord et pensent que je devrais arrêter de jouer.

Il se pinça l'arête du nez.

— Il faut que je reprenne. Un jour, je veux jouer comme vous.

Joe fronça les sourcils.

— Non, pas comme vous, évidemment. *Personne* n'est comme vous, mais je veux jouer au hockey parce que je *peux* le faire, vous voyez ?

La signification de cette déclaration était plus profonde que ce que je pouvais constater et je m'assis de l'autre côté de Joe.

— À quel poste joues-tu ? demanda Ten.

— Je suis ailier, pour l'instant. Je tire de la main gauche, mais il y a eu quelques… problèmes.

Joe se tourna pour être face à mon époux.

— Il faut que vous disiez au coach que ce que les autres gamins disent n'est pas bien et que même si je suis différent, je peux jouer. D'accord ? Parce que le coach a dit que, peut-être, je devrais me passer du hockey, et d'autres garçons dans l'équipe disent qu'ils ne veulent pas me voir jouer.

— Pourquoi ? demanda Ten alors qu'il n'en avait pas besoin.

Nous voyions tous les deux la direction que prenait cette discussion.

— Ils me détestent maintenant qu'ils savent que je suis gay. Pas tous, bien sûr, mais ils ne m'écoutent pas quand je dis que Tennant Rowe est gay et que c'est le meilleur joueur du monde.

Il se pencha en avant.

— Certains sont des fans de Philadelphie.

Ten baissa la tête – il le faisait toujours quand quelqu'un disait de telles choses à son propos. Dans le meilleur des cas, il ignorait comment réagir, mais là, c'était différent.

— Je peux aider, dit Ten. Tu veux bien me donner tous les détails, pour que je puisse venir te rendre visite et parler avec l'équipe ? Je pourrais peut-être même faire venir d'autres Railers ?

Je contins mon rire. Ten ne savait même pas où Joe jouait. Cela pourrait être en Alaska, à Hawaï ou en Europe, mais ça n'avait pas d'importance pour l'homme que j'aimais et qui sortait son téléphone pour échanger ses coordonnées avec celles de Joe.

Lorsque nous quittâmes cette pièce, quelque chose de merveilleux se produisit. Les parents de Joe l'attendaient dehors. Ils nous étreignirent, Ten et moi. Puis, tous les trois, ils partirent prendre leur vol pour Dallas. Ten demeura silencieux jusqu'à ce que nous soyons sur nos sièges, dans l'avion qui nous mènerait, dans dix heures environ, en Grèce. Toutefois, lorsque l'avion atterrit et que la chaleur de l'été grec nous assaillit, nous avions une toute nouvelle idée. Un programme éducatif, quelque chose de structuré, avec Ten comme figure de proue. Nous pourrions visiter des écoles, créer une compétition sponsorisée et des logos, nous donner des missions et, bien sûr, cela pourrait commencer avec une visite de l'école de Joe, à Dallas.

LE VOL d'Athènes jusqu'à l'île lointaine de Santorin ne dura que quarante-cinq minutes. Nous en avions tous les deux assez de voler. Ainsi, le trajet en voiture jusqu'à la villa au nord de l'île, dans un endroit nommé Oia, fut le bienvenu. Notre chauffeur était bavard, mais son accent fut difficile à déchiffrer pendant les dix premières minutes, environ. Il devait parler de volcans et du fait que Santorin était probablement le seul volcan au monde dont le cratère était en mer. J'espérais qu'il n'était pas en train d'expliquer que le volcan s'apprêtait à entrer en éruption, car ce serait vraiment merdique, comme lune de miel.

— Cousteau a cherché la cité perdue de l'Atlantide, ici, murmura Ten avant de me passer le prospectus qu'il avait récupéré dans le petit aéroport de Santorin. Je comprends pourquoi.

Un moment, nous vîmes des plages, dont certaines étaient jonchées de galets blancs et d'autres paraissaient rouges. Mais l'instant d'après, nous passâmes devant des formations rocheuses spectaculaires sur lesquelles étaient bâties des villas individuelles. Tout était blanc et bleu et c'était magnifique.

Une fois hors de la ville, nous nous faufilâmes sur l'île, passant devant des amoncellements de villas et de baies avec une vue sur une eau des plus bleues. Nous arrivâmes dans notre maison pour les trois prochaines semaines lorsque le soleil se couchait sur la mer Égée. Une fois que nous eûmes donné un pourboire au chauffeur, nous emportâmes nos sacs dans le grand couloir en marbre. J'avais vu des photos de cet endroit quand nous l'avions réservé, mais elles ne lui rendaient pas justice. Les plafonds étaient hauts et les murs peints en blanc avec des accents bleu saphir similaires à la mer. D'un accord tacite, nous partîmes dans la pièce principale et la cuisine, avant de finir sur le patio avec vue sur l'océan.

— Waouh, s'exclama Ten.

J'étais d'accord avec lui. Le soleil se couchait et projetait sa lumière écarlate sur la mer, tout en touchant les cimes des montagnes autour de nous. L'île était en forme de croissant et nous étions face à l'ouest. Si tous les couchers de soleil étaient aussi spectaculaires, j'avais hâte de me blottir contre Ten sur l'un des canapés du patio et de regarder les couleurs changer tous les soirs. Ten retira son T-shirt ainsi que ses chaussures, ses chaussettes et son jean pour se retrouver en sous-vêtement uniquement.

— On va nager ? demanda-t-il en me jetant un coup d'œil insistant.

Je l'imitai, mais sadiquement, je me déshabillai beaucoup plus lentement. Je ferais n'importe quoi pour conserver son regard sur moi. Nous entrâmes dans la piscine infinie et plongeâmes sous la surface avant de rejoindre le rebord et de nous pencher pour regarder la plage en dessous. Je voyais des passants sur le rivage. J'en comptai trois, ainsi que deux chiens qui sautaient dans les vagues. Mais le ciel devint vite trop sombre pour que nous voyions quoi que ce soit, et nous n'avions toujours pas quitté l'endroit que nous avions choisi.

— Je pense qu'on devrait y aller et manger quelque chose, ou au moins défaire nos valises, suggérai-je.

Ten secoua la tête et se mit à flotter sur le dos. Les douces lumières autour de la piscine créaient une atmosphère intime, mais je savais que nous devrions attendre le lendemain et vérifier qui pouvait arriver sans prévenir avant de profiter d'ébats dans la piscine. Dommage.

— Je veux rester là toute la nuit et regarder les étoiles.

Je le rejoignis et commençai à flotter à la surface de l'eau, ramant paresseusement avec mes mains pour rester près de lui, tout en regardant le ciel.

— Il n'y a rien de plus sexy que deux joueurs de hockey fripés comme des pruneaux, plaisantai-je.

Il m'éclaboussa, mais ce ne fut pas suffisant pour que je me venge. Pas encore.

NOUS RENTRÂMES et trouvâmes un plateau de plats froids, dans le frigo, ainsi qu'un bol de fraises et un pot de crème.

— Tu te souviens des fraises ? me demanda Ten avant de s'humidifier les lèvres avec le bout de sa langue.

Les ébats bordéliques et poisseux avec des fraises ? Voilà un souvenir que je n'oublierais jamais.

— Oh, ouais, je m'en souviens.

— Tu veux recommencer ? demanda Ten d'un air suggestif avant de me lancer un sourire narquois. Cette fois-ci, aucun frère ne viendra te tabasser après.

Je grimaçai à cause de ce souvenir du jour où Brady avait appris ma relation avec Ten et m'avait violemment frappé.

— Ton frangin…

Je n'ajoutai rien, mais récupérai l'une des fraises et la mordillai. Mon estomac gronda, ce qui mit fin à l'idée de faire l'amour, même si je savais que nous reprendrions plus tard.

Après le repas.

— On mange, annonça Ten, comme s'il pouvait lire dans mes pensées.

Blottis sur les canapés et regardant les étoiles, nous bûmes du vin et mangeâmes du fromage avec des biscuits secs, puis les plus juteux des grains de raisin. Dès demain, nous aurions un chef personnel disponible à notre demande, mais notre dîner fut le plus parfait des repas. Ni l'un ni l'autre, nous n'allâmes chercher les fraises. Nous étions épuisés et je ne savais pas quelle heure il était aux États-Unis, mais j'avais l'impression que nous n'avions pas dormi depuis des jours. Bâillant, Ten suggéra que nous étions vieux et que nous avions besoin d'une sieste. Nous défîmes nos sacs sans enthousiasme, entre deux baisers, et repoussâmes les draps noir et blanc avant de nous mettre au lit. J'avais envie de faire l'amour. Je bandais, il bandait, et nous nous embrassâmes, mais les orgasmes que nous

nous procurâmes dans la chambre silencieuse furent lents, doux et pleins d'amour.

Ten s'allongea ensuite mollement, à moitié sur moi. Je cédai, plus satisfait et heureux que jamais, et nous nous endormîmes.

Epilogue

Tennant

Se réveiller sous le soleil levant qui tintait le ciel de douces couleurs dorées et pêche était merveilleux. Le murmure de la mer Égée parvint à notre chambre et l'odeur de l'eau salée flottait au-dessus de notre immense lit. Je m'allongeai sur le flanc quelques minutes, profitant de la vue, toujours endormi et rêveur, même si mon sexe était raidi. Je le caressai quelques fois, soupirant à cause de la sensation, quand le souvenir de la personne allongée à côté de moi s'insinua dans mon esprit somnolent.

Je roulai sur le côté et fixai Jared qui dormait sur le dos, ses cheveux d'un blond riche et doré sous les premiers rayons de soleil de la journée. Il ressemblait à un dieu. Apollon, peut-être, le dieu du soleil, éternellement beau, un homme qui rayonnait d'une énergie solaire. Son torse s'élevait et retombait régulièrement, soulevant sa main gauche qui était posée sur son ventre. Mon regard s'attarda sur son alliance, la même que la mienne, en plus large. Le désir me transperça. Mon ventre gronda. Je souris et me faufilai hors du lit. J'ouvris davantage les portes et laissai le soleil entrer, avant de partir vers le frigo d'un pas feutré.

Jared dormait toujours quand je me remis au lit, le bol de fraises bien rouges dans une main et un tube de lubrifiant dans l'autre. Oh, oui, Tennant avait des plans. Posant le lubrifiant sur mon oreiller – un parmi la dizaine éparpillée sur le lit –, je retirai le couvercle du pot de fraises et commençai à les placer autour de lui, environ tous les trente centimètres, jusqu'à ce qu'il soit entouré de fraises. Comme une trace de craie sur une scène de crime, en plus fruitée.

Je croquai dans un fruit et grognai à cause de ce jus sucré. Je passai ma langue sur mes lèvres avant de me dandiner pour aller m'asseoir sur le pelvis de mon époux. Il battit des paupières, une ou deux fois, avant de plisser les yeux face aux rayons chauds du soleil grec qui s'insinuaient dans la pièce.

— Ten, m'appela-t-il d'une voix groggy.

Je me baissai, les mains sur son torse, et appuyai mes lèvres contre les siennes. Il fut lent, mais me rendit finalement mon baiser, touchant ma lèvre inférieure avec sa langue avant de glisser dans ma bouche et de lever la main pour la passer à l'arrière de mon crâne. Le baiser fut lent et mouillé, son sexe se gonfla pendant que nous sucions et léchions.

— Hmm, ton goût est délicieux.

Je souris et m'assis, frottant mes fesses contre la longueur rigide entre elles. Jared posa la main sur le lit et écrasa une fraise. Il fronça les sourcils. Je lui attrapai la main avant de la lécher pour la nettoyer, et la plaçai ensuite sur ma cuisse.

— C'est quoi, tout ça ? demanda-t-il après avoir rapidement observé le lit.

Je saisis une fraise dans le bol avant de la lui donner.

— Tu ressembles à un dieu grec, allongé sur notre lit, fort et musclé. Tu es l'incarnation de la virilité et du pouvoir, comme Apollon. Alors, comme je le devais, j'ai présenté une offrande à la divinité que tu es.

Il gloussa.

— Je suis bien trop vieux et j'ai bien trop de cicatrices pour rivaliser d'une quelconque manière avec Apollon. Tu n'as pas vu les cheveux gris qui apparaissent de tous les côtés ?

Je lui donnai une autre fraise.

— Je les ai vus et ils m'excitent carrément. J'ai hâte que le gris recouvre tes cheveux. Je rêve de plonger mon nez dans tes poils pubiens quand ils seront tout blancs, parce que ça voudra dire qu'on vieillit ensemble.

— Mon Dieu, je t'aime.

Il tendit la main vers moi et je le laissai m'attraper par l'épaule. Notre baiser fut torride et empli de désir, bien plus que la première fois que nous nous étions goûtés.

— Qu'est-ce que tu cherches, Tennant ?

Je glissai une fraise entre ses dents. Il me lança un sourire malicieux, avant de s'humidifier les lèvres, tachant sa bouche et son menton de jus rouge. Je le léchai pour le nettoyer avant de lui en donner une autre, puis une autre, puis une autre, l'embrassant entre chaque offrande et étalant le liquide sucré sur nos bouches et nos mentons. Une partie de ce jus coula sur sa gorge et s'accumula dans le creux de son cou. Je bus dans cette petite crevasse et me servis de ma langue pour tout retirer.

— Tu es délicieux, ronronnai-je contre son cou avant de m'asseoir et de laisser tomber les fraises rouges sur son torse.

Une mouette passa devant la villa, ses cris se joignant aux bruits de la mer et des vagues, ainsi qu'au soleil qui me rappelait que nous étions loin, loin de Harrisburg.

— Et tu es à moi.

Je m'allongeai sur lui, ma chair contre sa chair, mon torse contre son torse, et écrasai les fraises en une pâte poisseuse.

— Oui, je suis à toi, répondit-il avant de passer les doigts dans mes cheveux pour me guider vers sa bouche.

Je lui mordillai la lèvre inférieure, plongeai sur sa bouche encore et encore, et ondulai les hanches dans un large cercle qui fit rouler son membre de haut en bas, de droite à gauche, jusqu'à ce qu'il souffle comme un coureur de marathon.

— Dis-moi ce que tu veux, Tennant, et je te le donnerai.

— J'ai déjà tout ce que je veux, chuchotai-je avant de plonger ma langue poisseuse dans son oreille.

Il gémit et se cambra vers le haut.

— Tu es tout ce que j'ai toujours voulu, insistai-je.

— Tu me veux en toi ?

Il me mordit l'épaule et je frissonnai de façon obscène

— Dis-moi ce que tu veux, Tennant.

— Je te veux en moi. Profondément en moi, haletai-je à son oreille.

Le grand homme trembla, ses doigts couverts de fraises glissant sur mes flancs.

— Moi aussi, je le veux, dit-il.

Quelque chose claqua en moi comme la corde d'un piano.

Je trouvai le lubrifiant entre les oreillers, les beaux oreillers blancs, et j'en remplis ma main. Je recouvris ensuite son membre et m'empalai aisément sur lui. La brûlure fut intense et je me cambrai vers le haut, puis vers l'arrière et de chaque côté pour m'étirer autour de lui. Il m'attrapa par les hanches et me souleva avant de me faire redescendre. Je baissai les yeux vers lui et mon souffle se coupa.

— Merde, tu es magnifique.

Il marmonna avant de se cambrer en soulevant les hanches. Je m'exclamai à cause de cette pression, avant de fondre au-dessus de lui et d'abaisser ma bouche vers son torse, pour utiliser ma langue et mes lèvres afin de nettoyer la purée de fruits sur ses tétons.

— Si serré et torride, dit-il dans un soupir.

Ses mots envoyèrent une décharge d'envie brûlante dans mes testicules.

— Plus vite.

Mon Dieu, il était toujours si horriblement lent…

— Tu es toujours impatient, haleta-t-il en prenant mon membre dans sa main. Nous avons trois semaines. Je n'ai pas l'intention de précipiter nos ébats.

— Oh, bon sang, gémis-je.

Je lui mordillai le menton avant de rouler avec lui sur le dos, son sexe glissant à nouveau aisément en moi. Tandis que des fraises étaient collées à mon dos, j'empoignai les draps et il entama son rythme lent et passionné qui me rendrait à moitié fou en un rien de temps. Il se frotta contre moi, me dérobant toute pensée cohérente et toute parole presque intelligible. Je glissai mes paumes sur ses épaules et ses biceps, coinçant mes chevilles derrière ses fesses, et tombai dans cet état d'esprit qui ne tournait qu'autour du sexe et de Jared donnant des coups de reins et me griffant. Il savait ce que j'aimais, il savait à quel point ma prostate pouvait être stimulée avant que cela devienne intolérable, comment toucher mes cuisses pour me faire redescendre sur terre et quoi dire pour m'exciter. Il me connaissait, tout entier, et je le connaissais.

Il m'emmena au bord de l'orgasme à plusieurs reprises, avant de m'éloigner du précipice en se retirant suffisamment de moi quand j'étais au bord de la falaise, pour se renfoncer ensuite. Il me rendait fou et je l'en informai, dans un cri. Puisqu'il n'arrêtait pas, j'écrasai des fraises dans son cou et ses cheveux, le suppliai de m'en donner plus, de m'en donner moins. Je gémis de frustration quand il se retira pour déposer des baisers mouillés sur mon ventre et mes testicules. Le temps n'était rien, le monde en dehors de notre chambre était un autre univers. Il n'y avait que Jared et moi. Je le poussai sur le dos, sa tête retombant sur les oreillers que nous avions poussés au pied du lit.

— Fais-le, Ten. Fais-le. Prends ce que tu veux de moi.

Son sexe tressauta dans ma main. Je le maintins en place avant de m'asseoir. Violemment. Il attrapa mon membre et tira dessus. Un cri perçant surgit de mes entrailles et je jouis dans l'instant. Jared se cambra vers le haut, ses talons s'enfonçant dans le matelas, alors qu'il fermait les yeux et contractait sa mâchoire, avant de donner des coups de reins passionnés. Un filet de semence chaude en moi rendit mon orgasme encore meilleur. Jared empoigna mon membre. Je restai figé, le pompant avec mon corps et enfonçant mes ongles dans son torse alors que les vagues de plaisir se succédaient et me retombaient dessus. Les pulsations de mon corps et de mon membre répondaient au rugissement de la mer, sous notre balcon.

— Oh, merde alors, toussai-je quand je fus à nouveau capable de parler.

Jared était allongé sous moi, tout en sueur, poisseux et couvert de semence, de lubrifiant, de petits morceaux de fraises et de petites graines. Je posai mon nez contre son aisselle et inspirai son odeur, inhalant le parfum de mon mari, des ébats et de la fraise.

— Alors, est-ce que le sexe quand on est mariés… est toujours aussi magnifique ?

— Je l'espère, répondit-il alors que son membre se libérait de mon corps.

Mes fesses se contractèrent après cette perte.

— Merde, mec, murmurai-je en me glissant loin de lui.

Je voulais courir jusqu'à la salle de bain afin de prendre un gant, mais mes jambes chancelantes cédèrent et je tombai, la tête contre les draps.

— Tu sais qu'un ébat était bon quand ça arrive.

Il rit d'une voix rauque.

— Accorde-moi quelques minutes pour faire appel à mes pouvoirs divins et je te porterai jusqu'à la douche où je rendrai hommage à ta beauté terrestre.

— Hmm, d'accord.

Je m'agenouillai par terre, le visage plongé contre le matelas jusqu'à ce que mon dieu grec réussisse à se lever. Je le laissai me prendre dans ses bras et me porter jusqu'à la salle de bain blanche et dorée. La douche à l'italienne était grande et pouvait aisément contenir deux joueurs de hockey. Nous nous savonnâmes, nous embrassâmes et murmurâmes, en souriant aux blagues stupides que faisait l'autre. Les savons étaient opulents, mousseux, tout comme les shampoings, et les serviettes étaient chauffées. Nous ne nous rasâmes pas. Bon sang, nous avions déjà de la chance d'avoir suffisamment d'énergie pour essuyer la semence et les morceaux de fruits sur nos testicules.

Nous enfilâmes un short et un débardeur, avant d'aller nous prélasser sur le patio qui donnait sur la baie d'Amoudi. Le jacuzzi nous attendait. Je fis un signe dans cette direction.

— Peut-être plus tard, répondit Jared en s'installant sur une chaise longue rembourrée pour appeler notre chef.

Mettant mes lunettes de soleil, je m'assis sur ses cuisses et m'inclinai afin que ma tête repose sur son épaule.

— Pour l'instant, je suis heureux de rester assis là et de te tenir dans mes bras.

Je déposai quelques baisers sur sa mâchoire couverte d'une légère barbe.

— Mec, on ne s'est même pas peigné.

Je passai mes doigts dans ses mèches de cheveux. Ses paupières se fermèrent.

— Le décalage horaire et le sexe sont en train de te botter le cul, hein, le vieux ?

— Donne-moi à manger et je courrais dans tous les sens, dit-il avant de laisser échapper un grand bâillement.

Le chef arriva dans notre villa alors que Jared venait de s'assoupir au soleil. C'était un homme enthousiaste avec une tenue blanche et une toque. Il cuisina un merveilleux petit déjeuner sur le grand barbecue au coin du patio. Des assistants en uniformes blancs impeccables se hâtaient et plaçaient les différents plats sur la table du patio couverte d'une nappe.

Des œufs brouillés avec des tomates assaisonnées et de la feta composaient le plat principal. Nous avions en plus du yaourt avec du miel et des noix, un plateau de pain à la feta et aux olives avec du fromage et des noix, un petit fromage de chèvre, une tarte aux épinards, du café grec et un thé froid des montagnes. Le café était trop fort. Le thé, en revanche, avait un côté terreux avec un soupçon d'agrumes et de menthe qui me plaisait bien plus. Jared adora le café. Lorsque le chef et ses assistants partirent, mon mari et moi étions prêts et impatients de découvrir Santorin.

Nous parcourûmes la plage de sable noire depuis notre villa, marchant main dans la main et prenant des photos à envoyer à Ryker, à ma famille et à nos amis. Le temps semblait s'écouler lentement. Nous nous détendîmes au bord de la mer, marchâmes dans l'écume, parlâmes à de belles femmes et de beaux hommes Grecs, et nous nous embrassâmes alors que la mer remontait autour de nos mollets. Nos sandales à la main, nous hélâmes ensuite un petit taxi jaune et roulâmes jusqu'au premier site touristique sur notre longue liste de choses à voir en Grèce.

Visiter la ville préhistorique d'Akrotiri fut *gé-nial*. Ce campement de l'Âge de Bronze situé à la pointe sud de l'île était incroyablement bien préservé.

— Tu savais que toute cette zone avait été avalée quand le volcan Thera est entré en éruption, à l'époque ? demandai-je à Jared en lisant la brochure après notre visite du campement, maintenant que nous profitions d'un délicieux thé des montagnes à l'ombre des citronniers.

Il secoua la tête. Le soleil avait un effet incroyable sur ses cheveux blonds.

— Eh bien, c'est le cas. Oh ! Écoute ça. Cette ville était si avancée pour son temps, avec les systèmes d'égouts et les premiers signes de toilettes en intérieur. On dit que Platon s'en est inspiré pour son Atlantide. C'est cool, non ?

— Super cool. Tu vas être aussi excité chaque fois qu'on verra un vieux truc en Grèce ?

Je bondis vers lui et l'embrassai sur les lèvres.

— J'ai un penchant pour les belles vieilleries.

Le coin de ses lèvres s'étira.

— Ah oui ? Tu veux qu'on retourne à la villa et qu'on passe la soirée dans le jacuzzi, tout en regardant le coucher de soleil ?

— Tu crois que tu serais partant ?

Je me blottis contre lui, me fichant totalement des touristes qui passaient à côté de nous. Le soleil était chaud, la brise également, les palmiers se balançaient et j'avais l'homme que j'aimais dans les bras.

— Je parie que je pourrais te montrer une ou deux choses, monsieur Madsen-Rowe.

Il me gratifia d'un clin d'œil obscène.

— Ah, oui, j'aime entendre ça, monsieur Madsen-Rowe.

— Bien, parce que j'ai prévu de te montrer des choses au moins pendant les trente ou quarante prochaines années.

— J'aime encore plus entendre *ça*.

FIN

Romance MM sur le thème du hockey

Pour des nouvelles et des informations sur la série Railers, l'histoire de Ryker, ou un possible livre avec Stan et Erik ainsi qu'une potentielle saga inédite basée sur les Arizona Raptors et plein d'autres choses concernant le hockey, rendez-vous ici :

www.mmhockeyromance.com

Changer Les Limites (Harrisburg Railers 1)

Tennant peut-il prouver à Jared que l'âge ne représente qu'un chiffre et que l'amour est tout ce qui compte ?

Les frères Rowe sont de célèbres têtes brûlées du hockey, mais en tant que le plus jeune du trio, Tennant a toujours dû jouer contre les réputations de ses frères. Afin de sortir de leurs ombres et refusant de tenir compte de leurs conseils, il accepte un transfert dans l'équipe des Harrisburg Railers, où il se retrouve face à Jared Madsen. Mads, un vieil ami de la famille et ancien coéquipier de son frère. Il se trouve être aussi le nouvel entraîneur de Tennant, et l'homme le plus sexy sur lequel il ait posé les yeux.

La carrière de Jared Madsen a tourné court à cause d'une défaillance de son cœur, et être coach lui permet de rester proche du jeu. Lorsque Ten intègre l'équipe, son monde soigneusement organisé se retrouve en plein chaos. De neuf ans son cadet et frère de son meilleur ami, il sait que Ten est totalement hors limites, pourtant dès qu'il voit ses mouvements, sur et hors de la glace, il sent que son cœur pourrait lui causer de nouveaux problèmes.

Changer Les Limites (Harrisburg Railers 1)

Saga Railers Hockey / Saga Owatonna U

coécrite avec RJ Scott

Également par RJ Scott

Pour obtenir la liste complète des ebooks et des liens, scanne le code ci-dessus ou visite le site: rjscott.co.uk/liste-de-livres

Également par VL Locey

Pour obtenir la liste complète des ebooks et des liens, scanne le code ci-dessus ou visite le site: vllocey.com/translations

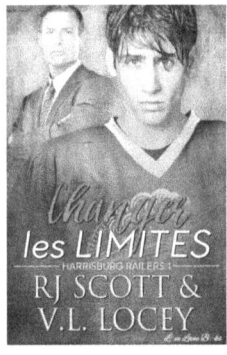  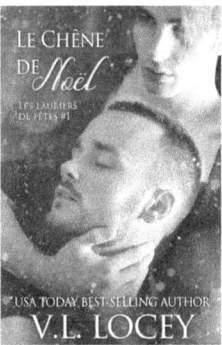

À Propos des Auteurs: RJ Scott

Le but de RJ Scott est d'écrire des histoires avec un cœur romantique, une route sinueuse pour atteindre le bonheur et surtout, ce soupçon de fin heureuse.

RJ est l'auteure de plus d'une centaine de romans publiés et est connue pour écrire des livres avec une fin heureuse.

Elle vit juste à l'extérieur de Londres et passe chaque minute où elle n'est pas avec sa famille à lire ou à écrire.

La dernière fois qu'elle a fait une pause d'écriture d'une semaine, elle a réellement détesté ça. Et elle doit encore trouver une bouteille de vin qui lui résistera.

Website: www.rjscott.co.uk

Newsletter: rjscott.co.uk/NL-FR

---

facebook.com/author.rjscott

x.com/Rjscott_author

instagram.com/rjscott_author

amazon.com/author/rj-scott

bookbub.com/authors/rj-scott

goodreads.com/rjscott

pinterest.com/rjscottauthor

À Propos des Auteurs: V.L. Locey

V.L. Locey aime porter des jeans usés, le yoga, les éclats de rire, marcher, lire et écrire des histoires puissantes, la mythologie grecque, les New York Rangers, les bandes dessinées et le café.

(Pas forcément dans cet ordre.)

Elle partage sa vie avec son mari, sa fille, un chien, deux chats, un tas de poules assorties et deux bœufs Jersey.

Lorsqu'elle n'écrit pas des romances épicées, elle aime passer sa journée avec sa ménagerie dans les collines de Pennsylvanie avec une tasse de café à la main.

Website: vllocey.com

Newsletter: vllocey.com/newsletter

facebook.com/124405447678452

x.com/vllocey

instagram.com/vl_locey

bookbub.com/authors/v-l-locey

goodreads.com/vllocey

pinterest.com/vllocey

amazon.com/author/vllocey